Ma vie selon Moi

Sylvaine Jaoui

Illustrations de Colonel Moutarde

Ma vie selon Moi

Le happy end que j'espérais

RAGEOT

Cet ouvrage a été imprimé sur un papier
issu de forêts gérées durablement,
de sources contrôlées.

Une première édition de la première partie (pp. 11 à 124)
a paru sous le titre
Surtout ne le répète pas !
(Bac and Love).

Notes et articles de Sylvaine Jaoui.

ISBN : 978-2-7002-4268-3

Pour Antoine.

LE CASTING

Le club des CIK (lire cinq ou « c'est un cas » au choix) **+ 1**

Justine : dix-sept ans. Un mètre soixante-dix pour cinquante kilos. Toujours en jean et en Converse. Fleur bleue, gaffeuse et rêveuse. Aime les films et les chansons d'amour. Vit avec ses parents et son frère Théo. Terminale S sans conviction. Meilleure amie : Léa (et aussi Patou, la girafe du zoo).

Léa : dix-huit ans. Petite et plutôt ronde. Porte de la dentelle noire, des Doc et de gros bijoux d'argent. Surnommée la sorcière, elle s'intéresse à la voyance et au paranormal. Vit avec sa mère et sa grand-mère depuis la mort de son père. Terminale L spécialité théâtre.

Nicolas : dix-huit ans. Dom Juan. A un langage de charretier. Adore tout ce qui est informatique et bricolage. Cousin de Justine et meilleur ami de Jim. Vit avec son père depuis un an à cause de disputes fréquentes avec sa mère. Terminale STI.

Jim : dix-huit ans. Brun musclé. Vrai gentil qui a toujours des attentions pour chacun mais grand nerveux. A arrêté ses études et travaille au *Paradisio* en attendant de passer son monitorat de judo. A traversé une période difficile (fugues nombreuses) et a avec son père une relation exécrable.

Ingrid : dix-huit ans. Bimbo du groupe. Passe son temps à tester son pouvoir de séduction sur tous les garçons ce qui a le don d'agacer toutes les filles. Enfant unique d'un couple âgé. Préoccupée par la mode, les vêtements et les chanteuses à succès. Est sortie avec Jim et Nicolas, il y a longtemps. Terminale ES.

LE CASTING

Thibault : dix-huit ans. Beau garçon châtain, élégant et énigmatique. Il vit seul dans l'appartement (en rez-de-jardin de la maison bleue) loué par son père ambassadeur à Beyrouth. Terminale S.

QUELQUES AUTRES PERSONNAGES...

Adam : étudiant en lettres. Très attiré par Léa.
Peter : prof d'art dramatique de Léa. Joue avec son cœur.
Anna : double d'Yseult, son amie. Vit pour chanter.
Yseult : double d'Anna, son amie. Vit pour chanter. (Anna et Yseult sont surnommées les jumelles.)
Patou : la girafe du zoo, animal fétiche de Justine.
Claire : mère de Léa.
Eugénie : grand-mère infernale et géniale de Léa.
Laurent et Sophie : parents de Justine.
Théo : petit frère surdoué de Justine.
Ambre : jeune avocate stagiaire inscrite au *Paradisio*.
Jean-Baptiste : garçon sympa et décontracté, passionné par l'Afrique.
Enzo et Manu : couple de copains. Entrepreneurs en maçonnerie.

La princesse aux marrons glacés

Eugénie – Vous n'avez prévu que deux bouteilles de champagne ?

Léa – Ben oui, c'est suffisant.

Eugénie – Avec une dizaine d'invités ?

Léa – C'est seulement pour trinquer au moment du gâteau. Et il y a aussi du Coca, des jus de fruit...

Eugénie – C'est tout ?

Léa – Oui. J'ai juste invité mes amis les plus proches à m'aider à souffler mes bougies.

Eugénie – Ah, tu ne sais pas t'amuser ma petite-fille !

Léa a levé les yeux au ciel. Avec Eugénie, c'est toujours le même refrain : ma meilleure amie est une fille trop sage, voire coincée.

Évidemment, derrière ce « tu ne sais pas t'amuser », se cache la critique du fait que Léa attend Peter façon Pénélope. Sa grand-mère ne manque jamais de lui rappeler que pendant ce temps les Ulysse du monde entier prennent du bon temps avec Circé ou Nausicaa.

Eugénie – Moi, à ton âge, j'aimais la fête et je...

Léa – Oui, je sais Eugénie ! Malgré une mère hypersévère et une éducation chez les sœurs, tu n'hésitais pas à faire le mur pour rejoindre un bel Américain de dix ans ton aîné qui t'a appris à jouer au poker et à boire cul sec une bouteille de gin.

Eugénie – Ah ce qu'il était beau, James...

On a laissé notre grand-mère de choc à ses rêves de jeune fille et on a apporté les derniers plateaux dans le salon.

On était super en retard. Il était déjà 18 heures et on n'était encore ni habillées ni maquillées. Enfin, en ce qui me concerne ça allait être vite réglé !

Depuis midi, on était les petites mains d'Eugénie pour cuisiner pizzas, quiches et gâteaux. Il faut dire qu'aujourd'hui était un grand jour : Léa fêtait ses dix-huit ans.

J'étais une vraie pile électrique. Toutefois pour être honnête, l'anniversaire n'était pas la seule raison de mon agitation.

Après la représentation théâtrale tumultueuse de la veille durant laquelle nous avions assisté en ombres chinoises à une scène de ménage passionnelle entre Peter et Léa puis à un baiser de cinéma entre Peter et la même Léa, j'attendais des explications. Ma meilleure amie m'avait promis de tout me révéler ce soir.

Si vous ajoutez à cette future révélation fracassante le fait que Thibault avait passé son bras autour de mon épaule durant la représentation et que j'avais senti son souffle chaud sur ma nuque, vous comprendrez pourquoi j'avais du mal à rester en place. Je comptais sur cette soirée pour embrasser de nouveau mon prince. Voire plus si affinités...

Thibault ne s'était pas étendu sur sa rupture avec Tatiana mais l'information était certaine et la place dans son cœur vacante !

Justine – Bon, on va s'habiller ? On a fini, là.

Léa – Presque... On doit encore mettre le guacamole et le tarama dans des ramequins.

Lorsqu'on est revenues dans la cuisine, Eugénie était exactement à la même place avec le même air de béatitude sur le visage. Elle s'est rebranchée sur « on » dès qu'elle nous a aperçues.

Eugénie – Je vous ai déjà parlé de Luigi ?

Léa – L'Italien qui t'a enlevée sur un cheval blanc un soir de pleine lune alors que tes parents dormaient tranquillement ?

Eugénie – Oui. Je n'ai jamais vu un corps pareil. Des muscles saillants, des épaules de déménageur et des petites fesses bien fermes.

Avec Léa, on a éclaté de rire. Comme quoi il n'y a pas d'âge limite pour regarder les fesses des garçons ! Elle a ajouté, l'air navrée :

Eugénie – Dire qu'aujourd'hui, mon beau Luigi doit être un vieux monsieur.

Léa – Chauve...

Justine – Avec un dentier...

Léa – Et un déambulateur...

Justine – Et un sonotone !

Eugénie nous a fixées, horrifiée.

Eugénie – Vous êtes monstrueuses.

Léa – Non, réalistes. Toi qui me reproches en permanence mon romantisme stupide avec Peter, tu vois, je ne me voile plus la face. J'ai décidé de regarder les choses telles qu'elles sont.

Eugénie, qui avait sorti des œufs du frigo pour préparer sa fameuse mayonnaise, a observé sa petite-fille d'un œil torve puis, après quelques secondes d'hésitation, elle lui en a lancé un. Il s'est écrasé sur le décolleté de Léa. J'ai beau connaître Eugénie depuis des années et savoir qu'elle est capable de tout, j'en suis restée bouche bée.

Léa a regardé les dégâts occasionnés par le projectile et elle a empoigné le gros pot de tarama et une petite cuillère. Je me suis plaquée contre le mur. Je ne tenais pas à faire partie des dommages collatéraux.

À la façon des catapultes dans les combats du Moyen Âge, elle a visé avec soin le brushing blanc-bleu d'Eugénie et atteint parfaitement sa cible.

Claire est entrée dans la cuisine exactement à ce moment-là. Elle a dévisagé sa mère et sa fille d'un air navré.

Claire – Il n'y en a vraiment pas une pour rattraper l'autre.

Léa – C'est Eugénie qui a commencé !

Eugénie – Rapporteuse.

Claire – Arrêtez, vous êtes ridicules. Tu ne trouves pas, Justine ?

Justine – Euh...

J'ai cherché quelque chose à dire pour sauver les apparences, mais aucune idée ne m'est venue.

Il faut avouer que le spectacle d'une vieille dame tartinée au tarama et d'une ado repeinte à l'œuf extrafrais ne permettait pas un commentaire intelligent.

Claire a pris le rouleau de Sopalin posé sur la table et l'a tendu à sa mère en souriant.

Claire – Formidables, ces mèches roses. Tu as un côté néopunk qui te va à merveille.

Eugénie a semblé super vexée par la remarque. C'est fou comme elle est susceptible. Il y a eu un long silence durant lequel j'ai craint l'incident diplomatique puis, sans que personne ne donne le signal de départ, on a explosé de rire toutes les quatre en même temps.

Le téléphone a sonné, Léa a décroché et a prononcé un allô entrecoupé de spasmes.

On a essayé de se calmer pour la laisser répondre.

Léa – Oui, c'est bien moi.

Les efforts de ma meilleure amie pour tenter de parler normalement ont déclenché un nouveau fou rire général. Léa nous a adressé un petit signe de la main pour qu'on se taise. Évidemment, cela a provoqué l'effet contraire. Elle s'est tournée vers le mur pour discuter tranquillement. Ça nous a déchaînées... On a décidé de la chatouiller pour qu'elle continue à rire avec nous.

Peine perdue. On l'a entendue prononcer avec un sérieux extrême :

Léa – Oui, c'est la bonne adresse. D'accord... Je serai chez moi à 22 h 35... Au revoir.

Et elle a raccroché. On n'a pas tout de suite compris qu'il se passait quelque chose d'important mais la raideur et le silence de Léa ont fini par nous alerter. C'est Claire qui a réagi en premier.

Claire – Ça va, ma Léa ?

Aucune réponse.

Si Peter prépare un sale coup pour gâcher la fête de ses dix-huit ans, je m'en charge personnellement... Quitte à finir ma vie en prison ! Il cherche à se venger d'hier, c'est sûr. Léa a eu un moment de lucidité durant lequel elle a voulu le quitter et là, elle fait machine arrière. Ce sale type en profite. 22 h 35. Et pourquoi pas 37 ? C'est vraiment un manipulateur hors pair. Je le déteste.

À moins que ce ne soit pas lui, que la scène de ménage d'hier en ombres chinoises ait vraiment sonné le glas de leur relation ?

Mais alors qui viendrait à un horaire SNCF ? Ça ne peut pas être Nicolas, il va chercher Jim au *Paradisio* vers 19 heures et ils seront là ensuite pour s'occuper de la sono.

Donc c'est qui ?

Claire – Léa chérie, qui a appelé ?

Ma meilleure amie s'est retournée, toute blanche, et nous a regardées sans paraître nous connaître. L'œuf continuait de couler dans son décolleté, mais elle n'y prêtait aucune attention. Elle a murmuré :

Léa – Papa...

Claire a sursauté comme si elle avait mis les doigts dans une prise de courant et elle s'est appuyée contre le mur pour ne pas tomber. Eugénie s'est avancée pour soutenir sa fille.

Durant quelques secondes, le temps s'est figé. J'ai oublié de respirer. Et puis, semblable au nageur qui est resté trop longtemps sous l'eau et cherche une bouffée d'air, je suis remontée à la surface.

Eugénie – Comment ça, ton père ?

Léa – Il a demandé à quelqu'un de venir ce soir me remettre quelque chose.

Claire – Mais quand a-t-il demandé ça ? C'est impossible chérie... Ton père est mort.

Léa s'est énervée.

Léa – Merci maman, je suis au courant !

Eugénie a interrogé d'une voix ferme :

Eugénie – Léa, qui t'a parlé au téléphone ?

Léa – Je ne sais pas. Je n'ai pas entendu, vous faisiez du bruit quand il a donné son nom.

Claire – Si c'est une plaisanterie, elle est de très mauvais goût.

Léa – Non, ce n'en est pas une. Cet homme sait des choses que personne ne peut savoir.

Eugénie – Comme quoi, par exemple ?

Léa – Mon heure de naissance : 22 h 35.

Eugénie – Ça, c'est indiqué sur tous les actes de naissance.

Léa – Et puis que papa m'appelait « princesse » et qu'il m'achetait des marrons glacés en cachette de maman.

Claire – C'est vrai ? Il t'achetait des marrons glacés sans me le dire ?

Léa – Oui, parce que c'était trop sucré et que tu trouvais que j'étais déjà assez bouboule comme ça.

Claire a souri.

Claire – Et tu ne me l'as jamais avoué ?

Léa – Eh non... C'était notre secret.

J'ai essayé de respirer lentement pour ne pas me mettre à pleurer. Eugénie qui n'avait pas parlé depuis plus de vingt secondes, ce qui en pareille situation est inconcevable, a prononcé fermement :

Eugénie – Si vous le voulez bien, nous discuterons confiseries et calories à un autre moment. Nous avons un problème à régler, qui est l'homme qui vient d'appeler ?

Et attrapant le téléphone de la cuisine, elle a fait défiler les derniers appels entrants.

Eugénie – Évidemment, il a appelé en privé. Léa chérie, tu vas me répéter mot pour mot ce que cet individu t'a dit.

Léa a fermé les yeux et a prononcé d'une voix mécanique :

Léa – « Bonjour, je suis... » – je n'ai pas entendu son nom parce que vous faisiez trop de bruit –, « j'appelle de la part de votre père qui m'a chargé de vous remettre une enveloppe le samedi 25 mars à 22 h 35 pour vos dix-huit ans. » Ensuite, il m'a demandé si notre adresse était toujours la bonne et si je serais présente à « l'heure dite ». Il a ajouté : « L'enveloppe est libellée à l'attention de : ma princesse, dévoreuse de marrons glacés. »

Eugénie – Effectivement, c'est très renseigné, ça n'a pas l'air d'être une plaisanterie. Ça sent plutôt le notaire...

Claire – Comment ça ?

Eugénie – « Chargé de », « heure dite », « enveloppe libellée à l'attention de », vérification d'adresse, précision de la date et de l'heure...

Léa – Quel rapport avec papa ?

Eugénie – On dirait que...

Claire – Que quoi ?

Eugénie – Que Bernard a...

Justine – A quoi ?

Bon d'accord, ma voix était un peu stridente mais le temps que prenait Eugénie pour réfléchir à haute voix était insupportable.

On a sonné à la porte. J'ai bondi façon Marsupilami. Il était trop tôt, pourtant, pour que ce soit l'homme mystérieux. J'ai jeté un œil par la fenêtre.

C'est quoi ça ???

Mon air totalement ébahi a alerté Léa.

Léa – Qui est-ce ?

Justine – Ingrid, notre meilleure amie !

Léa – Pourquoi tu fais cette tête ?

Comment décrire Ingrid sans passer encore une fois pour la pauvre fille aigrie qui a des problèmes avec sa féminité et qui ne supporte pas les bimbos bien dans leur peau ?

Justine – Disons que sa tenue est quelque peu surprenante.

Léa – Comme d'hab.

Justine – Non, mieux que d'hab.

Léa, Claire et Eugénie m'ont rejointe près de la fenêtre.

Léa – Ah oui...

Claire – Quand même...

Eugénie – On devrait lui ouvrir avant qu'un voisin appelle la police pour attentat à la pudeur sur la voie publique.

Léa – Tu y vas Justine ?

Justine – D'accord, à condition que vous m'attendiez pour parler du notaire.

Eugénie – Promis.

Ce n'est pas que je veuille vous influencer mais je tiens à vous décrire la tenue de la peste pour que vous puissiez vous forger votre propre opinion. Essayez donc de visualiser une blonde maquillée comme une voiture volée vêtue d'une jupe, que dis-je d'une jupette, non pour être exacte, d'une minijupininounette (j'essaie d'utiliser tous les suffixes diminutifs de la langue française afin d'être la plus précise possible). Le type de jupe qui ne devrait pas figurer dans la rubrique jupe mais plutôt dans la rubrique timbre-poste.

Si maintenant je m'applique à décrire le matériau dans lequel la chose a été confectionnée, l'affaire devient plus difficile.

Sac de supermarché ? Rouleau de plastique transparent servant à recouvrir les livres ? Je ne sais pas. En tous les cas, un matériau permettant une totale vision de ce qui se cache derrière : annales de maths, TP d'anglais, culotte blanche très large en broderie anglaise.

Pense-bête

Pour parler des micro-jupes et des micro-tee-shirts d'Ingrid

Quelques suffixes permettent de « rendre plus petit » ce dont on parle :

« elle » (exemple : ruelle)
« et » (exemple : balconnet)
« ine » (exemple : bottines)
« ot » (exemple : petiot).

Vous voyez le genre ???

Si vous ajoutez à cela un pull noir au crochet (taille pygmée ayant des problèmes de croissance) et une paire de bottes blanches fourrées peau de bête, vous avez la tenue complète.

Ingrid – C'est le même créateur que la robe que je portais hier, un jeune type qui a refusé d'être formaté par une école de stylisme et veut imposer son propre regard au monde de la mode. T'en penses quoi ?

Franchement ? Je ne sais pas ce qui lui est arrivé quand il était petit mais il a dû beaucoup souffrir. Il ferait mieux d'arrêter et de se lancer dans l'empaquetage des steaks hachés.

Bon ça, je ne peux absolument pas le dire sans gâcher l'anniversaire de Léa. En plus, je voudrais retourner à la cuisine pour écouter les explications d'Eugénie à propos du mystérieux messager.

Il faut que je reste neutre et que je coupe court à toute discussion.

Justine – Tu sais, moi, en dehors des jeans, des tee-shirts et des Converse, je ne connais rien à la mode.

Ingrid est restée un petit moment à me fixer avec l'air de la fille qui réfléchit intensément puis elle a chuchoté :

Ingrid – Justine, j'ai une proposition à te faire qui risque de changer complètement ton rapport au monde.

Ouh là... Je crains le pire.

Ingrid – Si tu veux, je te relooke.

Elle plaisante là ?!?

Ingrid – Bon, je préfère t'avertir qu'avec ton physique il ne faut pas t'attendre à des résultats spectaculaires mais je peux arriver à quelque chose de potable !

Justine – Quoi ? Qu'est-ce qu'il a mon physique ?

Ingrid – Eh bien, si tu me permets un regard professionnel...

La peste s'est reculée en plissant les yeux façon grand couturier détaillant le corps d'un de ses mannequins.

Ingrid – Tu n'as pas de poitrine, tu as la fesse un peu plate et le cheveu mou.

Moi qui hésitais à lui balancer qu'elle ressemblait à un hamburger sous cellophane avec sa jupe en plastique, elle va voir de quel bois je me chauffe.

Léa – Vous faites quoi les filles, vous restez dans l'entrée ?

Ingrid – Une petite seconde... Justine a besoin d'aide et je crois que je suis la bonne personne au bon moment.

Léa a souri.

Léa – Vraiment ?

Non, vraiment pas. D'ailleurs si Léa réintégrait rapidement la cuisine, je hacherais menu la toxic girl que j'ai en face de moi et je l'emballerais dans sa jupe.

Léa – Bien, je vous laisse alors. Vous venez quand vous voulez.

Justine – Moi, c'est tout de suite !

J'ai rejoint Léa illico. Je réglerais son compte à Ingrid plus tard. Il y avait plus grave que mes problèmes d'ego pour mon bonnet A et ma chevelure « parce que vous ne le valez pas », il fallait démasquer le notaire, dealer de marrons glacés.

Ingrid – Euh... moi, je dois passer à la salle de bain pour une retouche mascara. On s'occupe de toi plus tard, Justine ?

Justine – C'est ça.

Claire et Eugénie parlaient à voix basse quand on est revenues toutes les deux dans la cuisine.

Eugénie – Ah ! Vous voilà enfin. Je reprends donc là où je m'étais arrêtée.

Claire – Vous n'avez pas ouvert à Ingrid ?

Léa – Si, mais elle avait un ravalement de façade à effectuer avant de venir vous saluer.

Ma meilleure amie m'a adressé un clin d'œil trop mignon.

Eugénie – Bien... Ma théorie est la suivante : Bernard, quelques semaines avant sa mort, aurait contacté un notaire et lui aurait laissé un ordre à exécuter. Il tenait à ce qu'on remette à Léa quelque chose de précis pour ses dix-huit ans.

Claire – Pourquoi ne me l'a-t-il pas demandé à moi ?

Eugénie – Est-ce que, lorsqu'il était malade, tu acceptais de parler avec lui du temps où il ne serait plus là ?

Claire a respiré profondément et elle a secoué la tête de gauche à droite.

Eugénie – Eh bien voilà pourquoi... Avec un notaire, il a pu discuter tranquillement de sa mort et de la mission qu'il lui confiait.

Claire – Tu crois ?

Eugénie – Disons que c'est une théorie plausible mais nous en saurons plus dans peu de temps. Assez parlé de tout ça, il est bientôt 7 heures et ma petite-fille ressemble à Cendrillon. Alors ouste, allez vous préparer, Claire et moi terminons de ranger la cuisine et partons dîner au resto pour vous laisser tranquilles. Nous serons de retour à 22 h 35 pour l'homme mystérieux. Justine, accompagne ta meilleure amie et disparaissez.

On a monté en silence les escaliers qui mènent à la chambre de Léa.

Justine – Ça va, ma Léa ?

Léa – Oui.

Justine – Tu es angoissée à cause du notaire ?

Léa – Si c'est un notaire... Rien n'est moins sûr.

Justine – La thèse d'Eugénie semble plausible.

Léa – Ouais.

Justine – Ça te ferait plaisir que ton père ait pensé à toi, le jour de tes dix-huit ans ?

Léa – Mon père pense à moi tous les jours.

Justine – Oui, enfin tu me comprends.

Ma meilleure amie m'a serrée dans ses bras.

Léa – Ça me rendrait très heureuse. En plus, avec ce que je vais révéler ce soir, je crois que ça va être la plus belle fête de toute ma vie.

Justine – Pourquoi, qu'est-ce qui se passe ce soir ?

Léa – Nicolas ne t'a rien dit ?

Justine – Non, quoi ?

Léa – Patience... Tu sauras bientôt.

– Qu'est-ce qu'elle saura bientôt ?

Oh non, je l'avais oubliée.

Mais pourquoi cette fille a-t-elle le don d'apparaître systématiquement au plus mauvais moment ?

Léa, qui ne devait pas souhaiter mettre Ingrid dans la confidence, a répondu du tac au tac.

Léa – La robe que je vais porter ce soir. Justine me harcèle pour que je la lui montre. Je vais prendre ma douche et je l'enfile ! Vous me direz ce que vous en pensez, d'accord ?

Ingrid – *Yes* baby. En attendant, je m'occupe du make up de Justine.

Justine – Du quoi ?

Ingrid – De ton maquillage. Il y a vraiment tout à revoir !

Si elle m'approche avec sa trousse, je lui fais avaler son gloss et son recourbe-cils. Et elle n'a pas intérêt à me dire que j'ai le sourcil tombant, un teint de navet ou la truffe humide parce que, cette fois, ça va lui coûter cher.

Claire a crié du bas de l'escalier :

Claire – Vous êtes visibles les filles ? Attention, Nicolas et Jim montent vous rejoindre...

– Coucou les garçons !!!

Léa qui sortait de sa douche venait d'apparaître dans une serviette blanche nouée au-dessus de ses très jolis seins rebondis. C'est drôle, à force de la voir en maxirobe noire – façon veuve corse –, on oublie à quel point cette fille peut être radieuse. Nicolas a viré au rouge tomate et a bégayé :

Nicolas – On... on... de... de... descend s'occuper de la sono, vous nous rejoignez quand vous êtes prêtes ?

Tiens, tiens, mon cousin perd son sang-froid devant une Léa nue sous sa serviette de bain. Est-ce que j'aurais deviné ce que Léa s'apprête à nous révéler ce soir ???

Je n'ai pas eu à m'interroger longtemps. Nicolas a disparu plus vite que son ombre tandis qu'un sourire que je ne lui connaissais pas flottait sur les lèvres de Léa.

La peste centrée sur le piercing de son nombril n'a rien perçu de tout cela, elle a chuchoté d'un air ravi :

Ingrid – Je crois que ma tenue a provoqué son petit effet !

Je me suis retournée, les babines retroussées, et j'ai grogné :

Justine – Tu crois que c'est ta jupe qui a mis Nicolas dans cet état ?

Ingrid – Ben oui.

Justine – C'est que tu ne mesures pas le pouvoir attractif d'un vrai 95C qui se cache effrontément sous une serviette blanche.

Ingrid a tourné la tête brusquement vers Léa et a observé son décolleté. Elle s'est raclé la gorge, a eu une sorte de petit tic nerveux et a déclaré :

Ingrid – Excuse-moi, tu peux me prêter une brosse, je dois redonner un peu de volume à mes cheveux.

No comment.

Les garçons étaient en plein branchement de la sono lorsqu'on les a rejoints. Ils ne nous ont même pas regardées. Comme quoi, il y a plus efficace qu'un bonnet C pour intéresser les individus de sexe masculin, il suffit d'un ampli.

Léa m'a demandé de l'aider à rouler les tapis.

Léa – Il vaut mieux ranger les kilims d'Eugénie, elle en ferait une maladie si on les lui abîmait. C'est un cadeau d'un amant libanais qu'elle a beaucoup aimé.

Justine – Il avait les fesses bien fermes ?

Ma meilleure amie a éclaté de rire.

Léa – Je ne sais pas.

Nicolas que je croyais très concentré a levé la tête.

Nicolas – Tu regardes le cul des mecs, toi ?

Léa – Ça m'arrive.

Une fois de plus, mon cousin a viré au rouge cramoisi. Il faut avouer que le regard insistant de Léa sur les poches arrière de son Levis était au-delà de l'équivoque.

Ouh là, c'est plus chaud que je ne le pensais. Ils vont nous annoncer un mariage et un bébé pour l'été prochain.

Léa s'est approchée de moi et a chuchoté :

Léa – Non, plutôt l'été d'après.

Quoi ? J'ai bien entendu ? Mais quelle sorcière... On va avoir un petit Nicoléa ! Je veux être la marraine.

Jim, qui venait de brancher les amplis, a mis NRJ à fond et m'a invitée à danser. Oh oui !!! Il y a de quoi faire la fête.

J'étais certaine que Nicolas inviterait Léa mais, après lui avoir jeté un regard à la dérobée, il a semblé super gêné.

Il est trop mignon mon cousin en version amoureux transi. On ne le reconnaît pas !

Comme les premiers invités sonnaient à la porte, il a joué le maître de maison et est allé leur ouvrir.

Tandis qu'on dansait collé serré, j'en ai profité pour demander discrètement à Jim s'il était au courant de quelque chose de nouveau entre Léa et Nicolas. Il a souri de façon énigmatique.

Jim – Léa ne t'a rien raconté ?

Justine – Non.

Jim – J'ai juré de me taire mais tu risques d'être très surprise.

Justine – Par quoi ???

Jim – Motus et bouche cousue.

Justine – S'il te plaît Jim chéri, dis-le-moi.

Jim – Non, pas de numéro de charme, ça ne marche pas !

Justine – Tu peux bien répondre par oui ou par non à une question ?

Jim – Non.

Justine – Mais pourquoi toi tu sais ce qui se passe entre MON cousin et MA meilleure amie alors que moi, je ne sais rien ?

Jim – Parce que la vie est injuste !

Justine – T'es méchant.

Jim – Tu n'as pas toujours été de cet avis.

Cette allusion à peine voilée à notre histoire m'a empourpré les joues. Jim m'a donné une tape dans le dos.

Jim – Ne fais pas cette tête. C'est de l'histoire ancienne ! D'ailleurs, je vais te présenter Ambre dès ce soir.

Justine – Ambre ? Qui est-ce ?

Jim – Une très jolie fille que j'ai rencontrée au *Paradisio*.

Justine – Elle bosse là-bas ?

Jim – Non, c'est une cliente, elle est avocate, enfin avocate stagiaire pour l'instant !

Justine – C'est une vieille alors ?

Jim – Si vingt-quatre ans c'est vieux alors elle est vieille, mais une vieille hypersexy !

Une bouffée de jalousie est venue m'empoisonner le cœur.

Justine – Pourquoi une fille qui a un super job s'entiche d'un lycéen ?

Jim – C'est drôle comme tu oublies systématiquement que je travaille et que je n'ai pas la même vie que vous.

Ça m'a fait mal au cœur que Jim se sente obligé de nous mettre à distance pour justifier son histoire avec cette étrangère.

Justine – Tu passes ton bac, non, comme nous ?

Jim – D'abord, je le passe en candidat libre, je ne m'amuse pas au lycée avec mes copains. Et puis ça fait longtemps maintenant que j'ai une vie qui vous échappe totalement.

Justine – De quoi tu parles ?

Jim – De rien.

Un mur de glace infranchissable s'est élevé entre Jim et moi. On est restés face à face sans un mot.

J'ai eu soudain un gros coup de blues.

J'étais bien obligée d'entendre ce qu'il affirmait là. À partir de la classe de quatrième, Jim avait commencé à être différent. Il y avait eu ses fugues dont on ne savait rien, les cicatrices ou les bleus qui marquaient son visage lorsqu'il en revenait, ses copains louches qu'il saluait aujourd'hui encore parfois et qu'il ne nous présentait jamais. Un univers parallèle qu'on évitait tous soigneusement d'évoquer. Et puis, son embauche définitive au *Paradisio* qui avait supprimé nos espoirs de le voir réintégrer le lycée.

Comment devenir avocat ?

Il faut être au moins titulaire d'une première année en master (bac + 4 en droit) mais la plupart des candidats sont titulaires d'un diplôme de troisième cycle universitaire en droit (DESS, master, DEA, doctorat). Ensuite, il faut préparer le concours d'entrée à l'école d'avocats dans un Institut d'Études judiciaires rattaché à une université. Puis il faut réussir ce concours difficile... et enfin obtenir le Certificat d'aptitude à la formation d'avocat ou CAPA (18 mois avec formation, projet pédagogique et stage) avant de pouvoir s'inscrire au barreau de son choix.

L'avocat peut être polyvalent ou se spécialiser (droit de la famille, droit des affaires, droit commercial, conseil aux entreprises, etc.). Il peut ouvrir son propre cabinet, entrer dans un cabinet d'avocats ou être salarié.

Qualités principales : discrétion, sens psychologique, motivation, charisme, rigueur, éloquence, bonnes capacités rédactionnelles.

Environ 50 000 avocats exercent en France ; la moitié sont des femmes.

C'est vrai, on avait fermé les yeux. On avait voulu demeurer la bande de copains qu'on avait toujours été. On avait gommé les différences et éclairé nos points communs. Jim s'était prêté au jeu : Jim le gentil, Jim le serviable, Jim le roi des petites attentions. Ça nous arrangeait bien. Il est clair qu'on l'avait un peu oublié dans l'histoire. Je prenais conscience tout d'un coup qu'on s'était conduits comme des enfants gâtés.

Surtout moi.

J'ai voulu mettre ma main sur son épaule. Il s'est reculé d'un pas. Je suis restée le bras en l'air tandis que Jim reculait, reculait, reculait...

– Bon Justine, tu votes pour qui, là, toute seule, au milieu de la pièce ? Viens nous embrasser plutôt !

J'ai regardé qui me parlait et il m'a fallu quelques secondes avant de réaliser que Manu et Enzo me fixaient d'un air hilare.

Justine – Pardon, je ne vous avais pas vus.

Enzo – Des beaux mecs comme nous !

J'ai tenté de sourire mais j'avais tellement de chagrin que mon sourire a dû ressembler à une grimace. Le sourire vient du cœur et quand on contracte juste sa bouche de façon mécanique, le résultat est horrible.

Ça n'a pas échappé à Manu.

Manu – Tu vas bien Justine ?

Justine – Oui. Mais je n'ai pas envie de devenir adulte. On se met à comprendre les problèmes de la vie, les difficultés des rapports humains et on perd sa légèreté.

Enzo – Ouh là là, t'es dans un état grave. Tu veux que je te serve quelque chose à boire ?

Justine – Je préférerais une boîte entière de fraises Tagada et un pot familial de Nutella.

Manu – Toi, il te faut rapidement un grand amour dans ta vie. C'est vraiment fini avec Thibault ?

Justine – Si on pouvait éviter les sujets qui fâchent.

Enzo – À ce point ?

Justine – Oui. Qui aime qui ? Justine aime Thibault qui aime Tatiana ou Justine aime Jim qui aime Ambre ? Léa aime Peter ou Nicolas ?

Enzo – Quoi ? Léa et Nicolas ?

Justine – Oui.

Les deux garçons se sont regardés d'un air entendu.

Enzo – Tu avais raison.

Manu – Eh oui, j'ai toujours raison. Il était évident que leurs chamailleries cachaient tout à fait autre chose. Tiens, voilà Anna... On ne connaît pas son fiancé. Il est mignon.

Je me suis retournée pour voir le garçon en question. Si même Anna qu'on a toujours connue célibataire a un amoureux, je suis vraiment l'unique pauvre fille à être seule.

Je ne m'en étais pas rendu compte lors de ma discussion mouvementée avec Jim, mais les invités étaient tous arrivés les uns après les autres : Yseult, Adam accompagné de la même fille que le jour de l'an, Leila et Simon les fidèles du cours de théâtre, 2 d'tens et quelques élèves de la classe de Léa... Tous présents pour Léa avec des cadeaux plein les bras.

J'étais heureuse pour elle, seulement il était 20 h 30 et il manquait une personne. Celle qui comptait le plus pour moi. Thibault. Je savais qu'il devait livrer des sushis de 13 à 16 heures mais depuis, où était-il ?

Il était peut-être chez lui avec Tatiana, pas pressé de nous rejoindre. Alors pourquoi les paroles d'hier ? Pourquoi ce bras sur mon épaule et son souffle sur ma nuque ? Il cherchait à se venger, c'est ça. Je l'avais fait souffrir pendant des semaines cet hiver, avec mes hésitations et là, il s'amusait à m'allumer et à m'éteindre.

C'est nul de me faire souffrir pour rien. Moi, quand j'hésite, c'est parce que réellement mon cœur balance entre Jim et lui.

– Bonsoir Justine ! Tu comptes bientôt attaquer la première phalange ?

J'ai retiré ma main de ma bouche. Mince, j'avais réussi à ne pas me ronger les ongles ces derniers jours. Il n'en reste plus que deux sur cinq !

Justine – Ah bonsoir Adam ! Excuse-moi, j'étais un peu perdue dans mes pensées.

Adam – Je vois ça. Tu connais Lilas ?

Ambre, Lilas... C'est vraiment des prénoms « Touche pas à ma planète » ! À se demander ce qui se passe dans la tête de certaines mères lorsqu'elles viennent d'accoucher.

Justine – Oui, on s'est rencontrées le 31 pour le réveillon.

J'ai plaqué sur mon visage le sourire de la fille sympa toujours prête à accueillir les nouvelles dans la bande. Heureusement, Léa m'a appelée, ce qui m'a donné l'occasion de couper court à un début de discussion.

Léa – Tu m'aides à réchauffer les pizzas et les quiches ?

Justine – Oui. Je peux même nettoyer la vaisselle, les vitres et le parquet si tu veux. C'est tout ce que je mérite ce soir.

Léa – Qu'est-ce qui t'arrive ?

J'ai attendu qu'on soit seules dans la cuisine pour déverser mes angoisses.

Justine – Thibault n'est pas là et il est possible qu'il soit dans les bras de l'Américaine, Jim vient de me dire qu'on n'a jamais cherché à savoir qui il était vraiment et qu'il a une nouvelle girl-friend, ma meilleure amie me cache qu'elle a une liaison avec mon cousin. Bref, je vis une existence où règnent la confiance, l'amour et une totale transparence.

Léa – C'est tout ?

Justine – Oui.

Léa – Tu m'as fait peur, j'ai cru que c'était grave. Tu prends le grand plateau de pizzas, s'il te plaît ?

Justine – Merci pour ta compassion !

Léa – Ma Justine chérie, tu sais comme je t'aime, mais tu as une imagination débordante qui te rend très malheureuse et, je dois l'avouer, assez pénible. Reprenons la liste de tes doléances. Thibault, le prince de ton cœur, n'est pas arrivé parce qu'il est forcément dans les bras de Tatiana avec laquelle il aurait renoué. Faux ! Thibault vient de m'appeler et m'a informé qu'il est au commissariat depuis plus de deux heures pour porter plainte parce qu'on lui a volé le top-case de son scooter. Il y a un monde fou avant lui : une femme qui a été mordue par le singe de son voisin, un homme qui en a assez qu'on mette des pétards dans sa poubelle, un couple qui se tape dessus avec des raquettes de tennis...

Justine – Pourquoi il t'a appelée toi ?

Léa – Tout d'abord parce que, souviens-toi, c'est MON anniversaire ce soir et puis surtout parce qu'il t'a laissé trois messages et que tu n'as pas daigné lui répondre.

Mince, j'avais changé de jean pour la soirée et mon téléphone était resté dans l'autre. Comme je prenais de l'élan pour aller le chercher, Léa m'a attrapée par le bras.

Léa – Je n'ai pas fini. En ce qui concerne Jim, son histoire avec Ambre lui fait un bien fou.

Justine – Avec Ambre ? Comment es-tu au courant ?

Léa – Parce que j'ai posé la question. Je percevais tellement de petits changements ces derniers jours.

Sa réponse m'a fait un trou au milieu de l'estomac. J'étais la pire des filles. Je ne voyais jamais rien. Je ne m'intéressais qu'à moi.

Léa – C'est pas vrai.

Justine – Quoi ?

Léa – Que tu ne t'intéresses qu'à toi. Tu es la meilleure des meilleures amies et je serais très malheureuse si tu n'existais pas.

Justine – Léa...

Léa – Je n'ai pas fini ! En ce qui me concerne, il s'est passé hier une chose à laquelle je ne m'attendais pas. Peter a été tellement minable avant la représentation que je me suis disputée avec lui et c'est à cette scène que vous avez assisté. J'étais folle de rage et je n'ai pas réalisé qu'on se donnait en spectacle.

Justine – Pourquoi tu étais tellement en colère contre lui ?

Léa – Parce qu'il m'avait promis, il y a longtemps déjà, qu'à ma majorité nous pourrions vivre notre amour au grand jour. Mais quand je l'ai invité à ma fête, il s'est lamentablement défilé. Tu sais, je gardais toujours cette promesse au fond de moi. Je me disais : « Tiens bon Léa, tu seras bientôt majeure et tout changera. » Je lui faisais confiance, il m'a trahie.

Justine – Et Nicolas alors ?

Léa – Quand j'ai vu les risques qu'il courait pour moi hier soir, j'ai réalisé que je n'aimais pas la bonne personne.

Justine – Et que tu l'aimais lui ?

Léa a pris un petit temps avant de répondre.

Léa – Je crois, oui.

– Eh les filles, vous organisez une conférence dans la cuisine ? On vous attend, nous !

Manu, Enzo, Nicolas et Adam, un verre à la main, nous invitaient à les rejoindre.

Léa – On arrive, on réchauffait les pizzas ! Vous nous aidez à les porter dans le salon ?

Jim – Oui, madame !

Léa – Attention, c'est chaud !

Tandis que les garçons s'emparaient des plateaux, ma meilleure amie s'est penchée vers moi et m'a chuchoté à l'oreille :

Léa – On attend le messager de mon père, on voit ce qu'il me veut et après je souffle mes bougies dans les bras de Nicolas. Ça te va ?

Justine – Yes !

Léa – D'abord tu rappelles Thibault et tu reviens vite t'amuser avec nous.

Justine – D'ac, donne-moi trois minutes !

J'ai foncé dans la chambre de Léa. Je n'ai même pas allumé la lumière. Comme je tâtonnais pour trouver mon jean sur le lit, quelque chose a bougé. J'ai hurlé comme les filles dans les films d'horreur.

Je me suis collée contre le mur et j'ai attendu. Une main s'est glissée hors de la couverture et a allumé la lumière.

Simon ! Le copain du cours de théâtre, qu'est-ce qu'il fait dans le lit de Léa ?

Il n'a pas eu à me fournir la réponse. La jupinouninette en plastique et le pull en crochet noir étaient sous mes pieds.

Je suis sortie à reculons en m'excusant.

Inutile de vous dire que je suis allée immédiatement faire un radio reportage à ma meilleure amie.

Léa – Quoi ? Dans mon lit ? Ils sont gonflés !!! Voilà pourquoi on ne voyait plus Ingrid depuis le début de la soirée.

Justine – Moi qui pensais que la présence de 2 d'tens l'avait affectée et qu'elle pleurait dans un coin son grand amour perdu.

Léa – Tu parles ! Elle s'amuse mieux que nous finalement !

Justine – On n'a pas dit notre dernier mot. Je sens que cette soirée va être un feu d'artifice.

J'avais à peine fini ma phrase qu'on a sonné à la porte. Il n'était que 21 h 15, trop tôt pour le notaire. Mon cœur s'est emballé.

Justine – C'est Thibault, il a dû en avoir assez au commissariat, il nous a rejoints.

Léa – Allez, file lui ouvrir. Je reste là pour assister aux retrouvailles des amants impossibles.

J'ai couru comme une folle jusqu'à l'entrée, j'ai failli arracher la poignée tellement j'ai tiré fort et là, le choc...

Oh non...

Peter, un énorme bouquet de roses rouges à la main, se tenait sur le palier. Je me suis retournée et j'ai vu le visage de Léa se décomposer.

L'homme en noir a juste prononcé :

Peter – Je te demande pardon pour hier. Je suis venu te chercher, je t'aime Léa.

À coeur ouvert

Ingrid – Vous avez choisi qui pour commencer ?

Léa – Le professeur en cardiologie, spécialiste des transplantations. C'est pour Justine... Maintenant qu'elle s'est inscrite en médecine, il faut qu'elle commence à imaginer que les médecins hospitaliers ont une autre tête que celle du docteur House.

Ingrid – Et après ?

Léa – Le commissaire de la brigade des stups !

Ingrid – Ah, moi je l'ai mis en dernier, tu crois qu'il ressemble à Vincent Cassel ou à Vin Diesel ?

Justine – Je pencherais plutôt pour un mélange de Navarro et du commissaire Cordier.

Devant l'air dégoûté de la peste, j'en ai rajouté.

Justine – Avec le regard absent du vieil inspecteur qui parle à deux à l'heure dans cette série allemande qu'on ne regarde qu'en cas de dépression sévère.

Ingrid – Qui ça ? Derrick ?

Justine – Natürlich.

Ingrid – T'es horrible !

Depuis une semaine, c'était l'agitation au lycée. De grands spécialistes devaient venir évoquer leur métier et un après-midi de cours avait été balisé pour que tous les élèves de première et de terminale assistent aux conférences.

C'était la première année que le proviseur mettait cela en place et on sentait qu'il avait besoin que ce soit un succès. Aussi, durant les jours qui avaient précédé les rencontres, un surveillant avait débarqué presque à chaque cours pour nous donner telle ou telle information supplémentaire. Très rapidement, plus personne n'avait écouté.

Évidemment, le but de ces rencontres était de déclencher des vocations du type « Ça y est papa, je sais ! Je serai ingénieur des Ponts ou trader ou sage-femme... ». Pour nous, dans la mesure où on avait déjà effectué nos pré-inscriptions en fac, c'était surtout l'occasion de louper un après-midi « maths-physique-espagnol-SVT » et de se retrouver avec les copains des autres classes.

Ingrid – Et après, vous allez voir qui ?

Léa – Euh, je ne sais plus. On a noté qui après, Justine ?

Justine – Le directeur de la boîte d'événementiel.

Ingrid – Je commence par lui, j'espère qu'il va me remarquer et m'embaucher après mon école de com. Et les garçons, ils font quoi ?

Justine – On ne sait pas, ils ont changé douze fois d'avis.

Ingrid – Je croyais qu'on n'avait plus le droit de modifier ses choix depuis lundi midi.

Justine – Peut-être, mais il y a dix minutes ils voulaient débuter par le chercheur en réchauffement climatique. Ça intéressait Thibault pour sa future école d'ingénieurs.

La peste a eu l'air anéantie.

Ingrid – Vous parlez du type qui a fait ses recherches sur la banquise ?

Léa – Oui.

Ingrid – Son intervention n'a pas été annulée la semaine dernière ?

Justine – Je ne crois pas, non.

Ingrid – C'était la conférence qui m'intéressait le plus.

Léa – Pourquoi, tu voulais qu'il t'arrange le coup avec un ours polaire ?

J'ai regardé Léa, stupéfaite.

S'il y a une personne au monde incapable de faire une réflexion aussi lamentable, c'est bien elle.

La peste a réagi du tac au tac.

Ingrid – Un ours polaire ? Ah non certainement pas, chérie. Je ne porte que de la fourrure synthétique. En revanche, je suis passionnée par le réchauffement climatique et ses conséquences aux pôles.

Sur cette dernière réplique balancée assez fraîchement, elle a tourné ses stilettos et elle a disparu. Je pensais que ma meilleure amie allait faire acte de contrition pour cette pique injustifiée mais non, je l'ai entendue marmonner :

Léa – Ça, ma petite, c'est pour Simon.

J'ai dodeliné de la tête pour montrer ma désapprobation.

Léa – Quoi ? Tu ne vas pas la défendre non plus ?

Justine – Certainement pas ! Tu sais bien que cette fille m'exaspère même si, pour des raisons qui m'échappent, nous continuons à la considérer comme notre amie. Toutefois, ton animosité à son égard depuis son histoire avec Simon me paraît étrange.

Léa – Il n'y a rien d'étrange, je suis certaine qu'Ingrid a couché avec Simon uniquement pour blesser 2 d'tens. Elle n'en a rien à faire de lui et elle lui a ruiné le cœur.

Justine – Ce n'est pas l'impression que Simon m'a donnée le jour de ton anniversaire.

Léa – Je ne parle pas de cette soirée-là.

Justine – Euh... Si j'ai bien compris, il n'y a rien eu d'autre entre eux que cette soirée-là !

Léa – Justement, le problème est là ! Elle a fait comme si elle ne le connaissait pas dès le lundi matin au lycée.

Justine – Remarque, vu le temps consacré aux présentations, on peut presque affirmer qu'elle ne le connaissait pas. Je te rappelle qu'entre le moment où Simon est arrivé et celui où je les ai trouvés dans ton lit, il ne s'est pas écoulé plus de deux heures.

Léa – Arrête, Ingrid a croisé Simon je ne sais combien de fois au lycée. Et puis même si ce n'était qu'une aventure d'un soir, il y a manière et manière de l'exprimer.

Justine – C'est vrai. Mais il s'est passé tellement de choses incroyables durant cette soirée. Il y a eu une folie générale pour tes dix-huit ans. Comme si tout le monde voulait les fêter à sa façon.

Léa – Dire que ça fait plus de deux semaines que tout cela est arrivé !

Justine – Ouais, sacré raz-de-marée !

Léa – Oh non ! S'il te plaît ma Justine, on n'en reparle pas. J'ai l'impression que c'est notre unique sujet de conversation depuis des jours et des jours. Allez viens, on va voir ton docteur House, j'espère que sa jambe le fait moins souffrir et qu'il n'avale plus ses saletés de calmants...

La rencontre avec le professeur en médecine K. Lilouchka avait lieu au réfectoire à 14 h 30, et malgré notre quart d'heure d'avance il y avait déjà un monde fou.

Justine – Je ne suis pas sûre qu'on trouve de la place.

Léa – Il y a des gens qui ont dû modifier leurs choix au dernier moment. Présario va être fou de rage. Ah, regarde, au milieu, au troisième rang, il y a des places libres.

On s'est glissées entre les rangées en s'excusant de déranger. À l'instant où on s'apprêtait à s'asseoir, une voix suraiguë a crié :

– Allez voir ailleurs s'il y a de la place, ici c'est déjà pris !

On a levé la tête et le regard acier de Vanessa nous a transpercées. Léa a aussitôt rétorqué :

Léa – Je ne vois personne.

Vanessa – Ce sont des places réservées.

Léa – Plus maintenant.

Et sans se soucier aucunement de l'agitation de Vanessa, Léa s'est assise. Pendant un moment, tous ceux qui étaient autour se sont tus, attendant la suite. Mais rien... Brice, le pervers aux petites cuillères qui était assis devant la table du conférencier, en a profité pour me faire de la main son signe de scout. Oh non, pas lui.

Je me suis collée à Léa sans oser lever les yeux. Elle m'a chuchoté :

Léa – Regarde droit devant et ne te laisse pas impressionner par cette pimbêche !

Ne te laisse pas impressionner, facile à dire. Je ne sais pas si vous vous souvenez du phénomène Vanessa dite Anastasia. La fille qui, pour se venger de l'infidélité de mon cousin, lui a fait vivre un scénario digne des plus grands thrillers.

Rappelez-vous, alors qu'on était en première, Nicolas m'avait révélé qu'un problème énorme le torturait.

Une fille sublime rencontrée sur Internet (mais jamais dans la réalité) et dont il était fou amoureux était en grand danger. Ils échangeaient des mails depuis des semaines quand elle lui avait révélé sa triste situation : une mère partie, un père alcoolique et violent qui la cloîtrait chez eux.

Un soir où elle se sentait menacée de mort, Nicolas lui avait proposé de venir se cacher à la maison bleue. Après un refus, la belle avait accepté et lui avait donné rendez-vous à la gare avec sa petite valise. Elle n'était jamais arrivée... Devait-il prévenir la police alors qu'il ne possédait ni son nom de famille ni son adresse ? Mon cousin, fou d'angoisse, m'avait alors tout raconté.

Assez rapidement, l'histoire avait présenté quelques incohérences et, après un après-midi de réflexion à plusieurs (et je dois l'avouer, grâce à quelques remarques de génie d'Ingrid), nous avions découvert le pot aux roses.

Anastasia n'était qu'une invention diabolique de Vanessa qui n'avait pas supporté que mon cousin la plaque le jour de son anniversaire. Le problème, c'est que l'histoire n'en était pas restée là !

Vanessa alias Anastasia avait pris des photos de mon cousin attendant à la gare comme un benêt avec une ridicule écharpe orange. Écharpe qu'elle avait exigée pour pouvoir le reconnaître. Dès le lendemain, elle avait affiché ces photos au lycée et colporté le canular. Mon cousin avait été la risée de tous. Depuis, c'était la guerre froide entre eux.

J'ai bien dit entre eux. Pas entre Léa et Vanessa. À moins que, depuis, Vanessa ait appris que...

Léa – Arrête de te faire des nœuds dans la tête pour rien. Regarde plutôt, voilà le professeur Lilouchka qui arrive.

Justine – Ouh là... Vraiment pas le look de Gregory House.

Léa – Non, plutôt le genre épais. Je préfère son assistante.

Justine – Ouais... Elle a l'air douce et elle a un beau sourire. Ben, qu'est-ce qu'il fait le doc, il opère le micro ou quoi ?

En effet, le professeur en médecine s'était emparé du micro, avait sorti de sa poche deux trois outils et était en train de le démonter.

Léa – Ça alors !

Justine – Tu crois qu'il cherche à nous faire comprendre que le courant électrique est une métaphore du cœur humain ? Ce serait une sorte d'introduction à sa conférence ?

J'avais à peine fini ma phrase que sa toute douce assistante s'est avancée et a annoncé :

L'assistante – Désolée pour ce contretemps mais je n'ai pas une voix qui porte et j'ai absolument besoin du micro. Je vous demande encore quelques minutes et je vous promets de tout vous dire sur les transplantations cardiaques !

Il y a eu un petit brouhaha dans le réfectoire. A priori, nous n'étions pas les seules à nous être méprises sur l'identité du professeur K. Lilouchka.

Léa – Alors là, ma Justine, on vient d'être prises en flagrant délit de machisme ! J'ai beau me considérer comme une féministe éclairée, j'ai pensé comme le plus arriéré des êtres de l'espèce masculine. Je vois un couple et j'imagine aussitôt que le professeur en médecine est l'homme et que la petite chose fragile à côté est son assistante.

Justine – Il faut quand même dire pour notre défense qu'elle ne ressemble pas à...

Léa – À quoi ? À l'image véhiculée par les médias ? Par une société construite depuis des millénaires par des hommes pour des hommes ?

Aïe aïe aïe, je n'aurais jamais dû ouvrir la bouche. Léa de Gouges avait enfourché son cheval de bataille et était partie à l'assaut des inégalités homme-femme.

– Je peux m'asseoir, jolie demoiselle ?

La remarque chevaleresque de mon cousin que je n'avais pas vu arriver a immédiatement fait taire Léa. Elle s'est poussée pour qu'il puisse s'asseoir près d'elle.

Léa – Qu'est-ce que tu fabriques ici ? Tu ne devais pas être à la conférence du chercheur sur le réchauffement climatique ?

Nicolas – Si, j'y étais. Mais écouter pendant une heure un mec qui suce des glaçons sur la banquise en pleurant la disparition d'ours qui ne sont même pas de sa famille, ça m'a gonflé.

Léa – C'est malin !

Nicolas – Mais surtout, la vraie raison c'est que...

Mon cousin s'est penché vers Léa et lui a chuchoté quelques mots à l'oreille qui l'ont fait sourire. Il lui a pris la main discrètement.

Je vous raconte ça comme si c'était une évidence mais vous n'êtes pas au courant de la vie tumultueuse de L la théâtreuse ! Alors voilà...

– Un deux, un deux...

La voix du réparateur du micro a résonné dans le réfectoire, suivie d'un larsen qui nous a vrillé les oreilles.

Le réparateur – Madame le professeur, c'est à vous. À moins qu'on ne doive vous appeler madame la professeuse, je ne sais pas.

K. Lilouchka – Les gens qui me connaissent m'appellent simplement Katerina. Pour se moquer gentiment, les internes me surnomment la comtesse aux gants blancs. Certainement à cause de mes origines russes ! Et je débuterai par là si vous le voulez bien, par ces origines russes.

Nicolas a chuchoté :

Nicolas – Oh putain, on va avoir droit à ses promenades en traîneau dans la Russie tsariste avec sa chapka et sa petite couverture en fourrure blanche sur les genoux.

Léa – La Russie tsariste ? Ne raconte pas n'importe quoi, elle est plus jeune que ma mère !

Justine – Chut...

K. Lilouchka – Je suis une fille d'immigrés russes. À la maison, on ne parlait pas un mot de français et c'est moi qui traduisais à ma mère ce que les gens lui disaient. Tout ce que je sais, je l'ai appris à l'école. J'ai été une élève assidue et attentive parce que la France m'a donné la chance d'étudier. Je n'ai bénéficié d'aucun appui, d'aucun réseau, ce que j'ai je le dois à l'enseignement de mes maîtres et à mon travail.

La jeune femme s'est arrêtée de parler et nous a regardés longuement en souriant.

K. Lilouchka – Mais mon enfance n'est pas l'objet de cette conférence. Toutefois, je sais que certains d'entre vous me ressemblent même si Moscou pour eux s'appelle Rabat, Dakar, Lisbonne ou Shanghai...

Nicolas a susurré :

Nicolas – Pas mal le petit clin d'œil aux Français d'origine étrangère pour fidéliser son auditoire.

Justine – T'es vraiment trop nul. Ça lui est parfaitement égal de fidéliser son auditoire, je te rappelle que les intervenants viennent bénévolement parler de leur métier. Dans une heure, elle est partie et elle a d'autres projets dans sa vie que de plaire à des crétins boutonneux.

Nicolas, inquiet, s'est tourné vers Léa.

Nicolas – J'ai des boutons ?

Léa – Non ! Mais, effectivement, tu es un peu crétin.

Mon cousin, vexé comme un pou, n'a pas ajouté un seul mot, toutefois j'ai bien vu que Léa lui passait la main dans le dos pour le consoler de cette légère brimade. Il a fait mine de ne rien sentir.

La professeure Lilouchka s'est mise à raconter ses études : ce concours terrible de première année pour lequel elle avait perdu le sommeil puis ce premier stage obligatoire en cancérologie alors qu'elle débutait sa deuxième année. Un cauchemar. Elle pleurait tous les soirs !

Je commençais à me demander si elle n'était pas venue pour nous dégoûter définitivement de la médecine.

Ensuite elle nous a expliqué en détail son deuxième stage lors de sa troisième année dans le service d'un des plus grands chirurgiens français. Incroyable ! Un monde entier s'est ouvert à elle ! Sous les doigts de cet homme, le corps humain était une mécanique d'horlogerie fine qu'il réparait avec minutie.

Nicolas s'est senti obligé de réintervenir à voix basse :

Nicolas – Tu crois qu'il s'est occupé de son corps à elle, l'homme aux doigts d'or ?

Cette fois-ci, Léa, aussi passionnée que moi par le récit, a donné un coup de coude assez sec dans les côtes de mon cousin qui s'est tu.

La jeune femme a continué à nous parler de son métier dans un silence religieux. On a appris des choses incroyables sur le fonctionnement du cœur, sur les malformations chez de tout petits enfants, sur les transplantations possibles, sur la vie retrouvée.

C'était mieux que *Grey's anatomy*, *Dr House* et *Urgences* réunis ! Lorsqu'elle nous a dit : « Je vous remercie pour votre attention et je vous souhaite de belles rencontres éclairantes », je n'ai pas compris qu'elle avait conclu. Je suis restée à attendre la suite. Ce sont les applaudissements des élèves qui m'ont sortie de mon rêve. Enfin, plutôt les applaudissements ET la lourdeur de mon cousin !

Nicolas

Ma Justine préférée, tu es sûre de vouloir devenir médecin ? J'ai trouvé sur Wikipédia que les études de médecine sont les plus longues des études supérieures en France. Les plus longues, tu imagines ? Elles durent entre neuf et douze ans, selon la spécialité que tu choisis. D'abord, tu commences par la théorie puis les études deviennent de plus en plus pratiques. Plus marrant, j'ai aussi appris que l'étudiant en médecine est surnommé le « carabin ». On va t'appeler carabine ?

Aujourd'hui, 11h59 · J'aime · Commenter

Thibault aime ça.

Justine Mon cousin adoré, sache que c'est une vraie vocation. J'en rêve depuis que je suis toute petite et que je soigne mes poupées !

Aujourd'hui, 12h03 · 1 personne aime ça

Léa Nous serons toujours là pour t'encourager quand il le faut !

Aujourd'hui, 16h22 · J'aime

Jim Et je serai ton premier patient quand tu ouvriras ton cabinet…

Aujourd'hui, 17h19 · J'aime

Ingrid Tu ne veux pas devenir chirurgienne esthétique ?

Aujourd'hui, 17h35 · J'aime

Nicolas – Ouf, c'est terminé ! J'allais gerber avec ces histoires de cœur qu'on arrache et qu'on met dans des congélos portatifs.

Léa – Mais tu ne veux pas t'arrêter de provoquer un peu. C'était vraiment extraordinaire cette conférence !

Nicolas – Oui, si on aime les sorcières qui jouent avec le cœur des autres.

– Bonjour Nicolas. Pas d'écharpe orange aujourd'hui ?

Évidemment Vanessa, qui bouillait depuis qu'elle avait vu mon cousin s'asseoir amoureusement près de Léa, n'avait pas pu s'empêcher de faire une remarque perfide.

Nicolas – Ah merde ! En fait j'étais pas au courant, c'est un congrès de sorcières ! Mais je crois que je préférerais encore confier mon cœur à la Russe.

Et passant devant Vanessa sans la regarder, il a pris Léa par la main.

Nicolas – Je vous offre un Coca au distributeur, je sens des ondes de menteuse par ici. Le genre qui ferait croire qu'elle est une grande fille malheureuse alors qu'elle est juste une pauvre fille aigrie.

Ouh là... Si ce n'est pas une déclaration de guerre ça, je ne m'y connais pas !

Vanessa – Moi, je sentirais plutôt des ondes de sainte-nitouche, le genre qui couche avec son prof de théâtre un soir et avec un vieux pote par dépit le lendemain.

Avant qu'elle ait terminé de prononcer la dernière syllabe de sa phrase, Vanessa s'est retrouvée avec trois visages féroces à quelques centimètres du sien et, sans se concerter, on a dit d'une même voix : « Pas un mot sur Léa ou tu auras affaire à moi. » Elle n'a pas cherché les ennuis plus longtemps, elle est partie sans se retourner.

Extrait du serment d'Hippocrate

« Je jure par Apollon, médecin, par Asclépios, par Hygie et Panacée, par tous les dieux et toutes les déesses, les prenant à témoin que je remplirai, suivant mes forces et ma capacité, le serment et l'engagement suivants (...) :

Je dirigerai le régime des malades à leur avantage, suivant mes forces et mon jugement, et je m'abstiendrai de tout mal et de toute injustice. Je ne remettrai à personne du poison. (...) Je passerai ma vie et j'exercerai mon art dans l'innocence et la pureté.

Quoi que je voie ou entende dans la société pendant, ou même hors de l'exercice de ma profession, je tairai ce qui n'a jamais besoin d'être divulgué, regardant la discrétion comme un devoir en pareil cas.

Si je remplis ce serment sans l'enfreindre, qu'il me soit donné de jouir heureusement de la vie et de ma profession, honoré à jamais des hommes; si je le viole et que je me parjure, puissé-je avoir un sort contraire et mourir dans la tristesse. » (traduit par Émile Littré).

J'ai regardé le visage qui s'était collé à la droite du mien... Thibault ! Oh ce qu'il est beau ! J'ai mis mes bras autour de son cou et je l'ai embrassé.

Nicolas – Bon, vous avez fini de vous rouler une pelle ? On peut y aller ?

Thibault – Yes !

Léa, qui était restée sans voix depuis la remarque de Vanessa, s'est rassise.

Nicolas – Qu'est-ce que tu fous ?

Ma meilleure amie n'a rien répondu. Elle semblait vraiment triste. Mon cousin s'est penché vers elle.

Nicolas – C'est pas la remarque de cette pauvre conne de Vanessa qui t'a énervée ? T'as vu ce qu'on lui a mis ?

Et passant un bras sous les jambes de Léa et un bras derrière son dos, il l'a soulevée et l'a emmenée dans la cour. On les a suivis en riant.

Il y avait beaucoup de monde au distributeur et les garçons, galants, nous ont proposé de les attendre un peu plus loin. J'ai aussitôt accepté. Je voulais absolument me retrouver seule avec Léa pour parler de ce qui venait de se passer.

Justine – C'est ce qu'a dit Vanessa qui t'a blessée ?

Léa – Non, c'est la justesse de ce qu'a dit Vanessa qui m'a blessée, c'est différent.

Justine – Je ne comprends pas.

Léa – Laisse tomber, Justine ! Je ne suis pas dans mon assiette aujourd'hui. Pense plutôt à notre stop à Sydney avec tes copains les kangourous !

Justine – Alors vraiment, tu veux le faire avec moi ?

Léa – Oui !!!

Justine – Tu ne préférerais pas partir avec Nicolas ?

Léa – Non ! Avec toi, ça sera génial !

Justine – Il reste à convaincre ma mère.

Léa – On y arrivera !

Justine – Et après l'Australie, on ira aussi sur la Upper East Side comme dans *Gossip Girl* ?

Léa – Yes ! On mangera des hot-dogs à la santé de mon père.

Justine – Quelle idée géniale il a eue !

C'est vrai que le cadeau du père de Léa remis par M. Quaker, le fameux notaire, était vraiment l'attention la plus merveilleuse dont j'avais jamais entendu parler ! Vous ne trouvez pas ?

Ouh là... Je me rends compte que vous ne savez pas du tout de quoi il retourne. Il faut dire que depuis l'arrivée théâtrale de Peter le soir de l'anniversaire de Léa, je ne vous ai rien raconté. Je ne sais pas si j'ai le temps là...

Bon, je commence mais il ne faudra pas vous formaliser si j'arrête quand les garçons arrivent.

Le lendemain, jour anniversaire de Léa, tout s'était accéléré. Alors que je désespérais de voir mon Thibault, on avait sonné à la porte.

J'avais couru pour ouvrir et... Peter, un bouquet de roses rouges à la main, avait prononcé dans une diction parfaite : « Je te demande pardon Léa, je t'aime. »

Mon cœur s'était mis à battre comme un fou. Ça n'allait pas recommencer ! Pour une fois que Léa avait osé la rupture, ce sale type cherchait à la manipuler à nouveau.

Évidemment, je n'avais pas osé dire ce que je pensais.

Je m'étais effacée pour que les deux amants se retrouvent seuls face à face.

J'étais certaine que ma meilleure amie allait lui tomber dans les bras. Mais contre toute prévision...

Léa – C'est trop tard Peter. Je ne te fais plus confiance. Tu m'avais demandé d'attendre jusqu'à ce que j'aie dix-huit ans, j'ai accepté. Je n'ai jamais rien exigé de toi. Je n'ai pas cherché à savoir où et avec qui tu vivais. J'ai patienté avec respect. Hier, lorsqu'il a fallu honorer ta promesse, tu t'es défilé.

Peter – Hier, c'était hier. Avant le spectacle, je n'étais plus moi-même. J'ai mal réagi, c'est vrai. Mais il n'en reste pas moins qu'aujourd'hui, je te le jure : je t'aime.

Léa – Qui est le vrai Peter ? Le lâche d'hier ou l'amoureux transi d'aujourd'hui ? Celui qui joue avec mon cœur depuis deux ans ou l'homme éploré ?

– Qu'est-ce qui se passe Léa ?

Mon cousin, que je n'avais pas vu arriver, se trouvait maintenant dans l'entrée, juste derrière moi. Il regardait avec haine l'homme en noir et son bouquet de roses rouges. Durant quelques secondes, il y a eu une tension électrique palpable entre les deux rivaux et puis Léa a prononcé presque dans un cri :

Léa – Il ne se passe rien. Peter s'est trompé d'adresse. Il s'en allait justement.

Nicolas, soupçonneux, a demandé :

Nicolas – Tu es sûre ?

Ma meilleure amie a pris une longue inspiration.

Léa – Oui, j'en suis certaine. Bonsoir Peter. Tu trouveras certainement à qui offrir ces fleurs.

Et elle a fermé la porte.

On est restés tous les trois durant un long moment exactement à la même place comme si on avait été pétrifiés. Il aurait fallu que je m'éclipse mais je ne bougeais pas.

La fête battait son plein dans le salon, les bruits des verres qu'on entrechoque nous parvenaient, pourtant nous étions ailleurs, dans une autre dimension.

La sonnette a de nouveau retenti. Léa est devenue blanche comme un linge. Nicolas s'est avancé fou de rage.

Nicolas – Putain, je vais lui foutre mon poing dans la gueule à ce type. Il va les bouffer ses roses...

Ma meilleure amie a fermé les yeux. J'ai pensé aux horribles faits divers qu'on lit dans les journaux en croyant que ça n'arrive qu'aux autres. J'ai détourné la tête.

Nicolas a ouvert la porte à la volée et a hurlé :

Nicolas – Tu vas nous foutre la paix !

Après quelques dixièmes de seconde d'un silence épais, un éclat de rire a accueilli la colère de mon cousin.

Il est malade ce Peter ! Nicolas est prêt à le tuer et lui il...

– Ah ben merci pour l'accueil, on se sent vraiment attendu ! Tu m'as fichu une trouille...

Oui ! c'est lui, mon prince ! J'ai de nouveau osé regarder devant moi. Dans l'encadrement de la porte, Thibault hilare nous observait.

Thibault – Il se passe quoi ici ?

Aucun d'entre nous n'a pu lui répondre. Léa s'est sauvée dans la cuisine suivie de près par Nicolas.

Thibault – C'est moi qui les fais fuir ?

J'ai souri.

Thibault – Tu comptes disparaître aussi ?

J'ai fait non de la tête.

Thibault – Et tu penses rester si loin de moi toute la soirée ?

J'ai refait non de la tête.

Thibault – Et si je m'avançais doucement vers toi et que je t'embrassais, tu crois que tu serais d'accord ?

Cette fois-ci, j'ai fait oui.

Et Thibault m'a donné le plus délicieux des baisers.

Enzo et Manu qui venaient chercher des glaçons nous ont aperçus de loin. Je les ai entendus dire :

Enzo – Je croyais qu'on ne parlait pas des affaires qui fâchent ce soir.

Manu – A priori, ce n'est plus une affaire qui fâche !

Et pénétrant dans la cuisine, Enzo a ajouté :

Enzo – Tiens, ce ne sont pas nos amis Nicolas et Léa ? Eh ben ici aussi, les choses fonctionnent à plein régime. Je me demande s'ils trouvent encore le moyen de respirer.

Je crois que ce moment restera toujours dans ma mémoire. Une impression délicieuse de se sentir exactement là où on a envie d'être.

Les garçons étaient revenus avec les cannettes et Nicolas me donnait des coups de hanche pour que je lui cède la place près de Léa.

Nicolas – Pousse-toi de là que je me colle à ma meuf ! C'est quoi cet air de filles béates ? De quoi vous parliez encore ?

Thibault – De nous. De quoi veux-tu qu'elles parlent d'autre !

Léa – Pas du tout ! On imaginait notre itinéraire pour ce que vous savez.

Nicolas – Alors vous allez vraiment partir ?

Léa

Je ne m'imaginais pas que l'Australie était si contrastée. J'ai feuilleté quelques guides de voyage et je reste sous le charme… Elle est un continent à elle seule, et la plus grande île du monde ! Il y fait toujours beau quelque part, notre voyage s'annonce donc génial.
Justine et moi nous allons découvrir les plus belles plages de la planète, l'hospitalité légendaire des habitants et des paysages extraordinaires, du bush aux rouleaux de l'Océan pacifique.
Sans oublier les réserves et les parcs peuplés d'adorables koalas et kangourous.

Aujourd'hui, 14h27 · J'aime · Commenter

Justine aime ça.

Jim Qui est la souveraine de l'Australie ?

Aujourd'hui, 15h19 · J'aime

Thibault Le fils de l'ambassadeur te dit que c'est la reine d'Angleterre !

Aujourd'hui, 16h45 · J'aime

Ingrid Il y a plein de beaux surfeurs là-bas, non ?

Aujourd'hui, 16h45 · J'aime

Nicolas Méfiez-vous des requins, les filles ! Et des crocodiles !

Aujourd'hui, 16h46 · J'aime

Justine Rien ni personne ne pourra me dissuader de partir avec ma Léa préférée en Australie…

Aujourd'hui, 21h37 · 2 personnes aiment ça

Léa – C'est un ordre de mon papa chéri, je ne peux qu'obéir.

Nicolas – Et tu vas m'abandonner pendant deux mois et demi ?

Léa – Je t'enverrai de longs mails dans lesquels je te raconterai tout.

Thibault – C'est beau l'amour !

Léa – Je n'ai pas fini ma phrase : je t'enverrai de longs mails dans lesquels je te raconterai tous les beaux garçons qui croiseront ma route !

Nicolas – Peste, va !

Thibault – Et toi Justine, tu m'enverras quoi ?

J'ai eu soudain une grande angoisse. Deux mois et demi séparés... C'est sûr, il allait m'oublier ! Mon anxiété a dû se lire sur mon visage, ils ont explosé de rire tous les trois.

Nicolas – Tu ne vas quand même pas refuser la proposition de Monsieur Country parce que tu as peur de quitter Thibault quelques jours ?

Léa – Quaker.

Nicolas – Quoi Quaker ?

Léa – Il s'appelle maître Quaker.

Nicolas – Oui, enfin le type au nom de céréales qui est arrivé à 22 h 35 le soir de ton anniversaire.

Thibault – Et qui a failli être massacré parce que c'est encore toi qui es allé lui ouvrir la porte !

Nicolas – Je suis désolé, personne ne m'avait prévenu qu'un notaire devait remettre un truc important à Léa. Je croyais que c'était...

Nicolas n'a pas prononcé le prénom de Peter mais, à la façon dont il a serré ses poings, on a tous compris à qui il pensait.

Thibault, certainement un peu désolé d'avoir relancé l'affaire Peter, a branché la discussion sur le notaire.

Thibault – C'était incroyable ce type qui débarque en costume-cravate en plein milieu d'une fête pour transmettre les volontés d'un père aimant. On n'en a pas reparlé, Léa, mais tu as dû être bouleversée quand il t'a remis la lettre.

Léa – Oui, c'est sûr.

Thibault – Tu t'attendais à ce cadeau-là ?

Léa – Non, mais forcément à quelque chose d'incroyable. Mon père a toujours fait preuve de folie. J'adore ça chez lui.

Personne n'a relevé le temps que Léa utilisait pour parler de son père. Comme d'habitude, c'était le présent.

Nicolas – En tout cas, deux billets d'avion open pour partir avec la personne de ton choix, c'est le rêve !

Léa – Une invitation à la liberté.

Nicolas – Et qu'est-ce qu'il t'a écrit dans la lettre ? Tu peux nous le dire aujourd'hui ou c'est trop indiscret ?

Léa a souri à Nicolas et elle a récité par cœur :

Léa – « Ma princesse dévoreuse de marrons glacés, tu as dix-huit ans aujourd'hui. Dire que lorsque tu étais petite, tu pleurais dans mes bras parce que tu avais peur du Babaouh ! »

Thibault – C'est qui le Babaouh ?

Léa – Le monstre d'une histoire que mon père me lisait. Il était horrible : hirsute, gluant, avec de très grosses dents. Je le craignais plus que tout.

Nicolas – Vas-y, continue…

Léa – « Dans quelques mois, tu auras ton bac et alors à toi l'université. Je suis certain que tu feras le bon choix pour tes études. Je t'imagine dans une filière littéraire ou artistique. Dans tous les cas, sache que je suis fier de toi. Avant que tu t'y consacres je souhaiterais formuler un désir. Tu auras ton bac début juillet, avec mention peut-être. Les facultés n'ouvrent leurs portes qu'en octobre. Ce qui te laissera plus de quatre-vingts jours de vacances. J'aimerais, ma chérie, que tu les passes à voyager. La terre est vaste et surtout elle est ronde. Ne crains pas de marcher, tu finiras par repasser devant chez toi ! Voilà deux billets open qui te permettront de voyager avec la personne de ton choix (un beau garçon qui a bien de la chance d'avoir été élu par toi ou ton inséparable Justine ?), de t'arrêter là où tu veux et de repartir aussitôt que tu le désires. Je les accompagne d'une somme d'argent suffisante pour vous loger et vous nourrir durant ce voyage. J'imagine les hurlements de ta mère, sa crainte de te laisser partir. N'aie pas peur de sa peur et va !

Je t'embrasse ma princesse, je suis toujours près de toi.

Papa. »

J'ai bien vu que Thibault essuyait discrètement ses yeux tandis que Nicolas buvait sans soif son Coca. Comme d'habitude, j'ai été la seule à renifler bruyamment.

– Bonjour l'ambiance, on dirait que vous venez d'enterrer quelqu'un.

Ingrid... Toujours le mot qu'il faut !

Ingrid – C'est vrai, vous en faites une tête ! Si c'est ça être amoureux, je préfère encore rester célibataire.

Remarquez, l'avantage c'est qu'elle a le don de transformer n'importe quelle scène dramatique en série B.

Léa – Toi célibataire Ingrid ? Comment est-ce possible ?

Ingrid – Une erreur momentanée de casting ! Je ne désespère pas de trouver l'homme de ma vie.

Léa – Regarde sous mes draps, il me semble que tu y avais découvert quelque chose la dernière fois !

La peste a encaissé sans broncher puis, reculant de quelques pas, elle a marmonné :

Ingrid – Bon, je sens que, depuis un certain temps, je suis persona non gratin, je préfère m'en aller.

Léa – Avec du comté ou de l'emmenthal ?

Euh là, je n'ai rien compris aux deux dernières répliques.

Léa – Persona non grata : personne non désirée. Rien à voir avec le gratin !

Ah c'est ça l'allusion au fromage. S'il faut apprendre le Larousse par cœur pour saisir, ça ne va pas être facile.

Léa – Écoute, Ingrid, ce n'est peut-être pas le moment, mais je tiens à te dire en face que je n'apprécie pas du tout ton comportement à l'égard de Simon. Si tu voulais rendre Guilhem jaloux, il y avait d'autres moyens.

Ingrid – Je ne vois pas en quoi ça te regarde.

Nicolas, qu'on n'avait pas entendu depuis la lettre, s'est mêlé à la discussion.

Nicolas – Excuse-moi Léa, mais elle a raison. Ça fait quinze jours que tu lui fais la guerre pour rien. Simon est un grand garçon qui est capable de se défendre tout seul. Il ne t'a pas demandé de l'aide l'autre soir pour désaper Ingrid, alors il se débrouille pour le reste.

Ingrid – Exactement.

Léa s'est tournée vers Thibault comme pour lui demander son avis. S'il y a bien une chose que je respecte chez ma meilleure amie, c'est son honnêteté intellectuelle. Même certaine de ce qu'elle pense, elle interroge les autres.

Thibault – Je suis de ton avis, Léa ! On est parfois surpris des comportements des gens qu'on aime mais il ne nous appartient pas de les juger. Les amours vont et viennent. Regarde-nous... Est-ce qu'on est des modèles de constance amoureuse ? Si quelqu'un nous observe de l'extérieur, il doit vraiment se marrer !

Nicolas – C'est gonflant quand Thibault parle comme au XVIIe siècle mais, dans l'ensemble, je suis d'accord avec lui.

Léa a réfléchi puis elle s'est avancée vers Ingrid en souriant.

Léa – Excuse-moi, Ingrid, mais Simon m'a confié son chagrin et le fait que votre histoire ait eu lieu chez moi le soir de mon anniversaire m'a fait croire que j'avais le droit d'intervenir.

Ingrid – C'est pas grave. Je te comprends. J'ai pas été très clean avec lui. Je vais aller lui parler pour mettre les choses au point.

Léa – Merci.

Nicolas, qui a toujours autant de mal avec les émotions, s'est senti obligé d'ajouter :

Nicolas – Alors les filles, vous vous roulez une pelle maintenant ou on peut aller écouter la seconde conférence ? Parce que là, on est à la bourre...

No comment.

Après s'être donné rendez-vous à 17 h 30 devant le lycée, on a rejoint nos salles.

La fin de l'après-midi a été passionnante mais je ne vous cache pas que je n'avais qu'une envie, retrouver mon beau Thibault. On s'est dépêchées de sortir.

Tandis qu'on attendait les garçons devant le lycée, Léa m'a chuchoté :

Léa – C'est pas Ingrid avec Simon là ?

J'ai plissé mes yeux pour la distinguer.

Justine – Yes. Tu vois, elle a tenu sa promesse. Elle est allée lui dire que ce n'était qu'une histoire d'un soir. Cette fille peut rester notre amie, elle vient de nous prouver qu'elle n'est pas du genre à jouer avec le cœur des autres.

Je n'avais pas fini ma phrase que la peste s'est jetée sur ce pauvre Simon et l'a littéralement aspiré dans un baiser.

Léa m'a regardée, consternée.

Léa – Tu as raison. Elle n'est vraiment pas du genre à jouer avec le cœur des autres !

Une nouvelle au club

J'étais allongée sur le canapé blanc du salon de Thibault quand, tout à coup, j'ai entendu Léa me chuchoter à l'oreille :

Léa – Qu'est-ce que tu fais Justine ?

Justine – Je me repose, je suis crevée.

Léa – Tu trouves que c'est le moment ?

Justine – Euh oui... On est dimanche après-midi, j'ai bossé ma physique toute la matinée, je viens de finir ma leçon d'histoire, il me semble raisonnable de prendre un peu de temps pour moi.

Léa – Tu le fais exprès ?

Et s'approchant encore plus près, elle a ajouté :

Léa – Je vais finir par croire que tu es jalouse.

Justine – De quoi ?

Léa – La question serait plutôt : de qui ? Tu ne vois vraiment pas ?

Justine – NON !

Nicolas et Thibault qui faisaient des maths sur la grande table ont sursauté. Il faut avouer que j'avais hurlé. Je me suis rattaché les cheveux pour me donner une contenance.

Mon prince m'a regardée en souriant.

Thibault – Si la réponse est un non aussi ferme, essayons d'imaginer la question. Alors je propose : et si finalement, on emmenait les garçons avec nous pour notre tour du monde ?

Nicolas a dû trouver le jeu drôle parce qu'il s'y est prêté aussitôt.

Nicolas – Et si on passait notre bac plutôt l'année prochaine et qu'on arrêtait immédiatement de se faire chier à réviser ?

On a éclaté de rire.

Thibault – Et si on mettait de l'arsenic dans la tarte aux pommes qu'on a préparée pour la fameuse Ambre afin de la punir de nous faire faux bond à chaque fois qu'on l'invite ?

J'ai moins ri. Jim devait nous présenter sa nouvelle girl-friend et je n'avais pas du tout envie de la voir. Ne croyez pas un instant ainsi que Léa que j'étais jalouse de cette fille mais...

Comme je ne souhaitais pas que Thibault pense que j'avais toujours des sentiments pour Jim, j'ai dit :

Justine – Pourquoi on voudrait tuer cette pauvre fille ? Je suis ravie que Jim ait enfin trouvé une petite amie qui lui plaise vraiment.

Dans la vie, quand on cherche à convaincre les autres, il faut faire preuve de conviction mais il arrive parfois qu'on laisse entendre exactement le contraire de ce qu'on pense.

Thibault – C'est drôle, il y a quelques secondes encore, je ne doutais pas de ta sympathie envers cette fille. Là, c'est moins clair.

J'ai remis pour la deuxième fois mon élastique dans les cheveux. Tout le monde a replongé son nez dans son bouquin.

Bon, pour vous démontrer que je suis au-dessus de tout soupçon à propos de cette fille, on débriefe. Ambre devait venir le soir de l'anniversaire de Léa afin de nous être présentée. Or, pour des raisons inconnues, mademoiselle n'a pas pu. Il n'y a pas loin d'imaginer qu'elle se la joue princesse mais je me tais. On va encore me taxer de pauvre fille jalouse.

On s'est dit, pas de problème, Jim passera un soir de la semaine avec elle chez Thibault, on prendra une heure sur nos révisions pour la rencontrer et hop, bonjour la grande famille.

Rien.

Non seulement mademoiselle ne nous a pas fait l'honneur de sa présence mais surtout, Jim a disparu de notre vie.

À croire que cette fille le coupe volontairement de ses proches. On m'annoncerait demain qu'elle fait partie d'une secte et qu'elle cherche à embrigader Jim, je ne serais absolument pas surprise. Un genre Tom Cruise, la scientologie et cette pauvre Katie Holmes, vous voyez ?

Même sur son portable, il ne répond plus ! Je sais, j'ai essayé au moins vingt fois. Non, je n'avais rien de spécial à lui raconter, je voulais juste avoir de ses nouvelles. Je vous rappelle que c'est presque un frère pour moi.

Oui, d'accord un ex aussi. Mais justement dans ex, il y a... ex. Ça dit bien ce que ça veut dire.

Bon, j'arrête là, je crois que je suis la seule à avoir une vision lucide de la situation.

De toute façon, j'ai mieux à faire : apprendre une page entière de vocabulaire en espagnol. La prof nous a fait étudier un texte sur le flamenco, je ne connais pas la moitié des mots.

On a frappé à la porte-fenêtre côté jardin. On a sursauté. On ne s'attendait pas à les voir arriver de ce côté-là.

Ben, il n'y a personne.

Ah si, il y a Théo ! Qu'est-ce qu'il fait là ? Il devait sortir avec mes parents cet après-midi.

Nicolas est allé lui ouvrir.

Nicolas – Salut mec !

Mon petit frère est entré, raide comme la justice, et a prononcé un glacial :

Théo – Salut !

Nicolas – Ça n'a pas l'air d'aller.

Théo – Si. Merci.

Léa, qui ne résiste pas au charme de Théo même lorsqu'il fait sa tête de cochon, s'est levée pour venir l'embrasser.

Léa – Est-ce qu'un petit verre de Coca te ferait plaisir ?

Théo – Il y a du gâteau avec ?

Oh le toupet !

Justine – Dis donc Théo, ce n'est pas poli de réclamer. Tu n'es pas à la maison là.

Théo – Ah bon, je croyais.

Justine – Comment ça, tu croyais ?

Théo – On est bien frère et sœur ?

Justine – Oui.

Théo – La maison dans laquelle tu dors, c'est aussi la mienne, non ?

Justine – Bien sûr.

Théo – Alors, je suis ici chez moi. En tout cas pour aujourd'hui si on tient compte de la nuit dernière.

Je suis devenue rouge jusqu'aux oreilles. Comment ce morveux sait-il que je me suis sauvée de chez moi cette nuit lorsque mes parents dormaient et que je suis restée dans le lit de Thibault jusqu'à l'aube ?

Nicolas m'a regardée, l'air de dire « bravo pour la discrétion, ce gamin est un peu jeune pour être au courant de toute cette agitation ».

Ce que personne ne veut admettre, c'est que Théo n'est pas un enfant. C'est un adulte déguisé en petit garçon, il a dans ses carnets de détective de quoi faire tomber n'importe lequel d'entre nous et je vais encore être obligée de payer très cher son silence.

Léa – Il y a de la tarte aux pommes mais il va falloir que tu patientes un peu. Je dois attendre nos invités pour la couper.

Théo – Des invités ?

Léa – Oui ! Jim nous présente sa nouvelle fiancée aujourd'hui. Une mystérieuse Ambre.

Théo – Pas si mystérieuse que ça. Ambre Pouzet, vingt-quatre ans, avocate stagiaire, un goût prononcé pour les bruns musclés et la fiesta, a deux sœurs, enfin deux demi-sœurs, par la mère très certainement parce qu'elle ne porte pas le même nom, a été au lycée dans cette ville mais elle a fait ses études de droit à Montpellier, est partie à la Réunion à Noël avec ses deux meilleures copines surnommées respectivement Boubou et Tinette. Elles ont bu pas mal de rhum Charrette et sont allées en boîte presque tous les soirs. Je dis presque parce que je n'arrive pas à reconstituer la soirée du 22 décembre.

On est restés sans voix.

Nicolas – Tu déconnes là, Théo ? Tu as inventé ce que tu viens de dire ?

Théo – Pas du tout. Vous pouvez vérifier.

Léa – Mais comment tu sais ça ?

Théo – Facebook. Le site des copains d'avant... Le train-train habituel, quoi.

Thibault – Génial. Tu es un môme génial.

Théo – Si tu entends par génial : qui a du génie, alors oui, je l'admets, je suis génial et encore, aucun d'entre vous ne mesure pleinement l'étendue de mon pouvoir.

LE SAVIEZ-VOUS?

LE QUOTIENT INTELLECTUEL

Savez-vous qui est la personne au quotient intellectuel (QI) le plus élevé* dans le monde? UNE FEMME!!!

Avec un nom comme le sien, c'est normal : elle s'appelle Marylin Vos Savant. Dès l'âge de dix ans, elle a résolu sans aucune erreur les cinquante exercices des tests proposés aux enfants. Résultat : QI = 228. À l'âge adulte, elle a réussi à maintenir son score! En voilà une à laquelle on n'a jamais dit : « Marylin, tu as vu ton bulletin? Tu ferais mieux de faire tes devoirs! »

Einstein possédait, lui aussi, un QI exceptionnel.

* L'une des personnes au QI le plus élevé au monde, avec des tests avérés.

J'ai dévisagé mon petit frère, atterrée. Je ne sais pas vous, mais je sens comme une menace planant dans cette dernière phrase. Vous voyez que je n'exagère pas lorsque j'affirme que ce n'est pas un enfant. Aucun être humain normal de sept ans et demi n'est capable de penser des choses pareilles.

Nicolas – Et alors Théo, tu sais quoi sur Ambre et Jim depuis qu'ils sont ensemble?

Justine – STOOOOOOP !!! Oui, stop ! Il est de mon devoir de sœur aînée de ne pas cautionner ce flicage éhonté de mes proches.

Ils m'ont tous regardée comme une empêcheuse de cancaner en rond. Théo a continué sans tenir compte de mon intervention.

Théo – Ils se sont rencontrés au *Paradisio*, il y a plus d'un mois maintenant. Véritable coup de foudre. Jim lui a offert dès la première semaine une bague qui a dû lui coûter quatre cents euros, si j'en crois mes recherches.

Justine – Une bague qui coûte quatre cents euros après une semaine ? C'est n'importe quoi. T'es sûr Théo ?

Théo – Oui, avec une petite marge d'erreur. J'ai zoomé le nom de la marque qui était sur le paquet-cadeau et je suis allé chercher sur le site du bijoutier.

Nicolas – Mais tu avais une photo du paquet-cadeau ?

Théo – Oui, Jim a mitraillé Ambre sous toutes les coutures ce soir-là.

Nicolas – Putain, j'espère qu'il n'est pas en train de se faire avoir par une fille qui se la joue bourge et l'oblige à claquer de la tune. Jim est la proie idéale pour ce genre de meuf.

Tiens, on commence à penser que cette fille est une intrigante. Mais évidemment, quand c'est Nicolas qui le dit, on ne le soupçonne pas de jalousie.

Nicolas – T'as d'autres infos, Théo ?

Théo – Oui, seulement à partir de maintenant c'est payant.

Nicolas – Hein ? Tu déconnes ?

Théo – Pas du tout.

Nicolas – Combien ?

Oh non, la honte.

Vous, ça vous fait rire parce que ce n'est pas votre frère, seulement imaginez-vous un instant à ma place.

Théo – Pas de cash. Je veux que Justine aille dire aux parents qu'ils peuvent aller voir leur expo tout seuls et qu'elle sera ravie de me garder cet après-midi.

Justine – Même pas en rêve.

Théo – Je comprends. Mais si jamais tu devais repartir en expédition la nuit prochaine, sache que tu peux compter sur moi... pour donner le signal !

Thibault, ennuyé, m'a fait signe d'accepter.

Justine – OK, je téléphone à maman.

Le monstre a vérifié que je m'exécute pour commencer à se détendre. Ensuite, il s'est installé confortablement sur le canapé et a demandé :

Théo – Je n'avais pas entendu parler d'une tarte aux pommes ?

Léa – Si, seulement tu attendras que tout le monde soit là pour en manger.

Théo a regardé Léa, étonné soudain qu'on n'obéisse pas à ses ordres de petit tyran.

Léa – Eh oui mon grand ! Et tu peux fouiller dans mon passé, mon présent et mon avenir, je n'en ai strictement rien à faire.

Théo – Je n'agirai jamais contre toi, Léa chérie.

Évidemment, mon abominable petit frère a dit cela en tendant les bras à Léa. Elle a fondu immédiatement.

Léa – Je n'en doute pas, mon petit cœur.

Nicolas s'est interposé aussitôt :

Nicolas – Dis donc mec, tu ne t'approches pas de ma meuf.

Théo – Tu ne risques rien avec moi.

Mon cousin s'est retenu de rire devant un tel aplomb.

Nicolas – Ah bon ? Tu es sûr ?

Théo – Oui, c'est pas du tout mon genre.

Nicolas – Et ça serait qui ton genre, l'asticot ?

Mon petit frère est devenu écarlate. Nicolas s'est jeté sur lui et l'a chatouillé pour qu'il avoue.

Théo – Ingrid.

Nicolas – Quoi, Ingrid ?

Théo – Mon genre de fille, ça serait plutôt Ingrid.

J'ai failli tomber par terre.

Thibault – C'est vrai Théo, tu la trouves belle ?

Théo – Oui. Très belle et...

Nicolas – Et ?

Théo a ricané bêtement.

Théo – Et j'aime bien parce qu'on voit toujours ses nénés.

Mais c'est pas vrai ! L'attirance des garçons pour les seins commence au berceau ou quoi ?

On a de nouveau tapé à la porte vitrée.

Tiens, quand on parle de la louve, on lui voit le décolleté !

Nicolas est allé ouvrir, non sans avoir chuchoté auparavant à Théo :

Nicolas – Comme tu m'as laissé Léa, je m'incline et je te laisse Ingrid. Tu vois, je suis beau joueur.

Mais ça ne va pas de parler comme ça à un gamin qui n'a même pas huit ans. Il veut en faire un obsédé ou quoi ?

Ingrid – Coucou les amis ! Je ne suis pas trop en retard ?

Léa – Non... Les tourtereaux ne sont pas encore arrivés.

Ingrid – Ouf ! J'ai le temps de me remaquiller un peu alors. Comme j'ai fait un jogging pour venir jusqu'ici, je dois être affreuse.

Et enlevant façon strip-tease le petit pull en cachemire qui lui couvrait à peine le ventre, elle est restée en débardeur en plein milieu du salon.

Ingrid – Ben pourquoi vous me regardez tous comme ça ?

Thibault a éclaté de rire.

Thibault – Tu ne le sais peut-être pas, Ingrid, mais tu déchaînes des passions. Tu devrais apprendre à cacher ce sein que l'on ne saurait voir !

Ingrid – Vraiment je déchaîne des passions ? Chez qui ?

Thibault – On a promis de taire son nom mais sache que ton décolleté ne le laisse pas indifférent. Pas vrai, les filles ?

Euh moi, ne me demandez rien, cette discussion m'a donné une nausée épouvantable.

Léa – Tu plais à un garçon sensible, intelligent, plein d'esprit et d'une belle candeur !

Ingrid – Je veux son nom !

Léa – Impossible.

Ingrid – Je file dans la salle de bain et à mon retour, vous avouez.

Ingrid avait à peine tourné les talons que Théo nous a suppliés :

Théo – Vous n'allez pas lui dire ?

Nicolas – Ça dépend de ce que tu nous proposes en échange.

Théo – Mais c'est du chantage ! C'est dégoûtant de faire ça à un enfant.

Nicolas – Peut-être.

Théo – Combien ?

Mon prince est intervenu.

Thibault – On veut l'impunité totale pour Justine quand elle vient ici et tous les renseignements que tu possèdes sur Ambre et Jim.

Théo – Trop cher.

Nicolas a crié en regardant Théo droit dans les yeux.

Nicolas – Reviens Ingrid, on a des choses à t'avouer !

Théo – Vous devriez avoir honte de me manipuler de cette façon.

Léa s'est approchée de mon frère et lui a dit très gentiment :

Léa – Celui qui fait périr par le chantage périra par le chantage ! Désolée, mon petit chéri, mais c'est une leçon que tu dois retenir.

Théo – OK, je vais parler.

Thibault – Et pour Justine et moi ?

Théo – Je ne dirai pas un mot à maman.

J'ai flairé le danger.

Justine – Ni à papa ?

Théo a grimacé, agacé de s'être laissé prendre.

Théo – Ni à papa.

Nicolas – OK. Balance ce que tu sais sur Jim et sa meuf.

Théo – Ils sont partis le week-end dernier en amoureux au bord de la mer.

Justine – Hein ? C'est impossible, Jim travaillait au *Paradisio*.

Théo – Non, il avait pris deux jours de congé.

Thibault – Ça aussi, tu l'as appris sur Facebook ?

Théo – Non, c'est la secrétaire du *Paradisio* qui me l'a dit.

Léa – Tu as appelé pour demander ?

Théo – Règle numéro 6 de Tobie le détective : savoir se faire passer pour un client.

Justine – Avec ta voix d'étudiant en CE1 ?

Théo – Règle numéro 3, s'entraîner à modifier sa voix.

Et prenant son inspiration, il a prononcé avec une voix ultramature :

Théo – Bonjour, je viens faire du cardiotraining aujourd'hui, je voudrais savoir si Jim sera aux machines ?

Incroyable !

C'est vraiment mon petit frère qui a parlé, là ?

Les garçons ont éclaté de rire.

Justine – Et il s'est passé quoi lors de leur petit week-end ?

Nicolas – Ah tu poses des questions toi, maintenant !

J'ai cherché à justifier mon intérêt soudain pour la vie privée de Jim.

Justine – Non. Je me préoccupe seulement du bien-être d'un de mes amis.

Thibault n'a pas semblé convaincu par mon argument choc. Heureusement Théo a poursuivi, m'évitant ainsi de continuer à me justifier de façon aussi médiocre.

Théo – Ils n'ont pas mis de photos en ligne pour ce week-end. Ils ont dû être malades.

Nicolas – Comment tu sais ça encore ? T'as interrogé leur généraliste ?

Mon petit frère a repris son air perspicace d'inspecteur Gadget.

Théo – Parce qu'Ambre a écrit en commentaire que Jim et elle étaient restés au lit tout le week-end.

J'ai fixé mon petit frère. Il n'y avait aucune ironie dans son regard. Juste une immense naïveté. Nicolas a souri d'un air coquin à Léa.

Nicolas – Oh pauvre Jim. Il a dû être bien malade. Tu crois que je pourrais avoir cette maladie ?

Ingrid, qui revenait la bouche ouverte pour ne pas ternir sa deuxième couche de gloss cerise, n'a pas pu s'empêcher de demander :

Ingrid – Jim est malade ?

On a tous éclaté de rire. Enfin tous sauf Théo à qui il manquait quelques éléments pour appréhender parfaitement la situation.

Léa – Non. Il va arriver.

La peste s'est installée dans un des deux grands fauteuils, façon star invitée à une émission consacrée à sa carrière, et elle a susurré :

Ingrid – Alors qui est cet homme qui ne peut pas me résister ?

Comme personne ne lui répondait, Ingrid a réfléchi à voix haute.

Ingrid – Bon, je sais déjà qu'il n'est pas ici puisque les mâles sont pris : Nicolas pour Léa, Thibault pour Justine.

Théo a semblé super vexé. La peste ne l'avait pas nommé dans la liste des mâles présents !

Ingrid – Ah j'oubliais !

Les joues de mon petit frère ont rosi.

Ingrid – Lulu Cracra, le furet. Rassurez-moi, ce n'est pas lui ?

Thibault – Non.

On a sonné à la porte. Nicolas a semblé mal à l'aise, il a chuchoté :

Nicolas – C'est Jim et l'autre ?

Léa – Elle s'appelle Ambre.

Nicolas – On s'en tape de son prénom, pour le temps qu'elle va rester.

Thibault – Qu'est-ce que tu en sais ?

Nicolas – Vingt-quatre ans, avocate stagiaire, elle va se barrer vite fait.

Léa – Ah oui, pourquoi ?

La question est restée sans réponse. Comme Ingrid avait décidé, sans nous consulter, d'accueillir les jeunes mariés, on a attendu dans le salon.

J'ai fixé la porte avec une boule de rage dans le ventre. Jim est notre ami depuis des années et nous étions soudain devenus des étrangers. Si je m'étais écoutée, je me serais ruée sur Ambre et je lui aurais hurlé : « Tu dégages, t'es pas de notre clan, en plus t'es vieille... »

Mais évidemment je suis restée à ma place, l'air aimable.

Léa m'a chuchoté à l'oreille :

Léa – Souris, on dirait que tu vas la dévorer toute crue.

Justine – Quoi ?

Léa – T'as le regard d'un pitbull à jeun à qui on vient de piquer sa viande rouge.

Justine – Moi ?

Léa – Non, ta sœur jumelle.

On avait à peine fini notre aparté que Jim est entré dans la pièce au bras d'une grande fille mince. Des cheveux noirs coupés très court, d'immenses yeux assortis et une très jolie bouche rouge baiser.

Aucun commentaire, sinon que je la déteste déjà.

Elle s'est avancée vers nous pour nous embrasser avec un naturel confondant. Jim a fait les présentations.

Jim – Voilà Ambre dont je vous parle depuis quelque temps déjà.

Dont il nous parle, il faut le dire vite. Si on n'avait pas les infos de Théo, on ne saurait pas grand-chose.

Jim – Ambre je te présente, dans l'ordre... Assis sur la table, mon vieux copain Nicolas. S'il aboie, il ne mord pas.

Mon cousin, déjà sous le charme de mademoiselle « lèvres siliconées », est venu présenter ses hommages.

Quoi, elle n'a pas les lèvres siliconées ?

Oui, peut-être. Mais je n'ai pas envie d'être sympathique et comme je sens que les garçons vont s'extasier sur sa merveilleuse bouche Scarlett Johansson, je préfère tout de suite introduire le doute.

Jim – À côté, Thibault, le propriétaire des lieux. Un type sympa et super discret dont les parents sont ambassadeurs. Tu l'apprécieras, tu verras.

Nicolas – Parce que moi, je vais la gonfler ?

Jim a éclaté de rire mais d'un rire forcé qui trahissait sa gêne. À se demander si devant mademoiselle « je représente la loi », il n'avait pas un peu honte de son vieux copain. Il a continué :

Jim – Debout, là, notre littéraire préférée spécialiste du théâtre contemporain : Léa.

Je n'avais jamais entendu Jim en rajouter autant sur le côté social des uns et des autres.

Jim – Ingrid, spécialiste de la mode, prochaine directrice du *Vogue* américain.

Je me demandais ce qu'il allait dire de moi.

Jim – Ici, Justine, notre futur médecin.

Alors, c'est comme ça qu'il me présentait à cette fille ! Je n'étais pas Justine, son amie, sa douce confidente, son amour de collège. Je n'étais rien de tout cela. J'étais juste un futur médecin qui lui permettait de frimer un peu.

Ambre nous a souri.

Ambre – Et ce jeune garçon, là, qui est-ce ?

Jim – Théo, le gosse le plus intelligent de la planète.

Mon petit frère a joué les modestes.

Théo – Peut-être pas de la planète mais de mon école, très certainement.

Ambre lui a tendu la main.

Ambre – Enchantée, Théo.

Je n'ai pas pu m'empêcher d'admirer la bague qu'elle portait à l'annulaire. Une merveilleuse bague baroque en argent ciselé avec au centre un cabochon en cristal fumé. Une vraie bague de princesse.

J'ai croisé le regard de Léa, au même endroit, au même moment, avec le même air béat d'admiration.

Ça n'a pas échappé à la jeune femme.

Ambre – Elle est belle, n'est-ce pas ? C'est un cadeau de Jim.

Justine – Je sais.

Mince ! Je ne suis pas censée le savoir. C'est une info piratée sur Facebook. J'ai cru pouvoir me rattraper :

Justine – Enfin. Je sais qu'elle est belle, le cadeau.

Et comme ma phrase n'avait pas vraiment de sens, j'ai tenté une ultime correction.

Justine – Je sais qu'elle est belle, le cadeau de Jim pour toi.

Ambre a tenté de m'aider.

Ambre – Moi aussi, elle m'a fait cet effet-là quand Jim me l'a offerte. J'ai balbutié n'importe quoi. Tu veux l'essayer ?

Heureusement Ingrid, qui n'avait pas compris la gêne dans laquelle je me trouvais, s'est précipitée sur le bijou.

Ingrid – Moi d'abord !

L'agitation de notre peste favorite m'a permis de me remettre de ma gaffe. Léa a proposé à Ambre d'enlever sa veste et de s'asseoir.

Jim est resté debout, crispé, près de sa belle comme si elle était en danger et qu'il devait veiller sur elle. Ça n'a pas échappé à Nicolas.

Nicolas – Détends-toi mec, on va pas la manger.

Jim a eu un sourire contraint, on voyait qu'il n'était pas à l'aise.

Ingrid – Elle me va trop bien, cette bague. Tu me la passeras le jour où tu quitteras Jim ?

Il y a eu un blanc. Même si Ingrid disait tout haut ce que tout le monde pensait tout bas, elle n'était franchement pas délicate. Elle s'en est d'ailleurs rendu compte.

Ingrid – Enfin, je propose ça parce que je viens de donner à une copine la bague qu'un ex m'avait offerte. Je n'en voulais plus.

Ambre – Je vais peut-être te décevoir mais je n'ai pas l'intention de quitter Jim et quoi qu'il se passe entre nous par la suite, ce bijou restera toujours un merveilleux souvenir.

Léa a applaudi.

Léa – Bravo ! Je ne supporte pas les gens qui se sentent obligés d'effacer les traces d'un amour passé. Après tout, même si on n'aime plus quelqu'un, il n'en reste pas moins qu'on l'a aimé et qu'une partie de soi demeure liée à cet être.

Léa a prononcé cela en triturant son pendentif en ardoise représentant un labyrinthe. Inutile de vous préciser qui le lui a offert.

Nicolas a serré les dents.

Ambre a souri.

Ambre – Eh oui, on a beau changer d'objet d'amour, on reste la même personne.

Gros blanc à nouveau.

C'est étrange, depuis l'arrivée de cette fille, plus personne ne semblait à l'aise. Pourtant, on ne pouvait pas dire qu'elle était antipathique. Je devais même reconnaître qu'elle semblait bienveillante. Mais en sa présence le club des CIK+I ne fonctionnait plus pareil.

Théo – Léa, maintenant que les invités sont là, on peut manger la tarte aux pommes ?

Léa – Oui, mon Théo !

J'ai suivi Léa à la cuisine pour prendre des assiettes.

Justine – Comment tu la trouves ?

Léa – Bien.

Justine – Tu ne sens pas de mauvaises ondes chez elle ?

Léa – Non, mais je sens un chagrin très lourd et beaucoup de détermination. Elle ne cherchera pas à profiter de Jim pourtant elle le blessera quand même. C'est une fighteuse.

Justine – Une quoi ?

Léa – Une combattante, une guerrière. Allez viens, ils vont penser qu'on complote.

L'ambiance avait commencé à se réchauffer dans le salon quand on est revenues. Thibault avait branché la Wii sur la télé et les garçons essayaient un nouveau jeu.

Nicolas – Attention, éloignez-vous de l'écran, vous pouvez le péter avec les manettes. J'ai un copain qui faisait une partie de boxe, il a donné un grand coup avec le bras et blang...

Jim – C'est génial en tout cas !

Thibault – J'adore aussi ! Tu as vraiment l'impression de jouer une partie réelle.

Léa les a regardés, consternée.

Léa – Vous vous verriez en train de vous agiter dans le vide, vous êtes pitoyables. Vous ressemblez à des pantins. Vous ne trouvez pas, les filles ?

Ambre – C'est vrai que c'est assez surprenant, mais je suis une fan moi aussi. Vous jouez à quoi les garçons ? *Top Spin 4* ?

Jim – Yes ! Tu le connais ?

Ambre – Oui, seulement c'est pas mon jeu préféré.

Nicolas, surpris de voir qu'Ambre s'intéressait de très près à la Wii, lui a demandé :

Nicolas – Et tu aimes quoi ?

Ambre – *Call of Duty*, *No More Heroes*, mon préféré reste *Disaster : Day of Crisis*...

Nicolas – Ah ouais quand même, pas mal la meuf.

Pour la première fois, Jim a souri. C'est Léa, cette fois-ci, qui a fait la tête.

Tiens, tiens. Elle est jalouse la sorcière ? Il n'y a pas de quoi, Nicolas essaie juste d'être sympa avec Ambre, la chérie de son meilleur ami, histoire de créer des liens.

Thibault, qui venait de réaliser un merveilleux revers du droit, s'est retourné pour demander à son tour :

Thibault – Je ne connais pas *Disaster : Day of Crisis*, tu me montreras ?

Il ne veut pas lui donner rendez-vous là tout de suite pendant qu'on y est ! Comment elle les manipule tous, je n'en reviens pas.

Ambre – Oui, je te montrerai, c'est extra. Il y a des bâtiments qui s'effondrent, des incendies qui se déclarent, des tsunamis qui se déchaînent. Ta mission, c'est de dégager des blessés et de leur porter les premiers soins. Mais à chaque fois que tu arrives à sauver quelqu'un, un ouragan ou un nouveau séisme se déclenche.

Ingrid – Formidable. Comme s'il n'y avait pas assez d'horreurs dans le monde et de vrais gens à sauver.

Avec Léa, on a regardé Ingrid avec une dose d'amour incommensurable dans les yeux. Pour une fois qu'elle ne parle pas make up, jeunes créateurs ou garçons, elle fait très fort !

Ambre – C'est juste un jeu.

Ingrid – Quitte à utiliser mon énergie et prendre part à une mission, je préfère aider concrètement les gens. Les veuves en Inde, par exemple.

Elle est trop géniale notre Ingrid ! Je ne vois vraiment pas comment l'autre va continuer à frimer après un rappel à l'ordre de cette dimension.

Ingrid – Est-ce que tu sais que, là-bas, les veuves sont maudites ? On considère qu'elles ont porté malheur à leur mari, qu'il en est mort, alors elles n'ont plus le droit d'approcher personne, elles doivent se raser la tête et renoncer aux vêtements de couleur. Elles sont chassées par leur propre famille et se retrouvent seules, à mendier dans les rues.

Ambre – Oui, je suis au courant. Et je connais le travail admirable de Mohini Giri au Ma Dham Center.

Ingrid – C'est vrai, tu connais ?

Ambre – Oui ! J'ai participé à l'achat de quelques vaches cette année.

Ingrid – Toi aussi !

Ingrid s'est jetée sur Ambre et l'a serrée fort dans ses bras.

Je ne voudrais pas jouer les trouble-fête, mais quel est le lien entre une veuve indienne et deux petites Françaises qui s'embrassent et achètent des vaches ?

Théo, qu'on n'avait pas entendu depuis un moment parce qu'il jouait sur l'ordi de Thibault, a prononcé avec la voix d'un journaliste d'Arte :

Théo – Au Ma Dham Center, chaque veuve se voit offrir une vache dont elle peut vendre le lait et les yaourts. Plus question pour ces femmes de mendier et de dormir dans les rues. L'ONG qui est à l'origine du projet s'appelle la Guild of Service. La femme qui l'a fondée se nomme Mohini Giri.

Justine – Comment tu sais ça toi, encore ?

Théo – Je le sais pas, je le lis sur leur site.

Jim qui avait cédé sa manette à Nicolas a rejoint sa belle. Il lui a dit avec admiration :

Jim – Tu as participé à l'achat de vaches pour des veuves indiennes ?

Ambre – Oui, et je leur ai même proposé mes services en tant qu'avocate.

Jim – Tu es merveilleuse. Quelle chance j'ai...

Ça va, il n'y a pas de quoi non plus en faire un fromage. Je peux donner mes vingt euros de baby-sitting pour une charolaise et devenir une bienfaitrice de l'humanité, moi aussi !

Léa – Qui veut de la tarte aux pommes ?

Théo a lâché l'ordi plus vite que son ombre et s'est précipité dans les jupons de Léa.

Théo – Moaaaaaaaa !!!

Léa – Oh, t'es trop mignon toi.

Nicolas s'est précipité à son tour vers ma meilleure amie en imitant mon petit frère.

Nicolas – Moaaaaaaa !!!

Léa a dodeliné de la tête.

Léa – Désolée mais t'es pas aussi mignon, toi.

Devant la mine renfrognée de Nicolas, on a éclaté de rire.

Nicolas – Quoi ? Vous vous foutez de ma gueule ?

Thibault – Absolument pas. Tu es tellement fair-play face à la concurrence !

Nicolas a regardé Théo d'un air mauvais puis il a dû se rappeler que son rival avait sept ans et demi alors il a ri à son tour.

On a mangé tous ensemble sur la grande table du salon. Jim avait retrouvé sa place dans le groupe et la présence d'Ambre se faisait moins sentir.

C'est drôle comme il faut toujours un temps pour « absorber » les nouveaux venus.

Nicolas – Fais péter le Coca, Jim ! Non, pas le light, c'est immonde.

Léa – Tu exagères, ça a le même goût !

Nicolas – Pas du tout, ça a un sale goût d'aspartame.

Ingrid – Peut-être mais c'est zéro calorie.

Nicolas – Je m'en tape.

Le portable de Léa a sonné. Elle a décroché, la bouche pleine, tandis que l'on discutait des édulcorants dans le Coca zéro.

Nicolas – Zéro ou light, c'est la même merde. Il n'y a qu'un Coca, le Coca.

Jim – Je suis d'accord avec toi.

Mais où est Léa ?

Il m'a fallu un petit moment pour me rendre compte qu'elle était partie répondre dans la cuisine.

Ingrid – De toute façon, ce qui n'est pas bon pour la santé, c'est pas le sucre ou l'aspartame, c'est le Coca itself.

Ambre – Ça, c'est certain !

Pourquoi est-elle partie parler ailleurs ?

C'est fou l'effet des bulles !!!

1886, c'est la date de naissance du Coca-Cola dans une pharmacie d'Atlanta, aux États-Unis.

5 cents, c'est le prix du verre de Coca-Cola à l'origine.

Le pharmacien John Pemberton a inventé le Coca-Cola contre les problèmes gastriques.

Le nom Coca-Cola est déposé en **1887.**

En **1934**, le Café de l'Europe à Paris propose pour la première fois une nouvelle boisson appelée Coca-Cola.

En **1985** le Coca-Cola sans caféine est lancé avec succès en France.

Les modèles de bouteilles et de canettes évoluent sans cesse. En **2012** Jean-Paul Gaultier rhabille Coca-Cola light !

En **2011**, le secret de la formule de la boisson est transféré du coffre d'une banque au musée « World of Coca-Cola » à Atlanta.

Le pouvoir sucrant de l'aspartame, présent dans les versions light, est environ **200 fois** supérieur à celui du sucre.

1,5 milliard de bouteilles sont vendues dans le monde chaque jour.

Après l'eau, le Coca-Cola est la boisson la plus bue au monde.

70% des ventes s'effectuent hors des États-Unis et le marché asiatique est en pleine expansion.

Ingrid – On nous a formatés à grands coups de pub pour qu'on soit addicts au Coca, seulement c'est une super mauvaise boisson.

Ambre – Elle a raison.

Nicolas – La théorie du complot maintenant ! Dans deux minutes, vous nous balancerez qu'il y a un produit dedans qui nous rend dépendants.

Pourquoi ne revient-elle pas ? Je vais aller voir ce qui se passe.

Je n'avais pas franchi la porte de la cuisine que j'ai entendu Léa répéter :

Léa – Non Peter... Non Peter...

Je suis restée cachée.

Léa – N'insiste pas, c'est non. Mais... mais... Arrête, tu me rends malheureuse, c'est ce que tu veux ?

Je n'avais qu'une envie : arracher le portable des mains de ma meilleure amie et dire à ce sale type ses quatre vérités. Jusqu'à quand allait-il la harceler ?

Elle commence juste à trouver son bonheur avec Nicolas et ce salaud va tout gâcher. Il n'a rien à lui proposer sinon ce petit jeu pervers de « je t'aime, moi non plus ».

Léa – Non Peter. Je ne viendrai pas. N'insiste pas, ma décision est prise.

Pourvu qu'elle lui résiste jusqu'au bout.

Léa – Oui... Je sais... Mais c'est trop tard.

Oui ma Léa. Tiens bon.

Léa – Il fallait y penser avant. Tu ne peux pas dire que je ne t'ai pas laissé le temps de réfléchir.

Bien envoyé !

Léa – Pourquoi ? Qu'est-ce que ça changerait ?

Qu'est-ce qui changerait quoi ?

Léa a chuchoté :

Léa – Je ne sais pas quoi te répondre. Je ne sais plus où j'en suis. J'ai commencé une autre histoire. Je n'ai pas envie de t'en parler, ça ne te regarde pas. Non, je n'ai rien oublié. Comment le pourrais-je ?

Alors que je m'approchais de la porte, j'ai senti un souffle derrière moi. J'ai sursauté.

Nicolas se tenait appuyé contre le mur, blême. Je ne sais pas depuis combien de temps il était là ni ce qu'il avait entendu. Il a mis son index devant la bouche pour me demander de me taire.

Léa – Pas maintenant, je ne peux pas.

Si elle dit « pas maintenant », ça signifie « peut-être après », il faut que je l'empêche d'aller le retrouver. Sinon elle va retomber dans ses bras, être malheureuse et rendre Nicolas fou de chagrin.

J'ai shooté dans la porte de la cuisine. Elle s'est ouverte en grand.

Léa a fait un bond. Elle avait les joues baignées de larmes. Elle nous a regardés, l'air totalement désespérée.

Nicolas s'est avancé vers elle et il lui a essuyé doucement le visage avec ses mains.

On a entendu la voix de Peter qui hurlait dans le téléphone :

Peter – Léa ? Léa ? Tu es encore là ? Réponds-moi...

Nicolas a souri à Léa, il l'a embrassée sur les yeux puis il est sorti sans un mot.

Surveillance rapprochée

Léa – Vous êtes sûrs de faire des maths tous les deux ?

Je me suis redressée comme un diablotin. J'avais complètement oublié la présence des autres. Avachie contre Thibault, je rêvassais tandis que mon prince me caressait la tête.

Nicolas m'a fixée, agacé.

Quoi ? Qu'est-ce qu'il y a ?

Oh il commence franchement à m'énerver le cousin corse avec son regard de tueur. Est-ce que je prends cet air colérique, moi, quand il « butine » ma meilleure amie ? Et ces derniers jours, il ne s'en est pas privé ! Et je t'attrape la main sous la table, et je colle mon pied au tien dès qu'on est assis, et je respire tes cheveux quand je suis près de toi en regardant ailleurs... La caricature du type raide dingue amoureux !

Parfois, je me demande si c'est bien le Nicolas que je connais. Pour qui l'a vu agir avec ses ex, il est impossible de reconnaître dans le garçon attentionné d'aujourd'hui le dom Juan d'hier.

Il aime Léa et il le lui montre. Il faut avouer qu'il a supporté pas mal de choses pour que leur histoire perdure.

Il y a deux semaines, alors que Jim nous présentait pour la première fois Ambre, l'homme en noir avait téléphoné. Léa s'était éclipsée dans la cuisine pour lui répondre et Nicolas et moi l'avions surprise en train de pleurer.

Mon cousin avait été formidable ! Il avait essuyé les larmes qui coulaient sur le visage de Léa, il l'avait embrassée tout doucement sur les yeux et il était sorti.

Léa avait raccroché sans un mot. Évidemment, Peter avait rappelé dans la seconde qui avait suivi. Elle avait tenté de l'éloigner.

Léa – S'il te plaît Peter, laisse-moi tranquille. Je ne veux plus parler avec toi.

En même temps, si elle ne voulait vraiment plus lui parler, elle commencerait par ne pas lui répondre.

Léa – Non. Je ne veux pas. Non... Je t'ai dit non.

Bien... Si avec ça, il ne comprend pas !

Léa – Tu me jures que c'est la dernière fois ?

Ça y est. Je lui donne dix secondes pour céder.

Léa – Où ça et quand ?

Dix secondes, j'ai été généreuse. Un quart de seconde et elle a accepté. C'est la cata !

Léa – D'accord. À tout de suite.

Quoi, à tout de suite ??? Là, maintenant ??? Mais elle a perdu la tête. Qu'est-ce qu'elle va dire à Nicolas ?

Ma meilleure amie a raccroché. On est restées face à face un long moment. Elle était pâle à faire peur et je voyais sa poitrine se soulever à un rythme effrayant. Je n'ai rien pu dire. Je sentais que rien ni personne ne l'empêcherait de le rejoindre.

Je lui ai ouvert mes bras. Léa est venue pleurer contre moi. Je lui ai caressé le dos doucement en fredonnant une vieille berceuse. C'est ainsi que ma mère fait quand j'ai du chagrin et je ne connais pas d'autre geste qui console.

Près de cinq minutes ont passé. Lorsqu'elle a relevé la tête, Léa m'a souri.

Léa – Heureusement que je t'ai.

Justine – Moi aussi, heureusement que je t'ai.

Léa – En fait, heureusement qu'on s'a !!!

Je lui ai souri à mon tour.

Léa – Je dois aller voir Peter.

Justine – Je sais.

Léa – J'ai besoin de lui parler.

Justine – Je sais.

Léa – Je reviens très vite.

Là, je n'ai rien répondu.

Léa – Tu ne me crois pas ?

Justine – Je crois la Léa qui me parle maintenant dans la cuisine mais je doute de la parole de la Léa qui sera dans quelques minutes en face de l'homme en noir.

Léa – Tu me crois si faible avec lui ?

Justine – Je le crois surtout très manipulateur.

Léa m'a embrassée tendrement sur la joue.

Léa – À tout à l'heure, ma Justine.

Et elle est partie.

J'ai mis mes mains sur les oreilles pour ne pas entendre la voix de Nicolas lui interdisant de rejoindre l'Autre.

Mais non, aucun éclat.

J'ai attendu un long moment avant de réapparaître au salon.

Thibault a eu l'air surpris de me voir.

Thibault – Tu n'es pas partie avec eux ?

Justine – Qui ça eux ?

Thibault – Léa et Nicolas.

Justine – Nicolas est parti avec Léa ?

Jim – Oui.

Thibault – On peut savoir ce qui se passe ? Nicolas a shooté dans la porte en répétant : « Je vais le tuer » et puis, quand Léa est arrivée dans le salon, ils ont parlé à voix basse et il est parti avec elle.

Il y a eu comme un orage dans ma tête. Léa, Peter et Nicolas dans un même lieu. Cela ne présageait rien de bon. Mon angoisse a dû se lire sur mon visage.

Thibault – Qu'est-ce qu'il y a Justine ? Ils sont partis où ?

Justine – Voir Peter.

Jim – Hein ??? Qui ???

Théo, depuis sa chaise, a répondu :

Théo – Peter ! Metteur en scène spécialiste de Lagarce et prof de théâtre au lycée.

J'ai regardé mon petit frère, pleine d'espoir. Tant pis pour la morale et la bonne éducation.

Justine – Tu as d'autres infos sur lui ? Il est marié ? Il vit avec une femme ? Il a des enfants ?

Théo – Je ne sais pas. Et pourtant, j'ai cherché ! Depuis le temps que je vous entends parler de lui avec Léa, à voix basse dans ta chambre. Cet homme doit avoir quelque chose à cacher comme...

Jim a interrompu Théo.

Jim – Mais qu'est-ce que Nicolas va faire avec eux ?

Justine – Aucune idée. Peter a rappelé Léa plusieurs fois aujourd'hui et il a insisté pour qu'ils se rencontrent.

Thibault – Et alors ?

Justine – Elle a accepté.

Il y a eu un « Oh non ! » général et Jim a exprimé ce que tout le monde pensait.

Jim – Nicolas ne gardera jamais son calme. Ça va mal tourner.

Ambre a toussé pour attirer l'attention.

Ambre – Excusez-moi mais qui est Peter ?

Jim – L'ex de Léa.

Ambre – Et c'est vraiment ennuyeux qu'elle le voie accompagnée de Nicolas ? Si c'est un ex, qu'est-ce que ça peut faire ?

Jim – La situation n'est pas si claire que ça.

Ambre – C'est-à-dire ?

Jim – Peter est le prof de théâtre de Léa au lycée depuis bientôt deux ans.

Ingrid qu'on n'avait pas entendue depuis un moment s'est sentie obligée de compléter :

Ingrid – Il est terriblement sexy. Le genre beau brun ténébreux avec chemise blanche, manteau noir et catogan dans les cheveux.

Ambre – Un piège à fille sensible et romantique.

Jim – Exact ! Mais il faut ajouter à ce portrait physique quelques informations sur la psychologie de ce type. Il apparaît et disparaît au gré de ses humeurs.

Ambre – Et Nicolas dans tout cela ?

Jim – C'est très compliqué. Nicolas aime Léa depuis la nuit des temps. Il m'a toujours parlé d'elle comme de la femme de sa vie et toutes les filles avec lesquelles il est sorti n'étaient qu'un moyen de supporter l'attente.

Mon cœur s'est mis à battre la chamade. Bien sûr, j'avais toujours senti que mon cousin avait un faible pour Léa mais je n'avais jamais imaginé un amour inconditionnel. J'ai soudain eu envie de pleurer. Thibault s'est approché et m'a serrée dans ses bras. Il m'a chuchoté à l'oreille :

Thibault – Vous en faites des ravages dans nos petits cœurs, ta copine et toi.

Oh c'est trop mignon ce qu'il vient de me dire.

Ambre que l'histoire de Léa semblait captiver a demandé :

Ambre – Et Léa a quitté Peter pour Nicolas ?

Jim – Non. Elle a quitté Peter à cause de Peter. Elle attendait un signe qu'elle n'a pas eu.

Ambre – Comme quoi ?

Jim – Si j'ai bien compris, Peter avait promis à Léa qu'ils pourraient enfin vivre leur histoire au grand jour lorsqu'elle aurait dix-huit ans.

Ambre – Tu penses qu'il gagnait du temps et que ça lui permettait de s'amuser un peu en attendant ?

Jim – Je ne peux pas répondre à sa place. Ce qui est certain, c'est que la veille de l'anniversaire de Léa, il s'est défilé comme un lâche.

Ambre – Mais c'était il y a quelques semaines alors ? L'anniversaire de Léa, c'est la fête à laquelle je n'ai pas pu venir il y a moins d'un mois parce que ma mère était malade ?

Jim – Oui, c'est ça.

Ambre – D'accord, je comprends mieux. Continue...

Jim – Eh bien, à cette soirée, Léa est sortie avec Nicolas.

Ambre – Comme ça, d'un coup, sans réfléchir ?

Je suis intervenue.

Justine – Non, pas d'un coup sans réfléchir. Ça serait trop long à t'expliquer mais, la veille de son anniversaire, Léa a joué dans une pièce montée par Peter. Coup de théâtre de la vraie vie, ils ont failli se faire choper en pleine dispute conjugale par le proviseur. Nicolas est intervenu pour protéger Léa. Je crois qu'elle a été bouleversée et qu'elle s'est rendu compte qu'elle l'aimait.

Ambre – Et depuis elle n'a pas revu Peter ?

Justine – Je ne pense pas.

Thibault – Excusez-moi, seulement je me demande s'il n'y a pas urgence à les retrouver plutôt que de s'interroger sur la chronologie de leur histoire.

Mon prince qui avait déjà enfilé son blouson a continué :

Thibault – Moi, en tout cas, j'y vais.

Jim – Où tu vas ? Justine, tu as entendu le lieu de rendez-vous ?

Justine – Non. Elle a juste dit : « D'accord, à tout de suite. »

Ambre – Elle est peut-être allée rejoindre Peter chez lui ?

Justine – Elle ne sait pas où il habite.

Ambre – Incroyable, deux ans de relation et pas une adresse. Un numéro de téléphone au moins ?

Justine – Non, elle n'a rien. Même pas son portable et il appelle toujours en masqué !

Ambre – C'est bizarre, je ne connais pas Léa mais Jim m'en a beaucoup parlé. Elle a l'air tellement sensée.

Justine – Dans la vie, c'est la fille la plus sensée du monde, pourtant quand il s'agit de Peter, elle gobe n'importe quoi.

Ambre – Où est-ce qu'ils se voient en temps normal ?

Justine – Au lycée pour les cours de théâtre. Et puis...

Jim – Et puis où ?

Justine – Léa m'a parlé d'un café près du lycée où il l'a invitée quelquefois.

Thibault – Excusez-moi mais on perd du temps. Je serais d'avis d'appeler Nicolas sur son portable et de lui demander carrément où il est.

La petite voix fluette de Théo a retenti.

Théo – Je viens d'essayer sur les portables de Léa et de Nicolas, personne ne répond.

Jim – On fait quoi, alors ?

Thibault – On prend ta voiture et on tourne dans les rues autour du lycée. On aura peut-être la chance de les croiser.

Jim – On y va.

On s'est entassés dans la vieille Polo de Jim et on est partis. Le soleil brillait à travers les nuages et l'air commençait enfin à sentir le printemps. Théo était fou de joie. Il avait emporté avec lui son vieux dictaphone pourri, une loupe, un stylo à encre magique et son carnet à tête de mort. Il a noté le nom des cafés dans lesquels Thibault est descendu pour voir si notre trio infernal s'y trouvait. Il a aussi enregistré certaines de nos conversations.

Une heure plus tard, on ne les avait toujours pas trouvés.

Jim – Ils se sont peut-être battus pendant qu'on discutait et ils sont au poste.

Justine – Léa m'aurait appelée.

Thibault – Qu'est-ce qu'on fait alors ?

Théo qui se croyait dans une enquête de Tobie a proposé :

Théo – Il faut procéder avec rigueur : le commissariat, les urgences, la morgue.

Jim a freiné sec et il a hurlé :

Jim – Ne dis pas un truc pareil, tu vas nous porter la poisse !

On est restés muets. Même si on sait tous que Jim est un grand nerveux, il se maîtrise toujours, surtout devant un enfant.

Il a dû se rendre compte qu'il avait dépassé les bornes. Il a regardé mon petit frère dans le rétro et il lui a dit :

Jim – Désolé boy. Mais imaginer qu'il puisse arriver quelque chose à Nicolas et à Léa, ça m'a fait une décharge d'électricité dans la tête.

Théo – Je comprends. Certaines personnes perdent leur sang-froid durant les enquêtes.

No comment. Ce gosse est un ovni.

Finalement, on est rentrés. On avait passé plus de deux heures dehors en vain et on avait décidé d'attendre à la maison que Nicolas et Léa nous fassent signe. L'humeur était à la mélancolie sur le chemin du retour.

Jim – C'était peut-être une erreur cette histoire entre eux deux.

Ambre – Entre qui et qui ?

C'est vrai ça, quelle était l'erreur ? Léa et Peter ou Léa et Nicolas ?

Jim a garé la voiture côté jardin. Mon prince a crié :

Thibault – La lumière est allumée dans mon salon. C'était éteint quand on est sortis, non ?

Théo – Oui, il était 17 h 32 et il faisait encore jour.

On s'est précipités sur les portes vitrées. Agglutinés comme des enfants devant une vitrine de bonbons, on a regardé à l'intérieur de l'appartement.

Nos deux tourtereaux assis sur le canapé s'embrassaient à pleine bouche.

Théo – C'est dégoûtant, je suis sûr qu'ils mettent la langue.

Justine – Théo !

On n'a pas su ce qu'il s'était passé durant ce rendez-vous à trois, mais Nicolas et Léa étaient rentrés plus unis que jamais.

Et aujourd'hui, en cette veille des vacances de Pâques où on révisait à quatre, les deux pigeons roucoulaient toujours d'amour tendre.

Nicolas – Est-ce qu'on vous manquera pendant une semaine ?

Léa – Atrocement.

Justine – On ne va plus ni boire ni manger. À peine respirer...

Thibault – Tu parles, elles vont faire la fête tous les soirs et elles nous auront peut-être remplacés à notre retour.

Nicolas a blêmi. Le spectre de l'homme en noir a flotté quelques secondes au-dessus de nous. Léa a attrapé mon cousin par les oreilles et lui a hurlé à deux millimètres du visage :

Léa – Je t'appellerai tous les soirs de mon lit et, si tu veux, je te passerai Eugénie comme ça tu seras sûr que je ne suis pas en boîte !

Nicolas – Tu m'aurais parlé de ta mère, ça m'aurait rassuré mais avec Eugénie, on peut s'attendre à tout. Elle serait capable de t'entraîner dans des raves de féministes déchaînées.

Léa a pris un air offusqué, pourtant elle n'a pas contredit mon cousin.

Justine – Dites donc les garçons, vous jouez les jaloux, seulement si ça se trouve c'est vous qui allez batifoler avec de jolies fermières de la région.

Nicolas – Ah oui, mais ça, c'est normal, nous, on est des hommes !

Avant qu'il ait fini sa phrase, mon cousin a reçu un énorme coussin rouge sur la tête. On a éclaté de rire. Quand on sort avec Léa de Gouges, on n'exprime pas ces choses-là !

Si on parlait « séparation », c'est parce que Nicolas et Thibault avaient réussi leur Bafa et que, pour la première fois, ils allaient être monos d'enfants de dix à douze ans dans un centre de vacances à deux cents kilomètres d'ici. Leurs valises étaient prêtes et leur car partait le lendemain à 7 heures.

Ils nous avaient bien sûr demandé de les accompagner à l'aube jusqu'à la mairie pour agiter nos mouchoirs, toutefois l'amour a ses limites : la première grasse mat' des vacances en était une de taille.

On leur avait dit au revoir le soir, après un repas en amoureux.

Malgré cela, j'avais réveillé Léa tôt le matin, et on leur avait fait la surprise d'être présentes au moment du départ. Elle avait râlé mais elle était venue.

On avait embrassé les garçons sous l'œil goguenard des enfants qui criaient à travers les fenêtres « Oh les amoureux ! Oh les amoureux ! ». Le car avait fini par s'éloigner.

Justine – Tu vois, j'ai eu raison d'insister pour que tu te lèves, ça leur a vraiment fait plaisir qu'on soit là.

Léa – Mouais.

Justine – Quoi mouais ?

Léa – C'est pour leur être agréable que tu as sacrifié notre première grasse mat' ?

Justine – Oui, pour quoi d'autre ?

La sorcière a souri.

Léa – Tu devrais plutôt dire : « Pour qui d'autre ? »

Justine – Je ne vois pas ce que tu sous-entends.

Je savais très bien ce que Léa sous-entendait mais il n'était pas question que je l'admette. Je voulais absolument voir la tête de la monitrice qui les accompagnait.

Et je n'avais aucune raison de m'inquiéter. Elle était physiquement quelconque et atrocement timide.

Léa – Tu ne devrais pas te fier aux apparences.

Justine – Hein ? De quoi tu parles ?

Léa – De la demoiselle dans le car.

Justine – Je n'ai pas porté le moindre jugement sur elle.

Léa – Mais tu penses tellement fort ! Allez, je rentre chez moi me recoucher, je suis crevée.

Il avait fallu attendre la fin de l'après-midi pour avoir des nouvelles des garçons. On a donc patienté en révisant le mythe de la caverne chez Platon et l'ordre géométrique dans la théorie de la connaissance chez Spinoza.

Lorsque nos chéris ont téléphoné, on a appris que leur voyage en car avait été épouvantable et l'arrivée au domaine des Bleuets un véritable cauchemar.

Léa a mis le haut-parleur quand Nicolas lui a décrit l'endroit.

Nicolas – Putain, c'est l'horreur. La chaudière centrale est en panne, certains carreaux des fenêtres du réfectoire sont cassés, les toilettes des dortoirs des filles sont bouchées.

Léa – Vous savez qui prévenir ?

Nicolas – Le directeur passe son temps à donner des coups de fil inutiles à des gens incapables.

Léa – Comment vous allez faire avec les enfants ?

Nicolas – Je sais pas. Il y en a plein qui chialent et qui veulent rentrer chez eux. On a confisqué les portables parce qu'on ne veut pas qu'ils préviennent leurs parents. Sinon, ça va être la guerre.

J'ai demandé :

Justine – Et Thibault, il est où ?

Nicolas – En train de scotcher des cartons sur les fenêtres avec les mômes. Il t'appelle quand je le remplace.

LE MYTHE DE LA CAVERNE

Platon, Ve siècle avant J.-C.,
La République, Livre VII

Le mythe de la caverne est une allégorie qui illustre le rapport des hommes à la vérité.

Imaginons qu'un homme soit prisonnier avec d'autres depuis sa naissance, enchaîné à la paroi d'une caverne, face à l'ouverture, le visage tourné vers la pierre sur laquelle il ne voit et n'entend que le reflet des choses. Il penserait à coup sûr que les reflets sont LA réalité. Que se passerait-il si, soudain, cet homme se retrouvait dehors ? Tout d'abord, il serait ébloui par la lumière puis, peu à peu, il comprendrait son erreur : « Jusqu'à présent, j'ai pris le reflet d'une chose pour la chose elle-même ». Il chercherait alors à prévenir les autres prisonniers mais ces derniers le traiteraient de fou, allant jusqu'à le menacer de mort pour cette révélation car ils ne peuvent le croire.

Il en va de même pour la vérité : on croit la voir mais on ne perçoit que son reflet. Il faut sortir du carcan des préjugés pour enfin la comprendre.

Et les autres n'ont pas toujours envie de l'entendre !!!

Justine – Et la monitrice, elle ne vous aide pas ?

Nicolas – Non. Elle déprime dans sa chambre. On l'a surnommée Prozac ! Je sens qu'elle va nous faire chier toutes les vacances. Entre le directeur et elle, on a vraiment gagné le gros lot. Il va falloir qu'on se débrouille tout seuls.

Léa a enlevé le haut-parleur et a continué à parler avec Nicolas. Je me suis éloignée pour les laisser se dire des mots doux.

L'ambiance était au beau fixe lorsqu'ils nous ont rappelées le lendemain en fin d'après-midi. Les garçons avaient organisé un super jeu de piste en forêt et, à leur retour, ils avaient trouvé la chaudière réparée. Thibault semblait ravi.

Thibault – C'était formidable. Qu'est-ce que j'aurais aimé m'amuser comme ça quand j'étais petit au lieu de moisir dans des ambassades.

Justine – Et Prozac, elle s'est déridée un peu ?

Thibault – Non. Elle a passé son temps à faire des bonds parce qu'elle a peur de tout : des mouches, des orties, des branches d'arbre. Je dois te laisser ma Justine, le camion qui apporte les cantines pour le repas du soir arrive. Je t'envoie un petit SMS avant de m'endormir et on s'appelle demain, d'accord ?

Justine – Yes !

Thibault – Tu commences à me manquer.

Justine – Toi aussi ! Encore six jours sans se voir.

Thibault – Ça va passer à toute allure !

Entre mes révisions de physique, de philo et de SVT, il y avait peu de chances pour que ça passe vite. Les trois jours suivants se sont déroulés au ralenti. C'est dommage qu'il n'existe pas une touche rapide pour les moments sans intérêt de la vie.

C'est Léa qui m'a réveillée le jeudi matin. Elle était là, près de mon lit, l'air triste. J'ai bondi.

Justine – Qu'est-ce qu'il y a ?

Léa – Rien. Je n'avais pas envie de rester toute seule.

Justine – Il est quelle heure ?

Léa – 8 h 30.

Justine – T'es sympa comme fille ! Tu veux venir à côté de moi dans mon lit ?

Léa – Non, je suis trop grosse.

Justine – Ouh là... Il y a de la déprime dans l'air. En général, quand tu commences à dire que tu es trop grosse, je peux m'attendre à : « Je ne sais pas quoi faire de ma vie » dans la minute qui suit.

Léa – Je ne sais pas quoi faire de ma vie.

Justine – C'est bien cela ! Une déprime. Nicolas te manque ?

Léa a haussé les épaules comme une petite fille.

Léa – Un peu.

Justine – T'es angoissée à cause du bac ?

Léa – Un peu.

Justine – Tu penses à ton père à cause de la lettre ?

Léa – Un peu.

Justine – Alors, c'est quoi beaucoup ?

Léa – Peter me laisse plein de messages désespérés.

Oh non, moi qui espérais que ce sale type ne réapparaîtrait pas. Ou dans très longtemps. L'absence de Nicolas tombait mal. Ça laissait à l'homme en noir tout l'espace.

Justine – Qu'est-ce qu'il veut encore ???

Léa – Me voir.

Justine – Et toi, tu veux quoi ?

Évidemment, ma meilleure amie n'a rien répondu. Je n'ai pas insisté.

Justine – Tu as pris ton p'tit déj ?

Léa – Non.

Justine – On se fait un thé ?

Léa – T'as pas de la mort aux rats plutôt ?

Justine – Je sais ce qu'il faut : nous projeter dans un avenir radieux. On se prépare notre circuit Sydney-Ayers Rock-Alice Springs-Darwin-Cairns ?

Léa – Ça me fatigue d'avance.

Justine – Alors, on loue *Australia* avec l'irrésistible Hugh Jackman et l'Australienne ultime, la belle Nicole Kidman ?

Léa – Elle est mince, blonde et heureuse en amour. Tu crois que ça va remonter le moral d'une fille comme moi ?

Justine – Non, c'est sûr. Bon, ben je mets la mort aux rats à infuser dans la théière.

Léa – Parfait.

La journée s'est passée, lugubre, et les annales de maths de Strasbourg m'ont été fatales. À moins que ce ne soit le chagrin de Léa qui ait complètement déteint sur moi.

Ni les fraises Tagada ni le pot familial de Nutella n'ont réussi à nous faire positiver.

Quand ma meilleure amie a ramassé ses affaires pour rentrer chez elle, sa phrase du matin était devenue ma devise : « Je ne sais pas quoi faire de ma vie. »

Elle était à peine partie que mon portable a sonné. C'était mon prince. Un peu d'espoir dans ce monde affreux.

Justine – Coucou Thibault !

Thibault – Salut.

Quoi « Salut... » ! Il n'a pas une autre formule quand il s'adresse à la fille qu'il aime et qu'il n'a pas vue depuis quatre jours et demi ?

Justine – Ça va ?

Thibault – Pas tellement.

Super ! Tout le monde déprime et me confie son mal de vivre.

Justine – Qu'est-ce qui se passe ?

Thibault – On a six gosses malades.

Justine – Qu'est-ce qu'ils ont ?

Thibault – Ils ont attrapé froid hier quand on a joué au bord de la rivière. On n'aurait pas dû les laisser s'arroser.

Justine – Vous avez appelé un médecin ?

Thibault – Prozac est infirmière, elle leur aura donné du Doliprane. Elle va venir s'occuper de moi parce que j'ai mal à la gorge. Elle est super dévouée et attentive comme fille. Pas le genre égocentrée qui ne pense qu'à son petit nombril. Bon, je te rappelle plus tard.

Et il a raccroché.

Euh... La fille égocentrée qui ne pense qu'à son nombril, c'est moi ? Formidable, cette amitié naissante entre Prozac et lui ! Je la déteste. Je vais lui crever les yeux.

Mon portable a resonné dans la seconde qui a suivi. Ah quand même, il s'est rendu compte de l'inconvenance de son dernier appel.

J'ai laissé sonner trois coups avant de répondre. Je n'avais pas envie qu'il pense que j'étais suspendue à ses mots.

Quand j'ai décroché, c'est la voix de Jim que j'ai entendue.

Jim – Salut Justine !

Justine – Ah c'est toi ?

Jim – Oui, rien que moi. Déçue ?

Justine – Non, juste désespérée.

Il n'y avait aucune raison que je ne vomisse pas un peu mes angoisses sur les chaussures de quelqu'un.

Jim – Qu'est-ce que tu as ? Le fils de l'ambassadeur te manque ?

Justine – Pire que ça.

Jim – Vas-y balance que j'évalue la situation !

Justine – Thibault vient de m'appeler pour me dire que j'étais une pauvre fille égocentrée et que l'infirmière de la colonie était un modèle de patience et de dévouement.

Jim – Il t'a vraiment dit ça comme ça ?

Justine – À peu près.

Jim – Ensuite ?

Justine – Je vais rater mon bac et donc ma vie.

Jim – Bien. Ça, je ne me donne pas la peine de le commenter. Il ne fait aucun doute que tu auras une mention et que tu réussiras tes études de médecine. Problème suivant ?

Justine – Ma meilleure amie fait une dépression sévère.

Jim – Léa ?

Justine – Oui, Léa.

Jim – Qu'est-ce qu'elle a ?

Justine – Le vampire la harcèle.

Là, il y a eu un grand blanc.

Jim – Tu parles de Peter ?

Justine – Oui, le type en noir avec de longues canines.

Jim – Il a réapparu celui-là. Si je ne me retenais pas, je...

Jim énervé a soufflé très fort dans le téléphone et ça m'a complètement éclaté le tympan droit. J'ai éloigné le portable le temps que Jim renoue le dialogue.

Jim – Il faut surtout le cacher à Nicolas, ça le rendrait super malheureux.

Justine – Je ne suis pas idiote. Je n'avais pas l'intention de l'appeler pour lui raconter que Léa va peut-être passer sa soirée avec Peter.

Jim – Tu crois ?

Justine – Je ne sais pas. Simplement, je me dis qu'à force d'entendre des messages suppliants elle risque de craquer.

Jim – Qu'est-ce qu'on peut faire pour l'en empêcher ?

Justine – Rien. À part la kidnapper ou monter la garde en permanence.

Jim m'a encore explosé le tympan avec son souffle de taureau. Il est resté sans prononcer une seule parole durant un long moment, puis soudain il s'est agité.

Jim – Elle est où là, Léa ?

Justine – Elle vient de partir.

Jim – Il faut que tu la rejoignes tout de suite et que tu restes avec elle jusqu'à demain matin. J'ai une idée. Même si c'est compliqué à réaliser ça peut marcher.

Justine – C'est quoi ?

Jim – Je ne peux rien te dire pour l'instant, mais je pense pouvoir régler le problème durant quelques jours. Le temps que Nicolas revienne et qu'il puisse lutter à armes égales avec son rival.

Justine – Et pour moi, tu comptes faire quelque chose ?

Jim – À quel propos ?

Justine – Thibault et son infirmière.

Jim – Ça se pourrait. En attendant, prépare tes affaires pour cette nuit et file chez Léa.

Rien qu'à lire ça
j'ai déjà mal à la tête !

LES DIX COMMANDEMENTS DES RÉVISIONS

1. Les cours qui te manquent, tu chercheras.
2. Les notes incomplètes, tu enrichiras.
3. Des fiches sur chaque notion tu feras.
4. Un planning précis tu établiras.
5. Les matières à étudier tu alterneras.
6. Un endroit propice à l'étude tu choisiras.
7. Tes copains pessimistes tu écarteras.
8. Portable, ordi, télé tu débrancheras.
9. Ton alimentation tu surveilleras.
10. Ton sommeil tu respecteras.

Oui, Chef !!!!

Désespérée comme je l'étais, j'ai obéi sans broncher. De toute façon, que je sois ici ou là, ça n'avait aucune importance.

J'ai appelé ma mère pour l'avertir que je partais réviser chez Léa et, au seul mot de « bac », elle a donné son accord.

En ce moment, il suffit que je prononce ces trois lettres sacrées pour que mes parents acceptent n'importe quelle proposition. Un peu comme quand Théo est malade et qu'il obtient absolument tout ce qu'il demande. À se demander si le bac n'est pas une maladie !

J'ai mis une culotte, un tee-shirt et ma brosse à dents dans mon Eastpak bourré de livres scolaires et j'ai marché jusqu'à la maison de ma meilleure amie.

Elle a fait une drôle de tête quand elle m'a ouvert la porte.

Léa – Qu'est-ce qu'il y a ?

Je n'allais pas lui confier la vraie raison de ma venue alors j'ai un peu arrangé la vérité.

Justine – Thibault est amoureux de Prozac, je demande l'asile.

Léa – Quoi ??? Qu'est-ce que c'est que cette histoire ?

Justine – Tu peux me fermer ta porte si tu veux, j'irai seule sur les chemins, « le dos courbé, les mains croisées ».

Léa – Allez, arrête ton cinéma. Viens, je te prépare un thé mais je te préviens, on ne mange rien de sucré. À cause de ton Nutella de tout à l'heure, j'ai flingué des semaines de régime.

J'ai demandé, l'air de rien :

Justine – Tu ne comptais pas ressortir ?

Léa – Ben non, où veux-tu que j'aille ?

Justine – Je peux dormir ici ? J'ai pas envie de rentrer et de me retrouver toute seule dans ma chambre en pensant que Thibault butine mademoiselle « tu peux compter sur moi ».

Léa m'a fait entrer. On s'est installées dans la cuisine.

Léa – Alors, il se passe quoi avec ton beau Thibault ?

Justine – Il m'a appelée trois secondes après ton départ pour m'annoncer qu'il souffrait d'une sorte d'angine et qu'ils avaient plein de gosses malades. T'as pas eu Nicolas ?

Léa – J'ai eu un double appel tout à l'heure, c'était peut-être lui.

Si c'était Nicolas en double appel, qui était son premier correspondant ? J'ai regardé Léa, elle a semblé troublée puis elle a vite demandé :

Léa – Ils ont quoi les enfants ?

Justine – Ils ont attrapé froid au bord de la rivière.

Léa – Mince. Un médecin est venu ?

Justine – Pas besoin, Prozac est infirmière.

Léa – Ah... Je comprends mieux ta petite crise de jalousie ! Elle va badigeonner les amygdales de ton homme.

J'ai éclaté de rire. Quelle expression bizarre...

Léa – Je ne plaisante pas. Quand on n'a pas de collutoire ni de pastilles pour la gorge, on badigeonne avec du bleu de méthylène.

Justine – Parce que le bleu de méthylène, c'est plus courant dans une boîte à pharmacie que des pauvres pastilles à sucer ?

Léa – Pourquoi pas. Cette fille a peut-être une vieille trousse datant de la dernière guerre.

Justine – N'importe quoi. En tout cas, elle va soigner Thibault dans sa chambre. Il la trouve super dévouée et attentive. Rien à voir, m'a-t-il dit, avec une fille égocentrée qui ne pense qu'à son petit nombril.

Léa – Il t'a balancé ça.

Justine – Oui !

Léa – L'heure est grave.

Justine – Tu sens quelque chose entre eux ?

Léa a réfléchi avant de répondre.

Léa – Pas vraiment.

Cette réponse mitigée au lieu d'un non franc et massif m'a serré le cœur. J'ai soudain repensé à la réflexion de ma meilleure amie, le jour du départ des garçons : « Pour la demoiselle dans le car, tu ne devrais pas te fier aux apparences ». Elle avait donc déjà senti une toxicité possible de Prozac.

Je n'ai pas pu interroger Léa sur ses intuitions, son portable a sonné. J'aurais bien aimé lire le nom qui s'affichait mais, myope comme je suis, c'était mission impossible.

Léa a décroché et s'est éloignée. Mon cœur a battu la chamade. Ça devait être Peter qui la harcelait une fois de plus. Et si elle décidait de sortir, qu'est-ce que j'allais faire ?

Je n'ai pas eu à m'inquiéter longtemps. Ma meilleure amie est revenue aussitôt. J'ai demandé hypocritement :

Justine – C'était Nicolas ?

Léa – Non.

Comme Léa versait l'eau bouillante dans la théière sans donner plus d'explications, je me suis tue.

On a bu notre thé au caramel en silence. L'arrivée d'Eugénie dans la cuisine nous a réveillées d'un coup.

Eugénie – Désolée les filles, mais quand je vous observe ça ne me donne pas envie d'être jeune ! J'ai l'intention de faire un clafoutis aux poires et d'aller ensuite au cinéma voir n'importe quel navet qui raconte une histoire d'amour qui finit bien. Ça vous tente ?

Léa – Pourquoi pas.

Eugénie – Et toi Justine ?

Justine – Mouais.

Eugénie – Évidemment, j'offre les places et les Magnum double chocolat.

Léa – Ah non, arrêtez avec le sucre ! Je suis une boule.

Eugénie – T'as qu'à le prendre à la vanille.

Léa – Ça change quoi niveau calories ?

Eugénie – Rien. Mais le blanc, ça se voit moins.

Le portable de Léa a sonné à nouveau, cette fois-ci elle a mis sur messagerie. Eugénie a eu l'air très agacée.

La soirée avec supermamie a été plutôt sympa même si je n'arrêtais pas de penser à Prozac badigeonnant les amygdales de Thibault.

En ce qui concerne ma surveillance étroite de Léa, je me sentais rassurée par la présence d'Eugénie. Tant qu'elle était là, Léa ne pouvait pas rejoindre Peter.

Au moment où je montais me coucher dans la chambre de Léa, Eugénie m'a chuchoté :

Eugénie – Opération réussie, elle n'est pas sortie ce soir. On attend les instructions de Jim demain matin à 7 heures.

Justine – Il t'a téléphoné ?

Eugénie – Depuis quand les femmes de la famille ont-elles besoin qu'on les appelle pour être au courant de ce qui se passe chez elles ? Bonne nuit, Justine.

Et elle m'a plantée là.

Je suis restée la bouche ouverte façon carpe dans un aquarium de restaurant chinois. Eugénie arrivera toujours à me surprendre !

Effectivement, c'est Jim qui m'a réveillée à 7 heures le lendemain. J'ai eu du mal à émerger. J'ai d'abord intégré la sonnerie à mon rêve avant de comprendre que mon portable sonnait réellement sur la table de nuit.

Justine – Allô...

C'est dommage qu'on ne puisse pas mettre le son dans les livres parce que sinon vous auriez entendu un « allô » façon patate chaude dans la bouche.

Jim – Salut, c'est moi.

J'ai attendu la suite.

Jim – Justine, tu m'entends ?

Justine – Oui, inutile de crier si fort.

Jim – Tu es avec Léa ?

J'ai fait un bond.

Et si elle était partie rejoindre Peter pendant la nuit ? Après tout, certains soirs je descends bien en douce chez Thibault.

Non, ma meilleure amie était dans son lit, l'oreiller sur la tête. Elle avait certainement cherché à échapper à la sonnerie du portable.

Justine – Yes, je suis avec Léa ou plus exactement je suis sur le futon au pied de son lit comme un chien fidèle.

Jim – Ne bouge pas, j'arrive.

Justine – Tu viens assurer ton tour de garde ?

Jim – Mieux que ça.

Et il a raccroché, me laissant imaginer toutes sortes de scénarii possibles. Pas longtemps parce que je me suis rendormie.

Il ne lui a pas fallu des heures pour arriver et me secouer, en live cette fois.

Jim – Justine, réveille-toi !

J'ai péniblement ouvert les yeux. J'ai regardé l'heure : 7 h 25... Mais c'est les vacances, pourquoi on ne me laisse pas dormir tranquille ?

Jim – Viens, faut que je te parle avant qu'on réveille Léa.

Je me suis levée complètement hagarde et je n'ai pas compris tout de suite pourquoi Jim devenait tout rouge.

Mince, j'étais en culotte. J'ai caché mon « opulente » poitrine avec les bras et j'ai récupéré mon tee-shirt posé sur le futon, avec les dents.

Mais pourquoi dans les films les filles sont toujours glamour dans ce genre de situation alors que moi j'ai l'air d'une poule qui picore des graines sur un mur ?

On s'est assis dans l'escalier.

Jim – On part.

Justine – On part où ?

Jim – Se mettre au vert jusqu'à dimanche.

Justine – Quoi ?

Jim – J'ai réussi à emprunter une grande tente pour quatre.

Justine – Tu veux qu'on campe ?

Jim – Oui !

Justine – Mais tu es un grand malade ! C'est pour ça que tu me réveilles à sept heures du matin ? Ça sera sans moi. Et ne compte pas sur Léa. Elle déteste ce type de vacances.

Jim – Et si je te dis qu'on va planter la tente dans le jardin du domaine des Bleuets où résident nos moniteurs préférés ?

Je suis restée coite.

Jim – Cela évitera à Prozac l'infirmière dévouée de s'occuper du cas du petit Thibault et surtout cela empêchera l'homme en noir de s'approcher de notre Léa chérie.

J'ai souri à Jim.

Justine – T'es un génie. Tu ne bosses pas aujourd'hui et demain ?

Jim – Je devais mais je me suis débrouillé. Il n'y a pas plus important que mes amis dans la vie.

Justine – Et Ambre ?

Jim – C'est l'ombre au tableau. Elle me fait la gueule.

Justine – Pourquoi ?

Jim – Elle ne peut pas se libérer à cause du boulot et...

Jim a semblé gêné.

Justine – Et quoi ?

Jim – Rien.

Justine – Si ! Dis-moi.

Jim – Elle n'a pas tellement envie que je me retrouve seul avec toi.

Je sais que ce n'est pas sympa mais ça m'a fait super plaisir que cette fille soit jalouse de moi.

Justine – Tu lui as dit qu'elle n'avait pas de raisons de s'inquiéter ?

Jim – Tu connais les filles ? De vraies tigresses dès qu'il y a une autre meuf qui s'approche un peu trop près de leur mâle.

Évidemment, dans ce domaine, je n'avais pas de leçons à donner.

Justine – Au fait, pourquoi une tente pour quatre, on n'est que trois ?

Jim – Non ! Ingrid vient avec nous.

Justine – Ingrid ?

Jim – Ma voiture faisait un drôle de bruit, on ne pouvait pas partir avec, donc elle a convaincu son père de me prêter la sienne ! Elle est vraiment gentille, tu sais...

J'ai réfléchi un petit moment.

Justine – Alors ça va être le club des CIK+I comme avant ?

Jim – Oui. Ça sera super chouette.

Justine – J'ai hâte d'y être. Je préviens mes parents qu'on part réviser tous ensemble. J'espère qu'ils vont accepter.

Jim – Tu réveilles Léa, après ? On décolle dans une demi-heure, j'ai fait le plein d'essence. On passe prendre Ingrid, ton sac et direction la campagne. Je pensais acheter des sandwichs pour la route mais, quand je suis arrivé, Eugénie nous avait préparé un panier pique-nique. Je ne sais pas comment elle a deviné que...

Justine – Ne cherche pas à comprendre.

Jim – Bon, je vais boire un café dans la cuisine en vous attendant.

Et alors qu'il s'apprêtait à descendre l'escalier, j'ai rattrapé Jim par le bras.

Justine – Tu es un type formidable, tu sais.

Ben, pourquoi il rougit encore, je suis en tee-shirt cette fois-ci !

Monos mais pas trop

Léa – Vous êtes sûrs qu'ils vont être contents de nous voir débarquer ?

Jim – Pourquoi ils ne le seraient pas ?

Léa – Parce que Thibault et Nicolas ne sont pas en vacances, ils travaillent dans cette colonie ! Je ne suis même pas certaine que, légalement, on ait le droit de camper dans le jardin de la propriété. On pourrait le leur reprocher et même leur retirer l'agrément du Bafa.

L'argument du droit a semblé ennuyer Jim qui m'a regardée dans le rétro. J'ai fait une grimace discrète. Nous n'avions pas pensé à cela... Nous étions partis très vite dans le but de soustraire Léa à l'influence néfaste de Peter le vampire et de la remettre dans les bras aimants de Nicolas.

Léa a continué :

Léa – Justine, si tes parents envoyaient Théo dans une colonie avec des moniteurs agréés et qu'ils apprenaient qu'une bande de copains débarquent de nulle part et squattent l'endroit, ça leur plairait ?

Oh, ça non ! Ma mère affréterait un jet privé depuis le canapé du salon pour aller sauver son chouchou, non sans avoir alerté auparavant les services publics, la presse, la protection de l'enfance et le président du Zimbabwe. Pourquoi le président du Zimbabwe ? Je ne sais pas... Il y a toujours un moment où lorsque ma mère panique, elle fait n'importe quoi.

J'ai menti pour calmer le jeu :

Justine – Mes parents s'en ficheraient complètement, du moment que Théo s'amuse.

Ingrid, que nous n'avions pas entendue depuis plus de vingt minutes parce qu'elle appliquait sa douzième couche de mascara sur les cils de son œil gauche, est intervenue.

Ingrid – Moi, si ça m'était arrivé, je suis sûre que mon père aurait fait un scandale.

Elle ne pourrait pas s'occuper de son œil droit au lieu de se mêler de la discussion des grandes personnes ? Oui, je sais... Je ne suis pas très sympa avec Ingrid seulement j'ai mes raisons. Je n'ai pas envie d'en parler mais elle s'est permis l'autre jour de me faire des remarques sur mon « no style » vestimentaire devant Thibault. Ça m'a super vexée.

Ingrid – Remarque, il n'y aurait eu aucun danger, à dix ans déjà je menais les monos par le bout du nez.

Imaginer Ingrid en taille dix ans avec une minijupe rose fuchsia, un tee-shirt ras le nombril et du mascara plein les cils m'a donné la nausée. Il n'y a pas un jour où elle a été une petite fille en robe à carreaux avec des collants qui grattent, des chaussures immondes et des nattes ridicules ? Une petite fille comme nous, quoi ?

Malgré mes efforts pour rendre Ingrid un peu plus humaine, je ne suis parvenue à rien. J'ai décidé d'envoyer discrètement un SMS à Eugénie pour lui demander de l'aide. J'avais commencé à taper : « Peut-on légalement... » lorsque mon portable a bipé. Un message d'Eugénie !!!

Effectivement, vous n'avez pas le droit de camper dans le jardin d'une propriété privée sans autorisation. Mais vous êtes assez malins pour trouver une solution. Bonnes vacances les jeunes !

Comment a-t-elle su que j'allais lui poser cette question ?

Léa – Alors, quelle est la réponse ?

Justine – Quelle réponse ?

Léa – Oh Justine, fais-nous gagner du temps et dis-nous ce qu'en pense Eugénie...

Mais comment sait-elle qu'Eugénie a répondu à une question que je n'avais pas encore posée ?

Léa – Parce que je le sais, c'est tout...

Je ne sais pas ce que vous ressentez, moi, parfois, cette tribu de sorcières m'effraie un peu.

Léa – Alors ?

Justine – Légalement, on n'a pas le droit de camper dans une propriété privée sans autorisation.

Léa – C'est ce que je craignais.

Justine – Mais...

Jim – Mais quoi ?

Justine – Eugénie pense qu'on est assez malins pour trouver une solution.

Il y a eu un long moment de silence durant lequel tout le monde a semblé réfléchir.

Enfin, quand je dis tout le monde, vous comprenez... Ingrid venait d'attaquer son œil droit et, si mes calculs étaient bons, nous en avions encore pour neuf couches.

Léa a fini par dire :

Léa – Bon, je propose qu'on ne s'inquiète pas inutilement parce qu'on n'a pas toutes les informations. On en parlera avec Thibault et Nicolas, et s'ils ne trouvent aucune solution, on cherchera une chambre à louer chez l'habitant.

À l'annonce d'une chambre à louer chez l'habitant, Ingrid a failli rater sa cinquième couche de mascara.

Elle s'est écriée tout excitée :

Ingrid – Oh oui !!! Chez un beau paysan avec un corps musclé ! Je veux ça !!! Je m'y vois déjà... Il partira à l'aube labourer les champs et je me tiendrai sur le seuil de sa maisonnette pour lui dire au revoir. Ensuite, je lui préparerai de la soupe avec les légumes du jardin que j'aurai cueillis moi-même de mes blanches mains. Tant pis pour ma french...

Sa quoi ? Ah oui, sa french manucure. Ses ongles, quoi, des carrés blancs qui semblent avoir été coloriés avec du Tipp-Ex.

Ingrid – Dites les amis, vous dînerez avec nous dans notre cabane au fond des bois ou bien vous resterez avec les autres à la colo ?

Personnellement ? Je propose que nous accompagnions Ingrid dans sa maison tout au fond des bois en vérifiant qu'elle n'a aucun caillou dans les poches. Comme ça, à mi-chemin, on l'abandonne. Avec un peu de chance, nous ne la reverrons jamais ! Yes...

Remarque, vu la couche de maquillage et l'odeur de jasmin synthétique, aucun loup ne voudra la manger. L'odorat des pauvres bêtes sera complètement brouillé. Il pourrait même y avoir une plainte de la SPA pour maltraitance sur animaux en voie d'extinction. Je vois déjà le texte : « Il a été donné intentionnellement à un vieux loup de Sibérie implanté dans notre campagne française une alimentation totalement impropre à la consommation. Le pauvre animal est mort dans des souffrances atroces après l'ingestion d'une main. Mais qui sont les monstres qui en veulent à cette espèce déjà menacée ? »

Non finalement, il vaut mieux ne pas abandonner Ingrid dans les bois.

Ingrid – Alors Justine, tu dînes à la colo ou chez Oliver ?

Justine – Oliver ? C'est qui ?

Ingrid – Le paysan garde-chasse.

Léa – Bravo Ingrid ! Joli moment de culture.

Culture de quoi ? On n'a parlé ni de blé ni de pommes de terre.

Devant mon air ahuri, ma meilleure amie m'a fourni les références qui me manquaient.

Léa – Oliver Mellors est le garde-chasse d'une aristocrate dont le mari est paralysé et sexuellement impuissant. La jeune femme vit un amour torride dans ses bras.

Justine – Vous le connaissez en vrai, cet Oliver Mellors ?

La sorcière a éclaté de rire.

Léa – Mais non, c'est le héros d'un roman intitulé *L'amant de Lady Chatterley.*

Ingrid – Et c'est un de mes romans préférés !

Léa – Moi aussi, Ingrid.

Ah, voilà pourquoi Léa évoquait un joli moment de culture, il ne s'agissait pas de pommes de terre mais de littérature. Agacée de voir l'air de connivence entre Léa et Ingrid, j'ai demandé perfidement à la peste :

Justine – Et tu as lu ça, toi ? Ils en avaient parlé dans *Voici* ou dans *Gala* ?

Ingrid n'a pas semblé touchée par ma remarque perfide. Elle s'est retournée pour réciter à Léa sa liste de livres « in love ».

En anglais dans le texte...

Ingrid – *Les liaisons dangereuses, Le lys dans la vallée, Madame Bovary, Le rouge et le noir...*

Encouragée par les applaudissements de ma meilleure amie, elle a continué à égrener des titres de romans façon liste de bac de première.

Ça va, je les ai lus moi aussi...

Enfin, en Profil d'une œuvre... Euh, les titres au moins...

Mais il est inutile de les lire en entier pour savoir de quoi ils parlent : une fille et un garçon s'aiment, leur amour est impossible, ils font tout pour se rejoindre quand un quiproquo les sépare. Et paf ! Un des deux n'y croit plus et quand il se rend compte qu'il a eu tort, c'est trop tard. Tout le monde meurt...

***Ingrid** – Paul et Virginie, Manon Lescaut, Tristan et Iseult, Roméo et Juliette...*

Je crois que je vais lui faire avaler tous ces romans page par page avec la première et la quatrième de couverture en sus !

La peste a fini par s'arrêter parce que Jim proposait un stop pipi à la station-service. Une occasion en or pour la peste de promener son soutien-gorge push-up sous le regard concupiscent des clients. Au moment où je sortais de la voiture, elle m'a chuchoté à l'oreille :

Ingrid – Eh oui, j'ai lu tout ça. Comme quoi, il faut se méfier de l'eau qui mord !

J'ai souri. Ingrid a peut-être beaucoup lu mais côté vocabulaire, ça ne lui a pas servi à grand-chose !

Une heure et l'intégrale du catalogue du Livre de Poche plus tard, nous sommes arrivés dans le village des garçons : Vupille ! Ses fermes, ses arbres et... ses arbres.

Non, j'ai été mauvaise langue, en cheminant plus avant, il y a aussi une... Ah non... Je croyais qu'il y avait une boulangerie mais il ne reste que la devanture. Dedans, c'est vide. Les habitants ont peut-être tous une machine à pain ou une allergie au gluten.

Léa a proposé qu'on se balade afin de demander à un passant où se trouvait la propriété des Bleuets.

Léa – Ça nous dégourdira un peu les jambes et puis on fera connaissance avec les gens du coin.

Jim – Bonne idée.

Ce n'est pas faute d'avoir marché mais nous n'avons rencontré personne dans les vingt minutes qui ont suivi. Les maisons semblaient inhabitées et pas un chat ne rôdait dans les rues. J'ai émis une supposition :

Justine – Il y a peut-être eu une catastrophe nucléaire récemment et les habitants ont été évacués d'urgence.

Jim m'a souri.

Jim – Cette nuit alors, parce que j'ai eu Nico vers vingt-deux heures hier soir et tout semblait normal...

Justine – On aurait dû écouter la radio. Si ça se trouve, on est en train de se faire irradier, des hommes en combinaison métallique vont surgir de derrière ce mur de pierre et...

À cet instant, Ingrid a poussé un cri monstrueux.

Il faut avouer qu'il y avait de quoi. Un être (humain peut-être) dans une combinaison est apparu avec une bonbonne accrochée dans le dos et une longue perche qui aspergeait un produit. Lorsqu'il nous a vus, il a stoppé sa machine et enlevé son masque.

Jim, toujours affable, lui a demandé :

Jim – Bonjour ! Désolé de vous déranger, vous savez où se trouve la propriété des Bleuets ?

Il est fou ou quoi ? Demande-lui combien de temps il nous reste à vivre plutôt...

Après les politesses d'usage, Jim nous a invitées à regagner la voiture. L'homme en vert a repris sa tâche. Ingrid n'a pas moufté. Elle n'a même pas cherché à remonter la bretelle de son soutien-gorge en ricanant bêtement.

Nous nous étions à peine éloignés de quelques pas lorsqu'elle a chuchoté :

Ingrid – Jim, il faisait quoi avec sa perche, il décontaminait la région ?

Jim – Non, il sulfatait ses raisins pour éviter le phylloxera !

On a tous éclaté de rire.

Enfin, assez peu de temps parce qu'Ingrid s'est sentie obligée de nous donner un cours sur le danger des pesticides en tout genre. Cette fille est un paradoxe vivant. Elle se sulfate les ongles, la peau et les yeux tous les jours mais elle se lève en Che Guevara du bio à la moindre occasion. Heureusement, la propriété des Bleuets était proche, et le débat (enfin, peut-on parler de débat lorsqu'une personne parle toute seule ?) a été vite clos.

Je ne pourrais pas vous décrire la tête de Nicolas quand il nous a vus nous garer dans la cour. J'aurais dû avoir la présence d'esprit de le photographier avec mon portable. Les yeux exorbités, le menton qui se décroche et un arrêt sur image impressionnant. Puis, reprenant vie d'un coup, il a hurlé :

Nicolas – Oh putain !!!

Si vous vous attachez à la définition exacte du mot « putain », nom féminin singulier, de l'ancien français putain, cas régime de *pute* (–> voir *-ain*), de l'adjectif *put* (« sale »), du verbe latin *putere* « puer, sentir mauvais » ou de *putidus* (« fétide, puant »). Synonymes : prostituée ou péripatéticienne, femme qui échange son corps contre de l'argent, vous pouvez prendre très mal ces premiers mots d'accueil de Nicolas. Mais si vous vous intéressez un peu à l'évolution sémantique de la langue, vous comprendrez que ce « Oh putain » marque uniquement, dans le langage des jeunes, la surprise et l'étonnement.

Nicolas – Oh pute borgne !!!

Bon, j'arrête l'étude du lexique de mon cousin, elle pourrait nous emmener trop loin. Je vous traduis juste : il est très surpris et semble très content !

Thibault, qui avait dû entendre de loin la bordée d'injures proférée par mon cousin, est sorti en courant du bâtiment. Il nous a regardés quelques secondes avec attention puis il a hoché la tête en souriant.

La classe, quoi !!!

Ingrid – Il n'a pas l'air ravi de nous voir, Thibault.

Mais pourquoi elle dit ça, la peste ?

Ingrid – Il n'y a pas une fille avec eux dans la colo ?

Oh la perfide ! Elle est en train d'insinuer que mon prince coule des jours heureux avec Prozac à l'infirmerie et que ma présence est un obstacle à leur amour. Calme-toi, Justine, le temps que tu comprennes qu'il y a peut-être eu un quiproquo, on va se retrouver avec trois morts sur les bras.

Nicolas s'est précipité sur la voiture et, avant même qu'on en soit sortis, il a commencé à la secouer en poussant des cris de sauvage. J'ai failli vomir le paquet de Tagada avalé à la station-service. J'ai regardé Léa, l'air navrée. Elle a éclaté de rire.

Léa – Les jeunes individus de sexe masculin ressemblent parfois à des boucs en rut.

Justine – Ouais, c'est ça. Remarque, Nicolas a l'air heureux, ça fait plaisir. On ne peut pas en dire autant de tout le monde.

Il n'a pas fallu que je répète deux fois mon sous-entendu à ma meilleure amie. Elle m'a immédiatement chuchoté à l'oreille :

Léa – Si la moindre petite remarque balancée de façon insidieuse par une fille jalouse te fait douter de l'amour de ton homme, alors tu mérites de rester vieille fille jusqu'à la fin de ta vie.

Vous avez entendu ? Léa est sortie de sa réserve habituelle et a qualifié Ingrid de fille jalouse ! Comme quoi, la culture littéraire de la peste n'a pas convaincu ma sorcière bien-aimée. Je reste sa préférée même si je n'ai lu dans son intégralité que *Picsou magazine* !!!

Léa – Oui, mais j'aimerais beaucoup que tu lises *L'amant de Lady Chatterley.*

No comment sur le sorcière power.

Léa avait raison de m'inciter à ne pas douter des sentiments de Thibault. À peine étais-je descendue de la voiture que mon prince m'a prise dans les bras et m'a donné le baiser le plus long de l'histoire.

Quand j'ai rouvert les yeux (et repris ma respiration), j'ai vu que Nicolas et Léa étaient en train de battre notre record d'au moins trois minutes trente... Ils sont dopés ou quoi ?

Des éclats de rire et des chuchotements ont interrompu leurs effusions. Je me suis retournée. Une tribu de Pygmées nous observait, hilare.

Enfin, quand je dis Pygmées, je ne parle pas des individus appartenant à des populations caractérisées par leur petite taille et vivant au milieu de la forêt équatoriale. Non, je parle d'une horde de quinze enfants entre dix et douze ans ricanant bêtement à la vue de deux êtres humains qui s'embrassent.

Nicolas a rétabli l'ordre immédiatement :

Nicolas – Eh les Schtroumpfs, qu'est-ce que vous faites là ? Vous étiez en train de ranger vos chambres, si je me souviens bien...

Les monstres ont disparu à la vitesse de la lumière. Léa a félicité mon cousin pour son autorité. Il a rosi jusqu'aux oreilles.

Thibault, le premier, a posé des questions sur notre présence :

Thibault – Qu'est-ce que vous faites là et pourquoi vous ne nous avez pas prévenus de votre arrivée ?

Jim – On voulait vous faire une surprise !

Thibault – C'est réussi !!!

Nicolas – Et Ambre, tu ne l'as pas prise dans tes bagages ?

Jim – Non, elle avait trop de boulot.

Nicolas – Dommage ! C'est quand même génial que vous soyez là !

Jim – Oui, seulement, il y a un problème. On est partis avec l'intention de camper dans votre jardin mais il paraît que c'est illégal et que vous risquez des ennuis.

Nicolas – On s'en tape ! De toute façon, il n'est pas question que vous campiez. Vous allez dormir avec nous dans le bâtiment. Qui le saura ?

– Moi...

Nous avons cherché du regard d'où venait cette voix frêle et fluette. À moins d'un mètre trente du sol se tenait un petit être, un croisement entre Peter Pan et un lutin maléfique.

Nicolas a grogné comme lorsqu'il se réveille le matin et qu'il n'y a plus de pain. Un grognement très explicite sur la nature de son émotion du moment. C'est Thibault qui a fait les présentations.

Thibault – Ce jeune garçon qui se mêle de la conversation des grands sans y être invité s'appelle François-Pacôme. Il a dix ans et une fâcheuse tendance à vouloir tout régenter.

Loin d'être troublé par les reproches de Thibault, le lutin a continué :

François-Pacôme – Ces personnes ne sont pas connues des organisateurs de ce centre de vacances et si je m'en réfère au code de la consommation : « Les produits et services doivent, dans des conditions normales d'utilisation ou dans d'autres conditions raisonnablement prévisibles par le professionnel, présenter la sécurité à laquelle on peut légitimement s'attendre et ne pas porter atteinte à la santé des personnes ».

On l'a tous regardé, consternés. Qu'est-il arrivé à cet enfant lorsqu'il était tout petit pour qu'il ait besoin de se transformer en code de la consommation ?

Léa a tenté de l'amadouer :

Léa – Tu sais, tu ne risques rien avec nous. Nous sommes des amis de Nicolas et de Thibault.

François-Pacôme – L'amitié dont vous faites état ne me donne aucune indication sur vos mœurs et votre possible dangerosité à l'égard des enfants présents.

Ah non ! Alors que j'étais tranquillement loin de chez moi sans Théo pour me réciter l'encyclopédie, voilà que la vie me servait à nouveau un monstre à intelligence précoce.

Ingrid a éclaté de rire et, se penchant vers lui, elle lui a dit très gentiment :

Ingrid – Toi, tu es vraiment trop chou !

François-Pacôme – Je vous rappelle, mademoiselle, que je suis mineur et que je ne tolérerai aucune forme de harcèlement. De plus, je tiens à rappeler aux gens ici présents que le diplôme requis pour animer un centre de vacances est le Brevet d'Aptitude aux Fonctions d'Animateur. À part Nicolas et Thibault, est-ce que l'un d'entre vous le possède ?

Face à notre silence gêné, il a souri puis il est parti.

Léa – Mais c'est qui ce sale gamin ?

Nicolas – Le fils d'une juge d'instruction et d'un avocat.

Le BAFA en questions

Le BAFA, c'est quoi ?

Le Brevet d'Aptitude aux Fonctions d'Animateur.

À quel âge peut-on le passer ?

Il faut avoir dix-sept ans le premier jour de la première session, mais l'on peut s'inscrire avant bien entendu (consulter à cet effet le site du gouvernement et contacter la direction départementale de son lieu de résidence).

À quoi sert-il ?

Grâce à lui, on devient animateur en accueils collectifs de mineurs (ACM), en colonies, en camps d'adolescents.

En combien d'étapes se déroule le BAFA ?

Trois étapes : la formation générale (huit jours au minimum), le stage pratique (quatorze jours, pas toujours rémunérés), l'approfondissement (six jours, ou huit jours en cas de stage de qualification).

Sur combien de temps se déroule cette formation ?

Trente mois au maximum.

Quelles sont les qualités requises ?

La capacité d'animation, la disponibilité, la motivation, la psychologie, la protection des enfants.

Léa – Ils auraient dû éviter de travailler leurs dossiers à la maison, ça a fait des dégâts.

Thibault – Et vous n'avez eu qu'un aperçu. Il nous tyrannise depuis le départ. Dans le car il a tout passé au crible : les ceintures de sécurité, le temps réglementaire des pauses du chauffeur, la date fraîcheur des petits pains au lait... À peine arrivé, il a voulu vérifier tout le matériel et les équipements. On lui a caché que la chaudière était en panne, il a comptabilisé les carreaux cassés. L'autre jour, quand on les a emmenés à la rivière, il nous a menacés d'appeler ses parents.

Justine – Pourquoi ?

Nicolas – Parce que, je cite : 1) Nous n'avions pas repéré les lieux afin d'établir un itinéraire précis et un horaire à laisser au directeur du centre. 2) Nous n'avions pas tenu compte des conditions météorologiques de la veille et du jour même. 3) Nous n'avions pas vérifié les équipements annexes : trousse de secours, trousse de réparation, matériel de survie...

Léa a embrassé mon cousin pour le faire taire.

Léa – C'est bon, tu peux t'arrêter, on a compris ! Tu as tout appris par cœur ?

Nicolas – Non, mais quand tu as un sale mioche qui te répète ça sur trois kilomètres aller et trois kilomètres retour, tu finis par t'en souvenir.

Justine – On pourrait peut-être l'utiliser pour nos révisions du bac ?

Ingrid, qu'on n'avait pas entendue depuis la plainte pour agression sexuelle sur mineur, a demandé :

Ingrid – Où est la salle de bain ? J'ai besoin de me refaire une beauté, je suis toute chiffonnée.

Thibault – Euh la salle de bain ? Tu vas être déçue. Pour les monos, il y a une douche assez vétuste, un vieux lavabo et un miroir. Enfin ce qu'il en reste...

Ingrid – Il y a une prise pour mon séchoir au moins ?

Thibault – Oui !

Ingrid – Parfait. Tu me montres où c'est ?

C'est dingue comme cette fille n'a absolument pas conscience des autres. À cause de l'espion en culottes courtes, les garçons risquent de perdre leur Bafa et elle ne pense qu'à son brushing.

Jim a immédiatement réagi :

Jim – Attends, Ingrid, on n'a pas encore décidé ce qu'on faisait...

Ingrid – Ah ben moi si. Un coup de séchoir sur les pointes, un nuage de blush et une goutte de parfum.

Et un litre de cyanure, non ? Après avoir jeté un rapide coup d'œil à Thibault et obtenu son accord, Nicolas a tranché :

Nicolas – Allez, vous prenez vos sacs et vous vous installez là-haut avec nous.

Léa – Et le troll, qu'est-ce qu'il va dire ?

Thibault – Ne t'inquiète pas Léa, on s'en occupe.

On venait d'ouvrir le coffre de la voiture lorsque Prozac, l'infirmière dépressive, est sortie l'air totalement affolée.

Prozac – Il paraît que des rôdeurs se sont livrés à des actes répréhensibles devant les enfants et que l'un d'entre eux serait allé jusqu'à faire des propositions au petit François-Pacôme.

Nicolas a chuchoté :

Nicolas – Ah oui, je l'avais oubliée celle-là...

Thibault s'est avancé vers elle et, lui mettant la main sur l'épaule, il lui a dit d'une voix très douce :

Thibault – Et tu crois encore tout ce que dit ce gamin ?

Au contact de la main de mon prince, l'infirmière est devenue rouge ketchup et elle s'est mise à bégayer. Bon ben, ça va, il peut retirer sa main maintenant, Prozac ne va pas tomber.

Thibault – Marie, je te présente Léa, Justine, Ingrid et Jim.

Marie... Pourquoi il l'appelle Marie ??? Ah ben parce que ça doit être son prénom. À force de la surnommer Prozac, j'avais oublié qu'elle avait une identité.

Thibault – Ce sont les fameux rôdeurs dont a parlé François-Pacôme. Des amis de toujours. On était en train de discuter pour savoir où les loger. Ils vont rester une nuit ou deux.

Prozac a de nouveau prononcé un borborygme incompréhensible comme si elle était sur le point de s'étouffer après avoir avalé un œuf dur sans le mâcher.

Vous m'en voyez désolée mais la retranscription des répliques de l'infirmière lorsqu'elle stresse s'avérant impossible, nous allons mettre un code au point. Chaque fois que la demoiselle s'exprimera, nous taperons de façon aléatoire sur le clavier. Il vous sera donc inutile d'essayer de comprendre.

Thibault – Alors Marie, ça ne te dérange pas s'ils restent avec nous ?

Prozac –)à !y«n:r,r':&»è(ùànum

Thibault – Parfait !!!

La fin de la matinée s'est très bien passée. Les enfants nous ont accueillis avec une gentillesse dont eux seuls sont capables. Des adultes vous auraient demandé vos nom, âge, diplômes, études envisagées, calendrier de vaccinations, salaire annuel des parents, bref, des informations qui ne servent à rien... Pas les enfants !

En fonction de leur personnalité, ils se sont attachés à chacun d'entre nous. Léa a récupéré une clientèle d'intellos avec lesquels elle a discuté de Harry Potter et de la trilogie de *La quête d'Ewilan*, Jim a parlé sports de combat avec un groupe de futurs ninjas, Ingrid a expliqué à son girl's band comment se déhancher façon top-modèle.

Quant à moi, j'ai récupéré un lot d'enfants, comment dire ? inclassables. Dans mon groupe, collé à moi comme un poisson ventouse à son aquarium, il y avait François-Pacôme. Je ne sais pas ce que je dois en conclure sur ce que dégage ma personnalité.

J'ai proposé une activité de danse africaine, histoire d'avoir une spécialité moi aussi.

Refus général.

Un cours sur la flore et la faune de la région ? La SVT est la matière dans laquelle je réussis le mieux.

Refus plus marqué encore. J'ai alors demandé clairement :

Justine – Bon, de quoi vous voulez parler ?

François-Pacôme a levé la main comme à l'école. J'ai craint le pire. J'avais tort, il y a pire que le pire.

François-Pacôme – On n'est pas obligés de parler. Moi quand je te vois gesticuler, ça me fait rire.

J'ai regardé les autres enfants autour de moi, espérant un peu de soutien. Mais non, ils ont tous acquiescé. C'était donc ça ma particularité : ils me prenaient pour un clown.

Je retire ce que j'ai dit plus haut. Les enfants ne nous ont pas accueillis avec une gentillesse propre à leur âge. Ils nous ont accueillis avec un regard puéril qui confine à la bêtise dans certains cas.

Heureusement, l'heure de déjeuner approchait et Nicolas a battu le rappel.

Dans ce centre, les repas étaient livrés trois fois par jour par un gars dans sa petite camionnette. Des repas sous vide et de la vaisselle à remettre dans des cantines une fois utilisée.

Justine – C'est génial ! Ça devrait exister pour les particuliers. Plus de courses, de cuisine, de vaisselle donc plus de mère qui se lamente parce qu'on la prend pour une esclave ! Le rêve !

Nicolas – Quand tu auras goûté la bouffe, tu regretteras les menus bio de ta mère et les repas gastronomiques de ton père.

Justine – Impossible !!!

Si, en fait c'était possible.

J'ai été à deux doigts de brancher François-Pacôme sur la qualité sanitaire des repas servis. Lui seul serait capable d'écrire un rapport qui ferait perdre son contrat au prestataire de service. Puis je me suis rappelé que non seulement il n'avait que dix ans mais qu'en plus il me prenait pour un clown. J'ai fini mon assiette.

L'après-midi, nous sommes allés nous balader dans la campagne et nous avons construit une cabane avec les enfants. Léa riait comme jamais aux blagues de Nicolas, Thibault m'embrassait dans le cou à chaque fois qu'il se penchait pour ajouter une brindille, Jim déplaçait des grosses branches sous l'œil admiratif des enfants, Ingrid proposait une déco personnalisée de la cabane façon M6 et Prozac tentait régulièrement d'intervenir :

Prozac – é»jè§bv%¨P%O,çmTV/B

Le bonheur, quoi !

Enfin, pas tout à fait. François-Pacôme, persuadé que l'activité « construction de cabane » présentait des risques énormes, répétait en boucle comment procéder en cas d'accident.

François-Pacôme – Prévenir ou faire prévenir les secours (SAMU 15 ou Pompiers 18) en transmettant un message clair : lieu et nature de l'accident, nombre de victimes et gravité appa-

rente des blessures, circonstances particulières puis donner une série d'informations sur le blessé. Répond-il aux questions ? Peut-il bouger ? A-t-il du mal à respirer ? A-t-il un pouls au poignet ?

Ingrid – Un pou au poignet ? Qu'est-ce qu'un pou viendrait faire sur un poignet ?

François-Pacôme a regardé Ingrid avec un mépris incommensurable dans les yeux.

François-Pacôme – Prendre le pouls : évaluer les pulsations cardiaques.

Ingrid – Ah d'accord... Pour voir s'il n'est pas mort.

François-Pacôme – C'est ça... Pour voir s'il n'est pas mort.

J'ai souri. Il ressemble vraiment à mon petit frère, lui !

Léa, que je n'avais pas vue s'approcher, m'a chuchoté à l'oreille :

Léa – Ah non, notre Théo à nous est bien plus mignon.

Comme il se sentait un peu trop observé, François-Pacôme s'est gratté la tête façon bébé chimpanzé. Exactement comme Théo. Là, mon instinct sœurternel a pris le dessus. Oui je sais, sœurternel n'existe pas mais je ne connais pas l'adjectif qui signifie fraternel pour les sœurs.

Léa – Sororal.

OK, mon instinct sororal a pris le dessus. Je me suis juré de protéger cet enfant envers et contre tous.

François-Pacôme – Justine, peux-tu cesser de me regarder avec cet air particulièrement niais ?

Je retire ce que j'ai dit. Vous pouvez détester ce korrigan autant qu'il vous plaira, il le mérite.

Il était plus de vingt-deux heures lorsque nous avons enfin réussi à éteindre les lumières des dortoirs. Nous avions prévu une fin de soirée « révisions du bac » mais les enfants nous avaient épuisés. Nous n'avions plus qu'une envie, aller nous coucher.

Nicolas a donc organisé les chambres des monos.

Nicolas – Thibault et Justine dans la chambre du fond, Léa et moi dans celle qui donne sur la cour, Ingrid et Marie dans la chambre de Marie. Quant à toi, mon pauvre Jim, il ne te reste plus que l'infirmerie. Ça ira ?

Jim – Impec...

Au moment de nous séparer, Léa m'a demandé discrètement :

Léa – Il a appelé ?

Bien sûr qu'il avait appelé. Qui ça ? Peter...

Plus de dix fois et je ne parle pas des SMS. Devais-je l'avouer à Léa ? Elle m'avait confié son portable dans la voiture en me demandant de la prévenir si sa mère ou Eugénie essayaient de la contacter. Pour l'homme en noir, j'avais reçu l'instruction d'effacer les messages au fur et à mesure sans même y jeter un œil ou les écouter d'une oreille distraite.

Malgré mon envie irrépressible de désobéir, je m'étais pliée aux ordres de Léa pour une seule raison. Si je prenais connaissance des messages, Léa les lirait à travers moi. J'étais si transparente et elle, une si grande sorcière.

J'ai regardé Léa et je lui ai chuchoté en m'assurant de ne pas être entendue par les autres :

Justine – Peu importe qu'il ait appelé ou non, ma Léa. On est ici et tu as Nicolas.

Elle m'a souri mais il y avait tellement de chagrin dans ce sourire que j'ai eu envie de lui rendre son portable et de la mener à son terrible amant.

Thibault s'est mépris sur ma tristesse lorsque je suis enfin entrée dans notre chambre.

Thibault – Ça t'ennuie que Jim dorme à l'infirmerie ?

Justine – Non, pourquoi ?

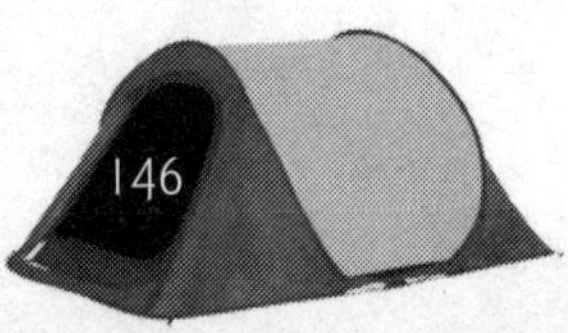

Thibault – Tu n'as pas vraiment l'air ravie de te retrouver seule avec moi dans cette chambre.

Pourquoi avons-nous toujours besoin d'être rassurés sur l'amour de l'autre ? Ne pourrions-nous pas être un peu tranquilles ? Nous sentir aimés une fois pour toutes ?

Oui, bon d'accord, je ne suis pas un exemple de sérénité amoureuse. Mais j'ai des raisons !

J'ai donc pris Thibault dans mes bras et je lui ai rapidement raconté mon inquiétude pour Léa. Il s'est un peu détendu. Bon, il était temps de penser à nous deux. À notre amour qui renaissait de ses cendres, à nos corps aimantés l'un vers l'autre...

Mon portable a sonné.

« EncoreMum » s'est affiché. Oh non, pas elle. Pas maintenant... Je n'ose pas imaginer l'état dans lequel elle se trouve. Car j'avais courageusement chargé Eugénie de prévenir ma mère de mon départ pour la campagne. Officiellement, je vous rappelle que j'étais juste partie dormir une nuit chez Léa afin de réviser. Je ne sais pas ce que la vieille dame lui avait expliqué pour justifier mon escapade mais je pouvais m'attendre à une méga-crise.

Tant pis, je ne réponds pas.

Oui, mais si je ne réponds pas, j'aurai droit à des mesures de rétorsion énormes par la suite.

Je m'en fiche, je ne réponds pas.

Elle est du genre à venir me chercher escortée par deux gendarmes.

Peu importe, je ne réponds pas.

J'ai décroché. Un énorme « Allô Justine ! » a empli la pièce. Même Thibault a sursauté.

Justine – Coucou maman, tu...

La mère – ON PEUT SAVOIR CE QUE TU...

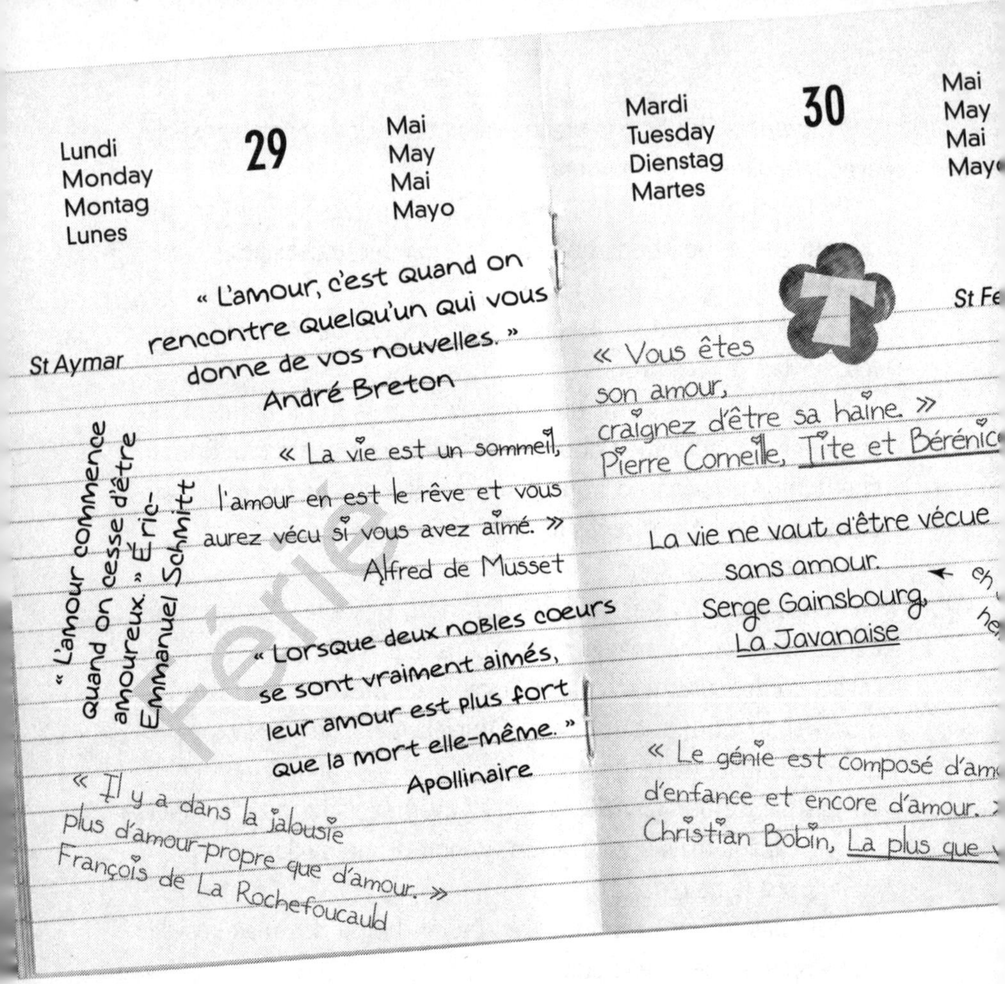

Lundi
Monday
Montag
Lunes

29

Mai
May
Mai
Mayo

St Aymar

« L'amour, c'est quand on rencontre quelqu'un qui vous donne de vos nouvelles. »
André Breton

« L'amour commence quand on cesse d'être amoureux. » Éric-Emmanuel Schmitt

« La vie est un sommeil, l'amour en est le rêve et vous aurez vécu si vous avez aimé. »
Alfred de Musset

Férié

« Lorsque deux nobles coeurs se sont vraiment aimés, leur amour est plus fort que la mort elle-même. »
Apollinaire

« Il y a dans la jalousie plus d'amour-propre que d'amour. »
François de La Rochefoucauld

Mardi
Tuesday
Dienstag
Martes

30

Mai
May
Mai
May

St Fe

« Vous êtes son amour, craignez d'être sa haine. »
Pierre Corneille, Tite et Bérénic

La vie ne vaut d'être vécue sans amour.
Serge Gainsbourg, La Javanaise

eh he

« Le génie est composé d'am d'enfance et encore d'amour. »
Christian Bobin, La plus que

Pour des raisons personnelles, je préfère ne pas rendre compte de cette conversation, que dis-je, de ce monologue maternel. Je laisse le lecteur se remémorer ses propres souvenirs de conversation avec sa chère maman un jour d'hystérie : séchage de cours ? Piercing au nombril ? Dépenses inconsidérées ? Fréquentation d'un amoureux métalleux ? Rentrée de boîte cinq heures après le couvre-feu ?

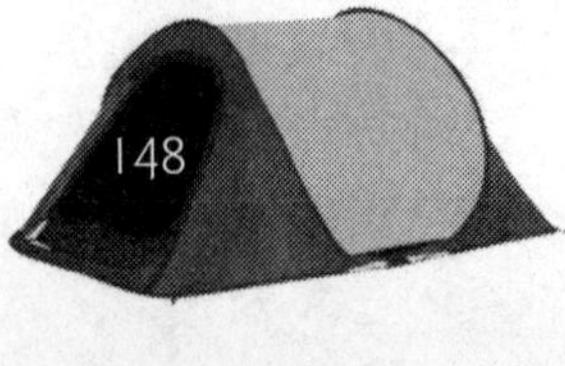

Bien, je vois que vous avez en mémoire de quoi alimenter cette partie non écrite !!!

Je vous dirai juste que le monologue a duré vingt-cinq minutes et que, lorsque j'ai raccroché, je ressemblais à un chaton laissé sous un arbre un soir d'orage. Une pile électrique capable d'alimenter un village durant plus de dix ans. Même Thibault, habituellement peu réceptif à la folie ambiante, avait les cheveux dressés sur la tête et des tics nerveux. Il nous a fallu du temps pour respirer normalement et ne pas sursauter au moindre bruit.

Pour la deuxième fois de la soirée, j'ai jugé qu'on devait penser à nous deux. À notre amour qui renaissait de ses cendres, à nos corps aimantés l'un vers l'autre... J'ai pris Thibault dans mes bras et j'ai couvert son visage de baisers incendiaires. Il s'est jeté sur moi, m'a enlevé sans aucun ménagement mon pull, mon tee-shirt, mon soutien-gorge et... la porte s'est ouverte avec fracas.

François-Pacôme en pyjama est apparu au pied du lit.

J'ai hurlé :

Justine – François-Pacôme, je te donne moins de deux secondes pour sortir d'ici. Ça ne va pas, non ???

Ils avaient tous décidé de ruiner notre amour ou quoi ???

Le gnome ne s'est pas laissé démonter par mes hurlements. Il a prononcé avec un calme hors du commun :

François-Pacôme – Le directeur du centre vient d'arriver pour une visite qui ressemble fort à un contrôle. Vous avez deux secondes pour rejoindre vos amis dans le couloir. J'ai déjà réuni tout le monde. Comme j'ai étudié de près les issues de secours, je vais vous faire sortir sans que personne s'en aperçoive.

J'ai regardé Thibault, désespérée. Et notre amour qui renaissait de ses cendres ? Et nos corps aimantés l'un vers l'autre ?

Alors que je construisais mentalement une phrase sublime murmurée par une femme tandis qu'on l'arrache cruellement des bras de son amant, une phrase historique que tous les amoureux de la galaxie apprendraient par cœur, Thibault a ouvert la bouche.

Qu'allait-il me murmurer ?

« Fuis, mon amour, et ne te retourne pas. N'aie crainte, je te chercherai jour et nuit jusqu'aux confins de la terre, j'y consacrerai ma vie s'il le faut mais fuis… Nous nous retrouverons sur une île propice à notre idylle et je te coucherai dans notre lit creusé à mains nues dans le tronc d'un olivier. »

J'en avais déjà les larmes aux yeux.

Mais il a dû y avoir un problème au niveau de l'écriture des dialogues parce que j'ai juste entendu :

Thibault – Dégage, dépêche-toi ! Qu'est-ce que tu fais ???

Silence, on tourne

Justine – Pourvu que ma mère ne passe pas devant le *Louis XVI*, elle ne me croira jamais si je lui dis qu'on est là pour le bac !

Léa a éteint son enregistreur et m'a regardée d'un air excédé.

Léa – Justine, on avait dit : « pas un mot ! », je suis encore obligée d'effacer ce que je viens d'enregistrer.

Justine – Oh pardon !!! Je me tais.

Léa – C'est la troisième fois que tu me le promets.

Ma meilleure amie a appuyé de nouveau sur le bouton de son appareil en hochant la tête. Franchement, dans la mesure où elle enregistre le brouhaha d'un café, je ne vois pas en quoi une phrase innocente prononcée de temps à autre par ma douce voix nuit à son enregistrement. Pourquoi ne fait-elle aucun reproche au garçon lorsqu'il hurle : « Deux express et deux verres d'eau, deux. » ?

Je n'aurais pas dû venir. J'ai l'impression que Léa est contrariée par ma présence depuis que nous sommes sorties du lycée.

Pourtant, il me semblait normal d'être à ses côtés pour l'encourager. Nous sommes toujours là l'une pour l'autre. Même dans les cas les plus improbables.

D'ailleurs, quand je pense au dernier « cas improbable », je ris toute seule. Un événement qu'on ne trouve que sur VDM avec plus d'un million d'internautes pour le valider !

Ah, mais vous ne savez rien, vous, de la fuite en pleine nuit à travers la campagne. Je préférerais taire cet épisode qui ne plaide pas en ma faveur toutefois je crains que des esprits malfaisants ne vous le racontent à leur manière.

Vous vous rappelez les derniers mots de mon prince au moment de notre cruelle séparation.

Bien...

Donc, comme mon homme m'avait intimé si « gentiment » l'ordre de « dégager », j'ai sauté hors du lit et j'ai couru dans le couloir. Ma meilleure amie a bien tenté de me parler lorsque j'ai déboulé mais la voix de M. Langlois, le directeur de la colonie, en bas des escaliers l'en a empêchée. Elle m'a attrapée par le bras et nous avons suivi les autres. François-Pacôme nous a fait entrer dans un cagibi où s'entassaient des balais et des produits ménagers.

Il a chuchoté :

François-Pacôme – Nous ne pouvons pas sortir tant qu'ils sont là, la porte coupe-feu qui donne sur l'escalier de secours grince quand on l'ouvre.

Nous avons entendu Nicolas déclarer en montant les marches :

Nicolas – Aucun souci vraiment. Les enfants ont été adorables. Nous les avons emmenés fabriquer une cabane tout l'après-midi. Puis nous sommes rentrés, ils ont pris leur douche, le repas a été livré sans encombre, petite veillée et au lit...

M. Langlois – La chaudière tient le coup ?

Thibault, qui venait de les rejoindre, a salué Langlois façon fils d'ambassadeur :

Thibault – Bonsoir monsieur Langlois, qu'est-ce qui nous vaut l'honneur de votre charmante visite ?

M. Langlois – Je viens m'assurer que tout va bien... Alors Nicolas, pour la chaudière ?

Nicolas – Voyez vous-même, nous avons une température constante de 19 °C.

Ils étaient maintenant à l'étage et nous les entendions parler comme s'ils étaient dans le cagibi.

M. Langlois – Le vitrier est passé ?

Nicolas – Toujours pas...

M. Langlois – Il va m'entendre celui-là...

Le directeur a demandé à Prozac :

M. Langlois – Et vous, ma petite Marie, rien à déclarer à l'infirmerie ?

Prozac – !»»è!(b;zkyuaie»(!((

M. Langlois – Aucun incident de type : blessure légère, allergie, crise d'angoisse ?

Prozac – !»èt(bck!(((-)»&&»r

M. Langlois – Alors la vie est belle ! La femme de ménage viendra demain à sept heures trente comme d'habitude, je dois vérifier qu'il lui reste du détergent pour les sols.

Oh non, il ne fallait pas qu'il entre, il allait nous trouver entassés dans cette pièce, Ingrid en déshabillé rose poudré, Léa en liquette marine et moi...

Oh mon Dieu !!! Pourquoi ces choses-là n'arrivent-elles qu'à moi ?

Je n'ai plus que mon jean, Thibault a enlevé tout le reste. J'ai croisé les bras sur mes seins nus et regardé ma meilleure amie morte de honte. Elle a compris que je venais de réaliser l'incongruité de ma situation : j'étais à moitié nue dans un local à balais, en pleine nuit, au fin fond de la campagne, encadrée par une bimbo en nuisette, une sorcière en tenue de marin et un Pygmée à intelligence précoce. Dans un sursaut d'estime de moi, j'ai saisi un carré en tissu qui traînait là et je l'ai noué comme j'ai pu. J'ai vite reconnu l'odeur de la serpillière mouillée.

Alors que Langlois, la main sur la poignée, s'apprêtait à pénétrer dans le local, Thibault a dit d'une voix ferme :

Thibault – Du détergent pour les sols ? J'en ai descendu un gros bidon hier dans la cuisine.

M. Langlois – Vous en êtes certain ?

Thibault – Absolument.

M. Langlois – Bien. Ne perdons pas de temps, allons faire un tour dans les dortoirs.

Nous avons repris notre respiration. François-Pacôme nous a fait signe de le suivre.

Nous avons descendu l'escalier métallique qui donnait sur l'arrière du bâtiment en faisant le moins de bruit possible puis nous avons couru. Heureusement, Thibault n'avait pas eu le temps de m'enlever mes Converse.

Nous avons traversé des champs, précédées par le gnome équipé comme un Castor Junior qui éclairait le chemin avec une petite torche. Léa, que je voyais vraiment courir sans râler pour la première fois de sa vie, m'a crié :

Léa – Ça va, ma Justine ?

Justine – J'ai trop froid.

Léa – On va trouver une solution !

Ingrid, hilare, a déclamé comme si elle jouait dans une super production américaine :

Ingrid – Oui, il est vrai qu'il fait un froid de cafard mais nous sommes vivantes et c'est tout ce qui compte.

C'est ça, un froid de cafard...

Alors que nous suivions notre guide à travers champs, une silhouette s'est dressée devant nous. Ingrid a hurlé.

François-Pacôme – Qui va là ?

À ce moment précis, j'ai pensé : mais où ce gamin trouve-t-il ses répliques ? Nous sommes peut-être face à un serial killer recherché depuis de longues années par un profiler expérimenté auquel il échappe grâce à son esprit pervers, et le gnome lui demande : « Qui va là ? ». Il a continué :

François-Pacôme – Pousse-toi de notre chemin, manant, ou je te pourfendrai !

J'ai décidé d'intervenir :

Justine – Monsieur, s'il vous plaît, n'écoutez pas cet enfant, il n'est pas question de vous pourfendir... de vous pourfender... enfin de vous tuer, quoi ! Vous avez face à vous un garçonnet et trois jeunes filles seules, à peine habillées et sans défense.

J'ai aussitôt regretté mes paroles. Il allait savoir que nous étions à sa merci. J'ai rétabli tout de suite :

Justine – Mais attention ! Nous sommes toutes les trois championnes du monde de karaté.

Léa a éclaté de rire.

Léa – C'est bon Justine, respire, c'est un épouvantail !

J'ai regardé avec attention le tueur psychorigide qui, depuis le début de la conversation, avait les bras en croix et, effectivement, j'ai réalisé qu'à dix mètres devant nous se tenait un épouvantail. Dans la plus pure tradition des épouvantails : un chapeau cabossé, un pull en toile de jute, une vieille veste mitée. J'ajoute une écharpe rouge.

François-Pacôme a crié :

François-Pacôme – Allez, on avance, il y a une cabane un peu plus loin.

Ingrid – Comment tu sais qu'il y a une cabane ?

François-Pacôme – J'ai effectué des repérages de jour quand vos copains faisaient mumuse avec les enfants. Il faut bien que quelqu'un cherche un endroit de repli en cas de problème.

Ingrid – T'es trop chou !

François-Pacôme – Chou ? Non. Intelligent, malin, rusé, hors norme, oui ! Mais chou, non... On avance ! Léa, qu'est-ce que tu fais ?

Je me suis retournée. Léa était en train de dépouiller l'épouvantail. Je ne la connaissais pas dans son rôle de racaille des bois. Elle m'a rattrapée et m'a tendu les guenilles.

Léa – Allez, enfile ça avant d'attraper froid.

Justine – Quoi ?

Léa – Passe ta tête et tes bras dans les trous du sac de jute et mets la veste par-dessus. Sans oublier la belle écharpe rouge autour de ton cou.

Justine – Oh non, je crois que je préfère mourir de froid.

Léa – Ne dis pas de bêtises.

Reprenant sa théorie sur mon no style vestimentaire, la peste a insisté :

Ingrid – Léa a raison, il ne faut pas que tu tombes malade. Et puis c'est top tendance les matières brutes recyclées ! Pour une fois, tu auras la it tenue.

Est-ce que le meurtre par ingestion de chapeau cabossé, c'est tendance aussi ?

Je me suis laissé habiller et nous avons continué notre chemin jusqu'à la cabane en bois.

Une vraie cabane perdue au milieu de nulle part comme dans les contes de fées. François-Pacôme a ouvert une porte déglinguée et nous sommes entrés.

Nous avons découvert un vieux lit recouvert d'un tissu douteux, une table bancale et une lampe à pétrole. Cela ressemblait davantage au repaire d'un bandit en cavale qu'à la maison de la sorcière de *Hansel et Gretel*. Notre guide a extirpé de sous le lit un sac d'où il a sorti un briquet, des lingettes désinfectantes, une bouteille d'eau et un paquet de BN à la fraise.

Après avoir allumé la lampe, il nous a dit :

François-Pacôme – Je dois retourner à la colo vérifier que tout se passe bien. Vous, vous restez ici, je reviendrai vous chercher quand tout danger sera écarté. Vous pouvez user des victuailles comme il vous plaira et...

Léa lui a coupé la parole :

Léa – Certainement pas François-Pacôme. Je ne pense pas que ce soit prudent pour un petit garçon de repartir seul dans la campagne au milieu de la nuit.

J'ai acquiescé vigoureusement. À force d'obéir à ses ordres, j'avais fini par oublier que le gnome n'avait que dix ans, qu'il n'était qu'en CM et ne connaissait pas encore toutes ses conjugaisons. François-Pacôme a regardé Léa avec un sourire ironique et lui a chuchoté :

François-Pacôme – Depuis une heure, je me demande qui est le petit garçon à protéger et les grands ados responsables.

Léa – Certes, tu as été très malin, il n'en reste pas moins que tu n'es qu'un petit garçon. Et je ne te laisserai pas repartir seul dans la nuit. Tu restes ici, un point c'est tout.

Je pensais que le gnome allait brandir son Code pénal et nous menacer de déposer plainte pour séquestration mais non. Il s'est assis sur le lit et s'est mis à bouder.

Ingrid, passé le moment d'exaltation de la fuite à travers champs, a commencé à s'agiter.

Ingrid – C'est vraiment sale ici. On va rester combien de temps ?

Léa – Une heure. Le temps de s'assurer que Langlois est parti.

Ingrid – Une heure ? Qu'est-ce qu'on va faire pendant une heure ?

J'ai bien pensé au jeu de la vérité, vous savez ce jeu dans lequel on peut balancer à l'autre des choses qu'il n'a pas envie d'entendre, mais j'ai craint que Léa me reproche mon mauvais esprit.

Léa – On peut jouer au jeu des métiers. Ça te plairait François-Pacôme ?

Le Pygmée a immédiatement réagi :

François-Pacôme – Seulement si c'est moi qui commence et que vous avez deux handicaps.

Léa – Parfait.

Justine – Ah non, je ne pars pas avec deux handicaps !

Ma meilleure amie m'a jeté un regard noir. Quoi ? Ce n'est pas parce qu'il a dix ans et moi dix-sept que j'allais lui passer tous ses caprices.

Si ? Bon, d'accord. Je suis partie avec deux handicaps.

Évidemment, nous n'avons pas trouvé le premier métier qu'il a imité. Il a fait exprès de choisir un truc difficile.

Aboyeur : personne qui avertit les maîtres de l'arrivée des voitures à cheval.

Justine – Il n'y a plus de voiture à cheval aujourd'hui, ce n'est plus un métier...

François-Pacôme – On a dit jeu des métiers, pas jeu des métiers du XXIe siècle.

Justine – C'était évident qu'on ne devait pas proposer des métiers d'une autre époque. Qui pourrait les trouver ?

François-Pacôme – Moi ! Surtout si ce sont des métiers du Moyen Âge !

Justine – Eh ben, c'est pas du jeu.

Non, je ne vois pas en quoi j'ai été ridicule à ce moment-là. Ce gamin est un tricheur et il fallait bien que quelqu'un le lui dise. Je me suis tournée vers Léa pour qu'elle intervienne. Elle a tranché :

Léa – François-Pacôme a raison, on ne l'a pas précisé au départ, il peut donc proposer ce qu'il veut.

Cette fois-ci, le lutin a pris la lampe à pétrole et a marché dans la cabane en faisant mine de parler à des inconnus derrière lui. J'ai proposé :

Justine – Brigand de grand chemin ?

Le gnome a fait non de la tête et a continué sa pantomime.

Justine – Dépressif perdu dans un délire hallucinogène ?

Léa – Justine !

Justine – Quoi ? Un type qui parle tout seul dans une cabane avec une lampe au-dessus de la tête, ça se soigne !

Comme François-Pacôme observait Ingrid qui s'était endormie, Léa m'a murmuré à l'oreille :

Léa – Falot.

Quoi falot ?

Léa – Le métier à trouver, c'est falot !

J'ai bondi comme un diable.

Justine – Je sais !!! Ton métier c'est falot...

François-Pacôme a blêmi. Puis, se reprenant, il m'a demandé :

François-Pacôme – Et quelle est la définition ?

Léa est immédiatement venue à mon secours.

Léa – Elle n'est pas obligée de la donner mais puisque tu la demandes... Le falot était une personne qui accompagnait les gens jusqu'à leur demeure à l'aide d'une lanterne pour éclairer les rues.

François-Pacôme – C'est exact.

Justine – À moi de jouer !

J'ai cherché un métier très compliqué mais je savais que ce gosse avait des connaissances encyclopédiques et qu'il allait tout identifier en moins de deux secondes. J'ai donc mimé un métier qui n'existe pas. Certes, ce n'était pas réglementaire mais je m'en moquais. J'avais aussi le droit de m'amuser.

J'ai commencé à marcher sur la pointe des pieds en me penchant une fois à droite, une fois à gauche.

Le gnome est resté interdit.

J'y ai mis toute ma créativité ! J'ai cligné des yeux, ouvert la bouche et produit un son étrange.

Aucune réponse proposée.

J'ai fait des grands mouvements avec les bras puis j'ai cueilli des fruits autour de moi, debout sur un pied.

La porte de la cabane s'est ouverte avec fracas et Thibault est apparu rouge comme une pivoine.

Thibault – Ouf, vous êtes là !!! J'étais mort d'inquiétude.

Puis m'observant d'un air narquois, il a souri.

Inutile de dire que pour un garçon inquiet qui pensait ne jamais me revoir, il était hilare.

Jim a surgi derrière lui. Il a soupiré de soulagement en nous voyant puis, à son tour, il a souri. Enfin, il ne s'est pas contenté de sourire, il a explosé de rire.

Jim – Mais Justine, c'est quoi ce déguisement ? Et qu'est-ce que tu fabriques sur un pied la bouche ouverte ?

Je n'ai pas cherché à me justifier. J'ai pris la torche du gnome et je suis partie dignement sans me retourner. À l'allure où j'ai marché, personne n'a pu me rattraper. Lorsque je suis arrivée à la colo, j'ai prévenu Nicolas que s'il prononçait un seul mot, je ne lui adresserais plus jamais la parole. Devant mon air décidé, il s'est tu. Ce qui ne l'a pas empêché de rire.

J'ai foncé sous la douche. La veste était sûrement pleine de puces car j'avais des démangeaisons affreuses sur tout le corps. On a frappé à la porte, j'ai eu beau crier « occupé », quelqu'un est entré. J'ai entendu la voix de Thibault me chuchoter :

Thibault – Justine...

Justine – QUOI ?

Thibault – Tu m'entends ?

Justine – OUI MAIS JE N'AI PAS ENVIE DE PARLER.

Thibault – Écoute-moi alors. Tu es mon épouvantail falot préféré. Chaque nuit, tu éclaires ma route de ta lumière et je ne pourrais plus jamais circuler sans toi.

Devant une telle déclaration d'amour, je me suis précipitée dans ses bras.

Oui, j'avais conscience de me présenter toute nue mais pour une fois, c'était volontaire. Et ça n'a pas eu l'air de déranger mon prince ! Bien au contraire !!!

Bon, j'arrête ici la narration de Justine en colo – je ne voudrais pas qu'on m'accuse d'outrage aux bonnes mœurs – et je reviens à notre après-midi au *Louis XVI*.

Justine – Au fait, Léa, comment sais-tu ce que c'est un falot ?

Léa a éteint son enregistreur, l'air encore plus énervée que tout à l'heure.

Léa – Tu es vraiment pénible. Je dois boucler ma bande-son pour le montage de mon film. Il me faut une demi-heure sans un seul mot. Si tu n'es pas capable de te taire, va faire un tour.

Justine – OK, c'est bon, je me tais.

Léa a dû regretter de m'avoir parlé si durement, même si, au fond, elle avait des raisons d'être agacée. Elle devait terminer la bande-son de la vidéo pour son option audiovisuelle avant mercredi. Elle m'a fait un signe de la main pour que je regarde dans sa direction et elle a articulé très distinctement afin que je lise sur ses lèvres : « Écoute attentivement cette succession de sons en les dissociant les uns des autres ».

C'est un nouveau jeu ?

De toute façon, je n'ai rien d'autre à faire alors j'écoute.

Des bruits de tasses sur le comptoir, le serveur qui interpelle le barman, des clients qui parlent, la porte qui claque, un éclat de rire…

Justine – Oh c'est marrant, j'arrive à entendre le séchoir des toilettes maintenant.

Léa – JUSTINE !!!

Justine – Oh pardon.

Non, non, non… Cette fois je me tais !

Allez, je mets le chrono sur mon portable et top départ, je jure que quoi qu'il se passe, je n'ouvrirai pas la bouche pendant vingt minutes. Si jamais je prononce le moindre mot, nous serons condamnées à louper notre bac toutes les deux. Même pas d'oral de rattrapage. Quelle horreur !

Léa m'a regardée en souriant.

Léa – C'est bon Justine, ne fais pas ta tête de victime. On commande un autre Coca light et je reprends mon enregistrement après. D'accord ?

J'ai fait non avec la tête. Je venais de pactiser avec le diable. Ce n'était pas le moment de boire un verre comme deux copines qui ont des tas de choses à se raconter.

Léa

Ça fait plusieurs fois que je veux t'envoyer cette définition trouvée sur Wikipédia et à chaque fois j'oublie. C'est à propos des paris que tu te fais en permanence : « Si j'arrive au Franprix..., si le feu passe au rouge... ». Eh bien, il n'y a pas de quoi s'inquiéter. Tu recours à la pensée magique.

« La pensée magique est une expression définissant une forme de pensée qui s'attribue la puissance de provoquer l'accomplissement de désirs, l'empêchement d'événements ou la résolution de problèmes sans intervention matérielle. Ce type de pensée se manifeste principalement au cours de l'enfance et est, à l'âge adulte, appréhendé par la médecine comme un symptôme d'immaturité ou de déséquilibre psychologique. »

Aujourd'hui, 19h45 · J'aime · Commenter

Thibault aime ça.

Justine Merci, tu ne peux pas t'imaginer comme je suis rassurée !

Aujourd'hui, 20h17 · 2 personnes aiment ça

Léa a quand même passé commande. Lorsque les Coca sont arrivés, elle a levé son verre.

Léa – Allez ma follette, trinque avec moi. À notre amitié et à notre bac !

J'ai choqué mon verre contre le sien. Ça, j'ai le droit.

Léa – Bon, Justine, puisque tu me regardes fixement sans parler, tu vas me servir de jury. Je vais te présenter mon petit mémoire sur les scènes de café dans le cinéma de Claude Sautet. Si certains disent que ce cinéaste ne peut plus intéresser les ados d'aujourd'hui, c'est qu'ils n'ont jamais vu ses films ! Tu es prête ? Je commence : « Bonjour, si j'ai choisi ce cinéaste et plus précisément les scènes de café, c'est parce qu'elles y sont nombreuses, riches et possèdent des significations différentes. » Tu me suis ?

J'ai fait oui avec la tête. Léa m'a souri.

Léa – « Les restaurants, et surtout les cafés enfumés, sont des lieux incontournables dans les films de Claude Sautet. Il aime décrire l'atmosphère qui y règne, montrer la diversité des gens réunis ou l'intimité d'un couple. Son film *Garçon !* filmé quasiment comme un documentaire est un hommage à ces lieux. Il n'est cependant pas celui qui offre le plus d'intérêt pour notre étude. Dans des œuvres plus anciennes comme *Les choses de la vie* ; *Un mauvais fils* ; *Mado* ; *Vincent, François, Paul et les autres...* mais surtout *César et Rosalie*, les cafés sont des lieux paradoxaux : ils sont les témoins de relations naissantes, ou au contraire de fins d'histoires. Ils peuvent donc symboliser la joie extrême comme le chagrin. » Justine, est-ce que je t'ai déjà parlé de *César et Rosalie* ?

Il y a moins d'une minute, je ne savais pas que Claude Sautet existait, alors sa filmographie, je suis désolée mais je ne la connais pas. Évidemment, je ne peux pas le dire pour les raisons précitées.

J'ai fait à nouveau non avec la tête.

Léa – Je crois que c'est le film que j'ai vu le plus de fois dans ma vie...

Quoi ? Le film qu'elle a vu le plus, ce n'est pas *Pretty Woman* en mangeant des fraises Tagada et des Magnum double chocolat avec moi ?

Léa – Tu veux que je te raconte l'histoire ?

J'ai haussé les épaules. Si son infidélité à Julia Roberts ne la gêne pas plus que ça, qu'elle le raconte son vieux film pourri.

Léa – C'est l'histoire d'une femme, Rosalie, qui hésite entre deux hommes. Un qu'elle aime passionnément mais qui la fait souffrir : David. Et l'autre qu'elle aime raisonnablement mais qui prend vraiment soin d'elle : César.

Vous avez entendu ce que j'ai entendu ? Toute ressemblance avec des personnes existantes ou ayant existé n'est absolument pas fortuite.

Léa – À chaque fois que Rosalie tente de reconstruire sa vie, David réapparaît et elle abandonne tout pour le rejoindre.

Exactement comme Léa quand Peter l'appelle... Réalise-t-elle ce qu'elle est en train de me raconter ? Si je n'avais pas juré sur la tête de notre bac, je lui dirais ce que j'en pense.

Léa – Il faut avouer que David est tellement séduisant. Il est grand, brun, avec un regard brûlant, un sourire énigmatique, un charisme fou.

Elle a oublié la queue de cheval.

Léa – C'est un artiste... Je t'ai dit qu'il était dessinateur de BD ?

Ah bon, il n'est pas metteur en scène dans un club de théâtre pour ados en mal d'identité ?

Léa – César, lui, est ferrailleur. C'est un homme pragmatique. Il n'est pas très cultivé mais il a un charme fou. Rosalie hésite donc entre ces deux hommes et ça la rend très malheureuse.

J'aimerais connaître la fin du film, ça me permettrait de savoir dès à présent qui Léa va choisir. Nicolas le pragmatique ou Peter l'aérien ?

C'est incroyable, ce type me hante tellement que je le vois là en face de moi, derrière la vitre du café.

Arghhhhh… mais, il est là ! En chair et en os, en train de fixer la nuque de Léa. Que fait-il ici ? Je vais enfin lui dire sans aucun ménagement ce que je pense de son comportement vis-à-vis de Léa.

Je me suis levée comme une fusée puis… je me suis rassise. Je n'ai que dix minutes au chrono, si je parle on loupe notre bac.

Je ne sais pas si c'est mon agitation qui l'a alertée ou si la présence de Peter est vraiment charismatique mais Léa s'est retournée. Elle est devenue toute pâle en le voyant.

Peter a penché légèrement la tête et il lui a souri. Quel cinéma ! Il se la joue homme fragile alors que c'est lui qui la démolit. Parfois, j'aimerais être un garçon et savoir me servir de mes poings.

Elle lui a fait signe de nous rejoindre puis elle m'a murmuré :

Léa – Juste une minute, tu permets ?

Rappelez-moi d'apprendre la langue des signes ou de ne plus jamais faire de promesse idiote.

Le vampire s'est approché lentement de notre table en prenant soin de ne pas quitter Léa des yeux. Genre, je suis aimanté, tu es mon épouvantail falot.

Qu'est-ce que je raconte, moi ? Je mélange tout.

Il m'a saluée.

Peter – Bonjour Justine…

J'ai émis un grognement. Grogner n'est pas parler.

Peter – Alors Léa, tu t'en sors avec mon enregistreur ?

Comment ça SON enregistreur ? Je croyais qu'elle l'avait emprunté au CDI du lycée.

Peter – Tu es partie tellement vite de chez moi hier que je n'ai pas eu le temps de t'expliquer comment il fonctionnait.

No comment.

Euh si, je commente ! Que faisait Léa chez Peter hier ? Est-ce qu'elle n'y serait pas allée à l'heure où elle m'avait annoncé « officiellement » qu'elle partait faire des courses avec Eugénie ?

Ma meilleure amie m'a donc menti et je ne parle pas d'un mensonge par omission. Non, je parle d'un mensonge construit de toutes pièces : « Je vais avec ma mère-grand acheter un petit pot de beurre alors qu'en fait je suis chez le loup... »

Léa – Ne t'inquiète pas Peter, je me suis débrouillée. Mais je n'ai pas encore fini mon enregistrement, je ne pourrai pas te rendre ton appareil ce soir.

Alors ça, qu'il compte sur moi pour que Léa ne le lui rende jamais. Elle n'ira nulle part sans moi. Je vais la coller ultra glu. On pourra nous accrocher au plafond par les pieds, nous serons indécollables !

Comme Léa n'ajoutait rien, Peter lui a demandé :

Peter – On se parle un moment seul à seul ?

Je traduis : on peut s'éloigner un instant pour que ta copine n'intervienne pas quand je vais te manipuler pour la millième fois de ton existence ?

Léa s'est levée comme si elle était téléguidée puis, se penchant vers moi, elle m'a chuchoté :

Léa – Ce n'est pas ce que tu crois.

Ah non ? Ma meilleure amie n'est pas en train de suivre son prof de théâtre qui lui fait croire qu'il l'aime follement depuis plus de deux ans alors qu'en réalité il s'amuse avec elle ? Elle n'est pas en train de tromper mon cousin Nicolas qui croit en leur histoire et serait fou de chagrin s'il la voyait agir ainsi ? Elle n'est pas en train de me mentir alors que je suis sa presque sœur ?

La colère a laissé place aux larmes. Je me suis retournée pour que Léa ne me voie pas pleurer.

Alors que j'essuyais mon visage, j'ai aperçu Thibault et Nicolas qui traversaient la rue en riant. Ils sortaient du lycée et se dirigeaient vers le *Louis XVI*. Il ne fallait surtout pas qu'ils entrent et que Nicolas assiste au spectacle de Léa bouleversée par son bellâtre. J'ai regardé le chrono. Il me restait encore cinq minutes sans parler...

Qu'allais-je bien pouvoir faire pour détourner leur attention et laisser à Léa le temps de congédier Peter ?

Sortir seins nus dans la rue ? Mimer l'épouvantail falot ? Perdre Théo dans un square ? M'accrocher aux grilles d'un zoo pour libérer une girafe ? Me présenter dans l'horrible pyjama à fleurs de mamie ?

Ne m'étais-je pas assez ridiculisée ces derniers mois ? Peu importe ! Je protégerais Léa... Si elle devait choisir entre ses deux amours, il n'était pas question qu'elle le fasse dans l'urgence.

Cinq minutes chrono... La mission, si vous l'acceptez, est d'empêcher l'accès à cet établissement aux individus dénommés Nicolas et Thibault sans prononcer un seul mot.

Mission acceptée... Top départ.

Je suis partie du café en courant, je me suis assurée que les garçons m'avaient vue et j'ai pris la direction opposée.

Thibault a réagi le premier.

Thibault – Justine !!!

J'ai fait semblant de ne pas l'entendre. J'ai continué à courir en imprimant à mes épaules de légers soubresauts comme si je pleurais.

Nicolas a hurlé dix fois plus fort que mon prince.

Nicolas – JUSTINE !!!

Super… Ils n'ont pas encore commencé à courir, ça me laisse un peu d'avance.

Nicolas – Mais qu'est-ce qu'elle a ? Elle pleure ?

Et puis la cavalcade a commencé.

Nicolas et Thibault inquiets se sont lancés à ma poursuite. J'ai allongé ma foulée en respirant comme la prof de sport nous l'a appris. Je ne pouvais pas me retourner pour savoir si les garçons étaient prêts ou non à me rattraper. Officiellement, je ne savais pas qu'ils étaient derrière moi. Ils ont continué à hurler mon prénom comme des forcenés. J'ai encore augmenté la cadence et j'ai sprinté jusqu'au Monoprix. Dommage que la prof n'ait pas été là pour valider ce temps record.

Il reste deux minutes et vingt secondes à tenir. J'ai foncé jusqu'au rayon vêtements féminins sans ralentir. J'ai attrapé au vol une robe, une tunique, un gilet long et je me suis planquée dans la cabine d'essayage.

Deux minutes…

Une minute trente…

J'ai entendu une voix féminine un peu chevrotante crier :

La voix chevrotante – Jeunes hommes, que faites-vous là ?

Nicolas – On cherche quelqu'un…

La voix chevrotante – Dans les cabines pour femmes ?

Nicolas – Ben oui, puisque c'est une fille…

La voix chevrotante – Vous sortez et vous attendez dehors, s'il vous plaît. Il n'est pas question que vous gêniez notre clientèle féminine.

Yes ! Une minute dix… Nicolas va s'énerver, la vendeuse du rayon va hausser le ton et le menacer de prévenir un vigile. En attendant, j'enfile ce que j'ai pris pour justifier ma présence ici.

Tiens, Nicolas ne répond rien. Il a changé de tactique ?

Les cabines d'essayage

Apparues au XIXe siècle avec les grands magasins, les cabines d'essayage font le bonheur des dames !

Interdites aux hommes, individuelles ou regroupées en salons, les cabines sont généralement dotées d'un miroir afin que la cliente potentielle puisse choisir son image ou la rectifier. Au fil des décennies, la cabine d'essayage s'ouvre aux familles. Mari, enfants, amies, copines, y sont les bienvenus afin de conseiller celle qui hésite. Mais aujourd'hui, ces lieux sont de moins en moins intimes. Certains magasins ont aménagé des dispositifs de vidéosurveillance afin de prévenir les vols, la transaction illégale de drogues, l'exhibitionnisme…

Bientôt les cabines d'essayage virtuelles devraient révolutionner le shopping. L'offre en outils high tech prolifère : bornes interactives donnant de l'information sur des produits, applications sur iPhone permettant d'essayer lunettes de soleil et autres accessoires, sites s'appuyant sur la webcam pour permettre de passer les vêtements, photo postée sur Facebook pour avoir l'avis des copines sur le jean essayé… Ces nouveaux types de consommation visent surtout la génération Y et les moins de 25 ans.

Thibault – Je suis désolé d'insister, madame, mais je me suis querellé avec ma fiancée tout à l'heure. Elle est partie en pleurant et je crains qu'elle se soit réfugiée dans la cabine. Comme elle est sujette aux malaises, je suis inquiet. Voudriez-vous être la messagère de l'amour ?

Oh c'est beau ce qu'il vient de dire ! Mon amour, peu importe notre querelle, je sors de cette cabine immédiatement et je me jette dans tes bras.

Mais on ne s'est pas du tout disputés. Quel menteur ! Il faudra que je me souvienne de la capacité de ce type à inventer des mythos énormes pour parvenir à ses fins.

Évidemment, la vendeuse s'est laissé prendre dans ses filets.

La voix chevrotante – Ah la jeunesse !!! Moi aussi, avec mon Didier dans le temps on se fâchait, il me courait après, je me cachais, il me retrouvait toujours.

Je ne le jurerais pas, pourtant il m'a semblé que la voix chevrotante avait soudain repris une certaine tonicité.

La voix chevrotante – Allez, je vais voir si votre dulcinée est derrière les rideaux d'une de nos cabines mais vous, vous patientez dehors.

Cinquante secondes... Qu'est-ce que je vais faire pendant cinquante secondes avec la vendeuse ? La voix chevrotante a bougé le rideau de ma cabine.

La voix chevrotante – Mademoiselle ? Mademoiselle ? Tout va bien ? Si vous ne me répondez pas, je vais être obligée d'entrer. Votre fiancé m'a dit que vous étiez sujette aux malaises.

Mon fiancé est un menteur et ça, je ne peux pas l'avouer avant quarante-six secondes. En plus, nous ne sommes même pas fiancés.

Elle a ouvert le rideau.

Je fais quoi ? Allez, je lui joue la scène 2 acte II de la fille effondrée.

La voix chevrotante – Oh ne pleurez pas comme ça, ma jolie. Il vous aime ! Vous verriez comme il a l'air défait, le pauvre petit. Allez, ce n'est qu'une dispute de rien du tout.

Quarante secondes...

La voix chevrotante – Prenez ce Kleenex... Oh tous ces sanglots...

Vingt secondes... Je me mouche, je m'essuie les yeux et le compte va être bon.

La voix chevrotante – Vous vous appelez comment ?

Dix secondes... Je suis obligée de recouiner un coup sinon elle va insister pour le prénom.

La voix chevrotante – Tout doux, tout doux ma belle... Je me souviens, il y a quarante ans de ça maintenant, mon Didier était venu me chercher chez mes parents. Il voulait m'inviter au restaurant. Or, ce jour-là, ma mère avait préparé une truite aux amandes et il faut savoir que la truite aux amandes est mon...

Quatre, trois, deux, un, zéro !!!

Justine – Justine. Je m'appelle Justine.

La voix chevrotante a fait un bond énorme sur le côté. Il faut avouer que j'avais hurlé. Elle m'a demandé gentiment :

La voix chevrotante – Ça va mieux ?

Justine – Oui.

La voix chevrotante – Vous voulez que j'aille chercher votre fiancé ?

Justine – Oui... s'il vous plaît... Mais avant, je voudrais vous remercier... Vous avez vraiment trouvé les mots qu'il fallait.

Surtout la truite aux amandes... Ça a un effet revigorant immédiat.

Je n'avais pas fini ma phrase que Nicolas a déboulé dans la cabine, suivi de près par Thibault.

Nicolas – Bon, ça suffit maintenant. Qu'est-ce qui se passe, Justine ?

Je les ai regardés l'air faussement effarée dans ma robe orange à pois verts, taille XXXL, surmontée de la tunique bleu turquoise et du gilet marronnasse et, consciente de ruiner une fois de plus ma réputation, j'ai murmuré :

Justine – Ben rien de spécial, j'essayais juste de trouver une tenue sympa mais vous, qu'est-ce que vous faites au rayon fringues du Monop ???

Confidence pour confidence

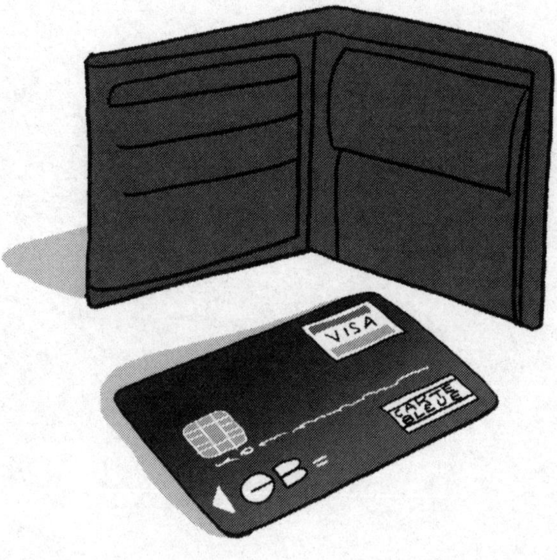

Justine – On va travailler comme ça jusqu'au 13 juin ?

Thibault – Je le crains. Le compte à rebours a vraiment commencé cette fois-ci ! Nous sommes le 1er, il reste douze jours avant la philo.

Nicolas – Vous ne voulez pas arrêter de me stresser avec vos dates, là ? Je suis déjà en train de me pourrir la vie avec un texte d'espagnol nullissime sur la construction de la Sagrada Familia à Barcelone. Mais qu'est-ce que j'en ai à faire de l'incroyable miracle de l'édification d'une église au XXe siècle ??? À se demander où les profs trouvent des textes pareils.

Léa qui venait juste d'arriver à la maison bleue a éclaté de rire. Elle a sorti tous ses livres et s'est installée avec nous autour de la grande table du jardin.

Léa – Il est de notoriété publique que les profs passent leurs vacances d'été à collecter des textes avec comme unique critère : ennuyer mortellement leurs élèves. Un prix est même décerné en fin d'année au texte ayant endormi le plus d'adolescents durant une heure de cours.

Nicolas – Alors ne cherchez plus, j'ai le vainqueur sous les yeux : La Sagrada Familia, un milagro de la vida. D'ailleurs il a tellement bien réussi sa mission que je vais aller faire une sieste sur le canapé.

Léa – Pas question !!! Ça fait combien de temps que tu as commencé à travailler ?

Nicolas – Plus d'une heure.

Ma meilleure amie a regardé Nicolas avec son petit sourire de sorcière.

Il a immédiatement rectifié :

Nicolas – Euh... presque une heure... Dix minutes... Cinq peut-être...

Léa – Alors tu continues à réviser.

Nicolas – Pourquoi tant de dureté ?

Léa – C'est pour ton bien.

Nicolas – Si tu veux vraiment me faire du bien, tu sais que tu peux...

Mon cousin s'est penché vers Léa et lui a chuchoté la suite de la phrase à l'oreille.

– C'est quoi le secret là ?

On s'est tous retournés en même temps. Ingrid venait de faire son apparition. Apparition est vraiment le terme. La peste, tout de blanc vêtue, façon sainte Hildegarde de la pureté, s'est avancée vers nous, l'air béate.

Ingrid – Bonjour à tous et à toutes.

Justine – Bonjour ma sœur...

Ingrid – Oh Justine, les mots que tu viens de prononcer me vont droit au cœur. J'ai toujours eu l'horrible sensation que Léa et toi, vous étiez comme des jumelles et que moi, j'étais l'exclue. Et là, pour la première fois, tu me considères comme ta sœur !

J'ai dit ma sœur pour me moquer d'elle parce qu'elle est habillée comme une religieuse du couvent des Ursulines. Certainement pas parce que je vois en elle un membre de ma famille.

Ingrid – Ce n'est pas facile d'être fille unique surtout quand on vit avec des parents aussi âgés que les miens.

Qu'est-ce qu'elle nous fait là ? C'est quoi ce trip confession ? Je n'avais pas vu les sandales de moine et le collier en bois façon chapelet. Ridicule !

Ingrid – C'était déjà une souffrance, enfant. Aujourd'hui, je réalise à quel point j'ai cherché dans les choses matérielles une compensation à ma solitude.

Léa – Ma pauvre Ingrid, tu as l'air vraiment bouleversée aujourd'hui.

La peste a pris le temps d'essuyer une larme (de crocodile ?) puis elle s'est littéralement jetée dans les bras de Léa.

Ingrid – Mais je ne parle que de moi. Quelle égoïste je fais... Toi aussi Léa, tu as souffert : la mort de ton père, ton amour impossible pour Peter.

Ma meilleure amie a blêmi d'un coup. Il y a eu un long silence durant lequel on a tous cherché comment atténuer ce qui venait d'être dit à Léa. Sauf Ingrid, évidemment, qui a continué son jeu de massacre au nom de la compassion.

Ingrid – Je pense aussi à toi, Thibault...

Nicolas a jugulé la catastrophe.

Nicolas – C'est bon, Ingrid ! Moi mes parents ont divorcé, mon père a douze ans et demi d'âge mental, je ne vois jamais ma petite sœur et mon voisin m'a volé ma Batmobile quand j'étais petit. Voilà, je souffre, c'est horrible. Je pleure la nuit, le jour. On peut passer à un autre sujet ?

– À moi, si vous voulez !!! J'adore les thérapies de groupe.

Jim, en marcel gris moulant et mini short assorti, nous regardait en souriant.

Jim – Alors, en ce qui me concerne, mon père me méprise depuis mon plus jeune âge, j'ai raté mes études que je tente vainement de reprendre et j'aime à la folie une fille qui ne se contentera pas longtemps d'un mec qui bosse dans un club de gym. Le plus atroce, c'est que j'ai perdu Nainnin, mon doudou, quand j'étais en CP. Je soupçonne ma mère de l'avoir jeté parce qu'il était mité. Et ça, je vous l'avoue, ça ne passe toujours pas ! Alors je vous propose de noyer notre chagrin collectif dans le chocolat.

Jim a sorti de son sac une grosse boîte en carton de la pâtisserie.

Jim – Tournée de moelleux au chocolat...

On a tous applaudi.

Jim – Plus des chouquettes pour les fous qui n'aimeraient pas le chocolat !

Bis repetita pour les applaudissements.

Thibault – Puisque c'est comme ça, je vais chercher du Coca.

Nicolas – Rapporte une ou deux bières.

Léa – Moi, je préférerais un thé, ça ne te dérange pas Thibault ?

Thibault – Bien sûr que non, je branche la bouilloire !

Il y a quelques minutes, à cause de la maladresse d'Ingrid, le chagrin semblait tout recouvrir et là, la vie joyeuse et festive reprenait le dessus.

J'ai rejoint Thibault à la cuisine. Il m'a souri. Qu'est-ce qu'il est beau quand il me regarde comme ça.

Thibault – Tu sais quel thé veut Léa ?

Justine – Du Earl Grey...

Thibault – Et toi, qu'est-ce que tu veux ?

Justine – Un baiser dans tes bras.

Thibault – Ça, je te le sers tout de suite ! Tu en prendras bien un deuxième ?

Justine – Et un troisième aussi...

– Ah pardon, je dérange !

Léa, qui était venue chercher son thé, est ressortie.

Thibault – Reviens Léa ! On a fini. Je dois apporter sa bière à Nicolas. Il faut absolument le distraire pour qu'il oublie la perte de sa Batmobile.

Thibault parti, je me suis retrouvée seule avec Léa. Il y a eu un long moment de gêne. Depuis la scène au *Louis XVI* la semaine dernière, nous nous étions vues au lycée, nous nous étions même retrouvées dans le jardin pour fêter son excellente performance à son option audiovisuelle mais nous nous étions toujours arrangées pour ne pas évoquer ce qui fâche. Un peu comme si Peter n'était jamais venu la rejoindre et n'avait pas dit qu'elle avait passé la soirée chez lui.

J'ai voulu prendre un sachet de thé dans la boîte sur l'étagère mais je l'ai fait tomber par terre.

Justine – Merde...

Je me suis accroupie pour le ramasser. Léa aussi. On s'est donc retrouvées nez à nez à cinquante centimètres du sol.

Léa – Et si on discutait toutes les deux ? Il est temps, non ?

Justine – Je ne sais pas.

Léa – Ma Justine, tu as vu quelque chose mais ce n'est pas ce que tu crois.

Justine – Je n'ai pas seulement vu, j'ai entendu aussi !

Léa – Qu'as-tu entendu ?

Justine – Tu as passé la soirée chez Peter, vendredi dernier.

Léa – Non, c'est faux.

Justine – Il l'a dit lui-même.

Léa – Non. Je suis allée chez lui récupérer son enregistreur. Comme Eugénie m'attendait dans la voiture parce que je lui avais demandé de m'accompagner, je suis restée moins de cinq minutes.

Justine – Pourquoi le lui avoir emprunté à lui ? Et quand as-tu eu l'occasion de le lui demander ? Je croyais que vous n'aviez plus aucun contact.

Léa – C'est le cas. Je l'ai croisé au CDI le vendredi matin, il venait chercher des bouquins. Il m'a entendue demander un enregistreur à madame Stabat pour mon film et il m'a proposé le sien qui est beaucoup plus performant. J'ai accepté, c'est tout.

Justine – Il ne s'est donc rien passé entre Peter et toi ?

Léa – Non !

Justine – Tu me le promets ?

Léa – Oui, mais je trouve désolant d'avoir à me justifier. Si tu ne me crois pas sur parole alors tu n'es pas digne d'être mon amie.

Léa a prononcé ces mots avec un regard très froid. J'ai baissé les yeux. Elle avait raison. Encore une fois, même si la réalité était trompeuse, je m'étais laissé emporter par mon imagination et je ne lui avais pas fait confiance. Certes, j'avais des circonstances atténuantes, Léa est capable de n'importe quoi lorsqu'il s'agit de Peter.

Léa – Non, pas de n'importe quoi. Il est clair qu'il m'a souvent entraînée un peu loin mais je ne suis pas si naïve que tu le penses.

Justine – Je suis désolée d'avoir douté de toi.

Léa – Je l'espère bien !

Justine – Est-ce que je suis quand même digne d'être ton amie ?

Léa – À voir…

Les larmes me sont montées aux yeux d'un coup. Qu'est-ce que je suis émotive en ce moment, je n'arrête pas de pleurer.

Léa, attendrie, a voulu me prendre dans ses bras mais comme on était encore accroupies face aux sachets de thé éparpillés, j'ai été déséquilibrée et on s'est retrouvées par terre. On a éclaté de rire.

Thibault, qui avait dû entendre du bruit, est arrivé en courant.

Thibault – À part vandaliser ma cuisine, vous avez prévu quoi toutes les deux ?

Puis me regardant plus attentivement, il m'a demandé :

Thibault – Tu pleures ou tu ris ?

Justine – Les deux !

Thibault – Bien, je vous laisse entre filles alors ! Ça a l'air d'être cool. Justine, si tu veux essuyer ton mascara qui a coulé, le sopalin est sur le frigo.

Et il est reparti en prenant soin de fermer la porte derrière lui.

Léa – Qu'est-ce qu'il est délicat ce garçon !

Justine – Oui.

Léa – Et beau avec ça !

Justine – Oui mais tu peux arrêter de rêver, il est déjà pris.

Léa – Oh ça, je le sais ! J'ai le souvenir cuisant d'un bouquet et d'un petit mot dédié à Néfertiti qui avaient causé une véritable révolution.

Je savais très bien à quoi Léa faisait allusion. Encore un tour pendable joué par mon imagination. Je ne sais pas si vous vous souvenez de cet horrible épisode... Persuadée que Thibault avait envoyé un bouquet de fleurs à Léa et que tous deux vivaient une romance secrète à mon insu, je leur avais dit des horreurs. En fait les roses et la missive étaient destinées à Eugénie. Un ancien amant qui se manifestait... Moi, sans réfléchir, j'avais crié à la trahison et, sans même leur donner la possibilité de se défendre, j'avais accusé mon prince et ma meilleure amie. Évidemment, je l'avais aussitôt regretté mais le mal était fait.

Justine – Léa, je suis désolée pour cette fois-là aussi. Je suis une horrible meilleure amie !

Léa – Je ne te le fais pas dire. D'ailleurs à propos de comportements totalement incongrus, puis-je savoir pourquoi tu es allée au Monoprix vendredi dernier sans me prévenir ? Nicolas m'a dit que tu étais partie en courant comme une folle essayer une robe immonde.

J'ai souri.

Justine – Ça, c'est parce que je suis une très bonne horrible meilleure amie !

Et j'ai raconté à Léa ma folle cavalcade pour entraîner les garçons à ma poursuite afin que Nicolas ne la voie pas discuter avec Peter puis ma planque dans la cabine d'essayage, la voix chevrotante, l'intervention de Thibault, mes faux pleurs et enfin le dernier acte : mon coming out en robe orange à pois verts XXXL.

Quand j'ai eu fini mon récit, Léa avait des yeux comme des soucoupes.

Léa – Tu es encore plus dingue que je ne l'imaginais, mais...

Justine – Mais quoi ?

Léa – Mais tu es réellement une très bonne horrible meilleure amie.

Je me suis remise à pleurer.

Léa – Qu'est-ce que tu as à chouiner toutes les deux minutes, toi, aujourd'hui ? Tu vas avoir tes règles ou quoi ?

Justine – Ben oui, il serait temps même.

La porte de la cuisine s'est ouverte d'un coup, Nicolas dans l'encadrement nous a regardées en dodelinant de la tête.

Nicolas – Vous foutez quoi par terre ? Vous échangez des sachets de thé ? Ça fait dix minutes qu'on vous attend pour manger les gâteaux. En plus, je vous préviens, si vous ne venez pas immédiatement, je vais péter un câble. Ingrid nous saoule avec Sœur je ne sais plus quoi qui vivait sur un tas d'ordures au Caire.

Léa – Sœur Emmanuelle... une femme formidable qui a vécu dans un dénuement extrême pour rester aux côtés des plus démunis.

Nicolas – Ah non, pas la stéréo. Une mystique pour voisine, ça me suffit.

Justine – En tout cas, ça explique la tenue du jour, elle a le déguisement qui va avec le discours.

Nicolas – Eh ben je la préfère en jupette, elle est plus fun. Bon, vous avez fini vos échanges de sachets, on peut aller manger ?

Léa – Demandé si gentiment, ça ne se refuse pas.

Notre retour a provoqué des hourras dans le jardin.

On s'est mis à table avec les autres et, en moins d'une minute, tout a été englouti. Comme je n'avais pas mangé mon gâteau, Léa m'a demandé discrètement :

Léa – Tu n'en veux pas ?

Justine – Non, je ne sais pas ce que j'ai en ce moment, j'ai tout le temps envie de vomir.

La sorcière m'a regardée bizarrement.

Justine – Quoi ? Qu'est-ce qu'il y a ?

Comme j'avais répondu un peu fort, Ingrid a demandé :

Ingrid – Un problème, mes sœurs ?

Léa – Non. Tout va bien.

Ingrid – Je suis heureuse de vous savoir en paix !

Amen...

À méditer, les filles... ➤ Citations

Ils ont ouvert la voie, se sont engagés aux côtés des plus pauvres...

★ « Nous avons autant besoin de raisons de vivre que de quoi vivre. » L'abbé Pierre

★ « Sache-le : la force est en toi, dans ton cœur et dans ton corps. Crois en toi, crois en les autres ! » Sœur Emmanuelle

★ « L'homme d'aujourd'hui est colossal par l'énormité des responsabilités qui pèsent sur lui, et minuscule devant l'immensité des tâches qui de toutes parts l'appellent. » L'abbé Pierre

★ « La vie est un défi à relever, un bonheur à mériter, une aventure à tenter. » Mère Teresa

★ « Souviens-toi d'aimer ! » L'abbé Pierre

★ « Ce qui me scandalise c'est le gaspillage. » Mère Teresa

★ « Partout et toujours, cherche sans te lasser le remède qui soulage, sème l'espoir. » Sœur Emmanuelle

★ « Il ne faut pas attendre d'être parfait pour commencer quelque chose de bien. » L'abbé Pierre

Seulement je connais Léa et ce regard particulier. Je peux vous assurer qu'il y a un souci. Et pas un petit. J'ai attendu que la peste ait le dos tourné pour chuchoter :

Justine – Léa, quel est le problème ?

Léa – Rendez-vous dans la salle de bain dans deux minutes. On y va en ordre dispersé pour ne pas attirer l'attention.

Justine – C'est si grave que ça ?

Ma meilleure amie ne m'a rien répondu. Mon cœur a battu la chamade comme si on venait de m'annoncer mon échec sec au bac. Mais qu'est-ce que j'ai à être à cran ?

J'ai attendu que Léa soit partie depuis un moment et je l'ai rejointe.

Justine – Alors ?

Léa – Justine, depuis que tu as repris ta relation avec Thibault, tu t'es toujours protégée ?

Justine – De quoi ?

Léa – Quoi de quoi ? Tu le fais exprès ? Est-ce que Thibault a mis une capote à chaque fois ?

Je me suis sentie rougir.

Même si je n'ai aucun sujet tabou avec Léa, nous n'avons pas non plus pour habitude de parler si crûment. Ma meilleure amie a dû sentir ma gêne.

Léa – Justine, tes dernières règles, c'était quand ?

Et là, l'évidence m'a frappée. J'ai une semaine de retard, j'ai envie de vomir, j'ai mal au ventre, je dors dès que je me pose quelque part et je pleure tout le temps. J'ai regardé Léa, catastrophée. Elle a murmuré :

Léa – C'est pas vrai. Vous n'avez pas pris vos précautions ?

Justine – Si. À chaque fois, je te le promets.

Léa – Justine, l'Immaculée Conception, je n'y crois pas !

Justine – Mais je te dis qu'on a toujours mis... Oh non...

Léa – Oh non quoi ?

Justine – À la colo, le soir de l'épouvantail falot, sous la douche...

Cette fois-ci, c'est Léa qui a semblé gênée par tant de détails.

Léa – Et tu en étais où de ton cycle ce jour-là ?

Justine – Au tout début. J'avais eu mes règles la semaine d'avant, c'est pour ça que...

Léa – C'est pour ça que rien du tout ! D'abord, je te rappelle que Thibault a eu une relation avec Tatiana, ce qui impliquait déjà un test VIH et trois mois protégés. En plus de cela, on ne s'amuse pas à faire des pronostics sur son jour d'ovulation. C'est une méthode qui a repeuplé la France.

Justine – Tu crois que je suis enceinte ?

Léa – Je ne sais pas. On était à la colo le 27 et le 28 avril. Si tu es tombée enceinte ces jours-là, ça doit faire cinq semaines.

Justine – Tu ne veux pas me tirer les cartes pour voir ?

Léa – Je rêve ! Mademoiselle est une scientifique inscrite en médecine pour l'année prochaine mais elle s'en remet aux tarots dans un cas comme celui-là. Il y a plus fiable. Il faut aller acheter un test de grossesse à la pharmacie.

La voix de Nicolas, hurlant depuis le jardin, nous a fait sursauter.

Nicolas – Justine, ta mère t'appelle par la fenêtre !

J'ai regardé Léa totalement paniquée :

Justine – Je ne peux pas lui parler...

Léa – Pourquoi ?

Justine – Ben si je suis enceinte...

Léa – Je ne vois pas le rapport.

Justine – Moi si !

Léa – Courage, va voir ce qu'elle veut sinon ça fera des histoires et je ne crois pas qu'on ait besoin de ça aujourd'hui.

J'ai rejoint les autres dans le jardin. Thibault m'a chuchoté :

Thibault – Belle-maman a l'air très énervée, qu'est-ce que tu as encore fait ?

Je suis désolée mais il faut être deux pour ces choses-là, je ne suis pas la seule responsable.

La tête de ma mère encadrée dans la fenêtre m'attendait de pied ferme, si j'ose dire.

La mère – Justiiiiiiine, je te donne deux minutes pour monter, il faut que je te parle !

Quoi, elle est déjà au courant ? Le sixième sens des mères lorsqu'il arrive quelque chose à leur enfant ne serait pas une légende ? J'ai grimpé les escaliers quatre à quatre.

La mère – Ah te voilà enfin ! Justine, je suis terriblement déçue. Je te faisais confiance, je n'aurais pas dû.

C'est horrible... Que répondre à cela ?

J'étais prête à tout lui avouer lorsqu'elle a ajouté :

La mère – Tu avais promis de ranger ta chambre hier et là, j'entre pour déposer ton linge propre. Et sur quoi je tombe ? Un véritable bazar. On ne peut décidément pas te faire confiance.

J'ai poussé un long soupir de soulagement.

La mère – Et ne souffle pas comme un fer à repasser vapeur quand je te fais des remarques, ça m'horripile. Tu ne redescendras pas tant que ta chambre ne sera pas impeccable.

Et sur cette injonction, elle est partie en claquant la porte du salon.

Le sixième sens des mères est donc une légende. Un truc inventé pour effrayer les enfants : ta mère voit tout, sait tout, entend tout... Tu parles !!!

Mon père que je n'avais pas remarqué allongé sur le canapé m'a fait un petit signe de la main.

Le père – Coucou Justine !

Justine – Salut papa !

Le père – Ça va ?

Justine – Oui papy... euh papa...

Il faut absolument que je me surveille quand je m'exprime, je sens le drame arriver. Un peu comme dans les tragédies grecques que Léa adore. On sait que quoi que fasse l'héroïne pour échapper à son destin, elle est condamnée.

Justine – Je vais ranger ma chambre.

Le père – D'accord mon bébé.

Justine – Quel bébé ? Qui t'a parlé d'un bébé ?

Face à mon agressivité, mon père a sursauté.

Le père – Oh calme-toi... Qu'est-ce que vous avez toutes ce matin ? J'en ai assez, moi, d'être rembarré par tout le monde. Je t'ai dit mon bébé comme je t'aurais dit ma fille. Si ça ne te convient pas, je t'appellerai mademoiselle dorénavant.

Je n'ai pas cherché à m'expliquer. J'ai filé dans ma chambre.

J'ai commencé à ranger, le cœur dans les chaussettes. Je méditais depuis près de dix minutes lorsque j'ai entendu la voix de ma libération.

Léa – Bonjour Sophie ! Je te dérange ? Je me suis permis d'entrer, la porte était ouverte.

J'ai tendu l'oreille pour savoir comment Léa allait réussir à me sortir de ce guêpier.

La mère – Tu ne me déranges jamais ma petite Léa. Ça va ?

Léa – Oui.

La mère – Eugénie et ta mère se portent bien ?

Léa – Oui... Maman a beaucoup de travail en ce moment, elle rentre très tard mais heureusement Eugénie veille sur tout.

La mère – Tu as de la chance d'avoir une grand-mère pareille.

Léa – Je sais. Je suis entourée par deux femmes formidables ! Mais je ne suis pas la seule, Justine a de la chance, elle aussi, d'avoir une mère qui assume comme toi !

Ça y est, je sais quel plan d'urgence elle va utiliser pour m'évacuer de ce bourbier ! Valorisation absolue de ma mère.

La mère – Si seulement ce que tu dis pouvait être vrai...

Léa – C'est vrai ! Tu es une femme hyper séduisante, tu as un mari adorable qui t'aime comme au premier jour...

Elle devrait s'arrêter là, ma mère va lire dans son jeu. Le mari adorable, ça va coincer. Mon père est un ours qui passe son temps à pester. Quant à l'amour comme au premier jour, personne ne peut y croire. Est-ce que, dès le premier jour, mes parents se chamaillaient à propos de la lumière de la salle de bain que ma mère laisse systématiquement allumée ? Ou du paquet de chips que mon père remet vide dans le placard après l'avoir mangé ?

Non !!!

Léa a pourtant continué.

Léa – Tu as deux enfants qui t'aiment et t'admirent. Si tu savais comment Justine me parle de toi.

Stop !!! Je n'ai pas envie de rire mais, même si je suis enceinte de douze mois et condamnée à accoucher seule dans ma chambre, je ne peux pas laisser ma meilleure amie se corrompre à ce point.

Léa – Et puis cette jolie maison... Toujours joyeuse ! Grâce à toi ! Je ne te l'ai jamais dit, Sophie, mais...

Alors ne le dis pas. Je sens que le bouquet final va être monstrueux.

Léa – Tu es un modèle pour moi !

Beurk… J'ai une nausée d'enfer…

À partir de là, je n'ai plus entendu que des hoquets, des reniflements et des « merci ma petite Léa ».

Opération réussie !

Mère autoritaire totalement neutralisée. Aucune victime à déplorer. Extraction de la cible prévue d'ici trois minutes. Terminé.

La mère – Tu voulais parler à Justine ?

Léa – Je voudrais surtout qu'elle redescende, on était en train de réviser la philo.

La mère – Évidemment…

Ma mère s'est précipitée dans ma chambre et m'a dit avec une douceur incroyable :

La mère – Laisse tout ça, ma petite chérie, et file réviser avec Léa, c'est plus important. Je m'occupe du reste.

J'ai demandé pour la forme :

Justine – Tu es sûre ?

Sophie – Certaine. Écoute ta mère et va…

Elle a prononcé cette dernière phrase avec une lumière inquiétante dans les yeux. Un peu comme si elle allait se sacrifier et qu'on ne devait jamais se revoir.

Ma meilleure amie a abrégé les adieux.

Léa – Allez Justine, Hegel nous attend.

Justine – Qui ?

Léa – Hegel, le philosophe dont on était en train de lire le texte quand tu es montée.

Justine – Ah oui… Hegel…

Extraction de la cible en cours. Je répète : extraction de la cible en cours.

ASTUCES

Petits conseils avant l'oral

1 - Préparez vos affaires dès la veille du jour J.

2 - Mettez dans une pochette en carton votre convocation (bien relire l'heure et le lieu), votre pièce d'identité, votre liste de textes (si nécessaire).

3 - Placez dans une pochette en plastique transparent le contenu de votre trousse (trousse opaque interdite).

4 - N'oubliez surtout pas votre montre (important pour évaluer le temps de préparation).

5 - Programmez votre réveil et demandez à un adulte (parent ou ami motivé) de vous réveiller à une heure confortable avant l'heure H (deux réveils valent mieux qu'un).

6 - Prenez un solide petit-déjeuner (en évitant toutefois les aliments gras et les sucres rapides) et une douche revigorante.

7 - Habillez-vous simplement et proprement (les effets de style capillaires et vestimentaires doivent être proscrits ce jour).

8 - À vos marques, prêt, partez…

J'ai attendu qu'on soit en bas des escaliers pour demander à Léa :

Justine – Tu ne crois pas que tu y es allée un peu fort avec ma mère ?

Léa – Pourquoi ?

Justine – Quarantenaire hyper sexy avec un super mari !

Léa – Je le pense vraiment.

Justine – Et moi qui l'admire, tu le penses aussi ?

Léa – Tu ne l'admets pas encore mais un jour ça viendra. Ta mère est une femme formidable.

Justine – Tu plaisantes là ?

Léa – Pas du tout... Tu es tellement préoccupée par ta petite personne que tu ne te rends pas compte de la chance que tu as.

Justine – Léa, tu as quel âge ?

Léa – Dix-huit ans, pourquoi ?

Justine – Parfois j'ai l'impression que tu es un vieux sage tibétain.

Thibault s'est levé de sa chaise dès que j'ai réapparu dans le jardin et il est venu à ma rencontre.

Thibault – Alors ? Ça va ?

Justine – Mouais...

Thibault – Je commençais à m'inquiéter ! Tu étais à peine montée qu'on a vu ton père sortir très énervé suivi par Théo qui lui répétait : « Papa, ne me laisse pas avec les deux agitées... »

Justine – La vie de famille quoi !

Mon prince m'a serrée contre lui et m'a murmuré :

Thibault – Je ne sais pas ce qui se passe mais, ces derniers jours, je te trouve particulièrement belle. Comme si quelque chose de nouveau s'était éveillé en toi.

Je crois que je vais vomir...

Je me suis efforcée de sourire comme si son compliment m'allait droit au cœur et ne possédait aucun double sens possible. Il faut absolument que j'aille à la pharmacie et que je sache la vérité sur mon état.

Mais pourquoi Léa s'est-elle replongée dans son bouquin de philo ? Elle trouve que c'est le moment de réviser ?

Je me suis assise à côté d'elle en tapotant nerveusement des doigts pour attirer son attention. Elle a continué à lire.

Nicolas a levé les yeux de ses fiches.

Nicolas – Arrête de tambouriner sur la table, Justine, c'est pénible. Déjà que je n'arrive pas à me concentrer. Le flamenco, une danse ou un art de vivre ? Je t'en foutrais moi de l'art de vivre !

Le silence s'est de nouveau abattu sur le jardin. Tout le monde avait le nez dans ses livres.

Mai, juin, juillet, août, septembre, octobre, novembre, décembre, janvier... Si je suis tombée enceinte en avril, ça sera pour le mois de janvier. Trop mignons les bébés en hiver dans leur petite combinaison de ski, on dirait des Esquimaux. En plus, si le nôtre a les yeux de Thibault et ma fossette au menton, il sera complètement craquant.

Non, mais ça ne va pas, qu'est-ce que je raconte ? Je suis en plein délire...

Léa – Carte bleue !

Quoi carte bleue ? Je ne suis pas la seule à devenir dingue.

Léa – « Léa, tu as gardé ma carte bleue et je suis à la librairie de la rue piétonne à la caisse. »

Léa, le portable à la main, lisait un SMS qu'elle venait de recevoir.

Léa – « Je t'attends, dépêche-toi. Eugénie. » Il faut que j'y aille.

Thibault – Tu veux que je t'accompagne en scoot ? On en a pour une minute.

Léa – Non merci, ça va m'obliger à bouger un peu. Il faut que j'élimine le moelleux au chocolat.

Ce n'est vraiment pas ma chance. Moi qui ai absolument besoin de Léa, voilà qu'elle part rejoindre sa grand-mère.

Léa – Justine, tu m'accompagnes ?

Mais oui, bien sûr ! Quel génie cette fille ! On file rendre sa carte à Eugénie et au retour on achète mon test.

Avant que j'aie pu réagir, Ingrid s'est précipitée :

Ingrid – Moi, je serais contente de t'accompagner, Léa.

Léa – C'est vrai ?

Ingrid – Oui.

Léa – C'est trop gentil !

Léa a attendu puis elle s'est penchée vers la peste pour lui chuchoter discrètement quelques mots à l'oreille. Ingrid m'a regardée à la dérobée et elle a déclaré de façon très convaincante :

Ingrid – Si seulement je n'avais pas tant de choses à réviser...

Léa – Je comprends. Et toi, Justine, tu es d'accord pour venir ?

Justine – OUI !!!

Jim, qui était jusque-là complètement absorbé par des exercices de physique, a levé la tête.

Jim – Quel enthousiasme...

Léa – Tout, plutôt que réviser le bac !!!

Nicolas – Magnifique devise.

Jim – Oui, d'ailleurs je propose qu'on la fasse graver sur le mur de pierre entre les deux angelots.

Thibault – Excellente idée. Allons chercher les outils, compagnons !

Et tandis qu'on filait avec Léa par la rue côté jardin, on a entendu les garçons répéter façon les trois mousquetaires : « Tout plutôt que réviser le bac... »

Je n'ai pas attendu qu'on ait parcouru dix mètres pour demander à la sorcière ce qu'elle avait murmuré à Ingrid.

Justine – Tu ne lui as quand même pas dit pour mon retard ?

Léa – Bien sûr que si. D'ailleurs elle voudrait être la marraine du petit !

Justine – C'est vrai ?

Léa – Oh Justine, ce que tu peux être fatigante... Allez, direction la pharmacie.

Justine – On ne rapporte pas sa carte bleue à Eugénie d'abord ?

Léa – Quelle carte bleue ? Je n'ai pas sa carte bleue moi !

Quel génie ! Elle n'a jamais reçu de SMS...

Léa – Si, celui que je me suis envoyé avant de monter te chercher.

Justine – Sorcière !

Léa – Très bonne horrible meilleure amie de sorcière !

Durant tout le chemin, on a imaginé comment j'allais demander le test de grossesse à la pharmacienne.

Justine – Je peux la jouer scientifique. Pourriez-vous me fournir un test permettant de détecter la présence de l'hormone HGC secrétée dès l'implantation de l'œuf dans l'utérus, s'il vous plaît madame ?

Léa – Comment tu connais ça toi, l'hormone HGC ?

Justine – C'est mon cours de SVT sur la reproduction. Ça sert parfois d'aller en cours !

Léa – Tu aurais dû écouter davantage la leçon sur les préservatifs.

Justine – Je te rappelle que je n'ai pas eu à l'écouter puisque je m'en suis chargée moi-même.

Léa – Ah bon ?

Justine – Tu ne te souviens pas de Théo et du gonfleur de ballons ?

Léa a éclaté de rire.

Encore un épisode de ma vie dont je ne suis pas très fière. Je vous le raconte ? Ça m'est égal, je ne suis plus à ça près.

La prof de SVT m'avait chargée d'un exposé sur les préservatifs. Pour ce faire, elle m'avait confié un pénis en plastique en phase érectile. Je devais, après les vacances de la Toussaint, expliquer à la classe tout entière comment mettre habilement une capote. Il fallait donc que je me familiarise avec l'instrument puisque, à l'époque, je n'en avais jamais vu en vrai... je veux dire dans son milieu naturel. Enfin, vous me comprenez !

Sauf que, le jour où j'ai décidé de m'entraîner discrètement dans ma chambre, Théo, mon petit frère, a débarqué. Dans sa grande innocence, il a pris la chose pour un gonfleur et les préservatifs pour des ballons. J'aurais peut-être pu gérer la situation si Nicolas et Thibault n'avaient pas débarqué alors que j'avais l'objet du délit en main.

Justine – Oh j'avais été ridicule ce jour-là encore ! Pourquoi il m'arrive tout ça à moi ?

Léa – Parce que tu es curieuse, ouverte à toutes les expériences de la vie...

Justine – Mais toi, tu es vivante et tu ne te retrouves pas dans des situations aussi rocambolesques.

Léa – Ah bon, tu trouves ? Amant qui apparaît et disparaît, grand-mère qui fait une réaction folle à un anesthésique et s'enfuit de la clinique en chemise de nuit, perte de ma valise à Londres, notaire qui sonne à ma porte le soir de mes dix-huit ans... Je continue ou ça te suffit ?

Justine – Ça me suffit.

Léa – Alors reprenons la demande du test de grossesse à la pharmacie. Tu pourrais la jouer jeune mariée attendant avec impatience la nouvelle qui rendra folle de joie toute la famille : « Bonjour madame, mon mari m'attend en double file dans la voiture, je souhaiterais un test qui viendrait confirmer nos heureux doutes. ».

Justine – C'est assez nul.

Léa – J'en conviens. J'ai une autre idée : on la braque !

Justine – Quoi ?

Léa – Je fais semblant d'avoir un flingue dans mon sac et toi, tu hurles à la pharmacienne : « File un test de grossesse ou je te descends, vite ! »

Justine – Tu veux vraiment faire ça ?

Léa – Non...

Nous avons continué à marcher en cherchant une solution à notre problème.

Léa – J'ai trouvé ! Tu vas te présenter façon Ingrid, en pécheresse repentante : « Pardon, mille pardons... Auriez-vous un test qui vienne confirmer ma très grande faute ? ».

Justine – Tu trouves que j'ai commis une très grande faute ?

Léa – Oui, mais que les choses soient claires. La faute, c'est de ne pas avoir mis de capote, pas d'avoir fait l'amour avec Thibault !

Justine – Léa...

Léa – Oui ?

Justine – On est arrivées devant la pharmacie.

Léa – Je sais...

Justine – On fait quoi ?

Léa – On entre et tu demandes très simplement : « Bonjour madame, je souhaiterais un test de grossesse. ».

Justine – Et c'est tout ?

Léa – Oui... Enfin non... Tu attends qu'elle te le donne, tu payes et on s'en va.

Justine – Je n'ai pas pris d'argent !

Léa – T'inquiète, j'en ai.

Léa m'a tendu vingt euros.

Justine – Tu crois que ça suffira ?

Léa – Je ne sais pas. En tout cas, c'est tout ce que j'ai. Allez, courage !

J'ai respiré un grand coup et j'ai marché jusqu'au comptoir où trônait en reine mère la pharmacienne.

Justine – Bonjour madame.

La pharmacienne – Bonjour jeune fille !

Ça commence bien. Jeune fille !!!

Léa m'a donné un léger coup d'épaule pour que je fasse ma demande.

Justine – Bonjour madame.

Non, ça, je l'ai déjà dit.

Justine – Je voudrais... Je voudrais...

– Ah mais c'est ma petite Justine ! Je n'étais pas sûre de dos. Tu as tellement grandi.

Je me suis retournée, rouge de honte, en entendant cette voix identifiable entre mille. Mme Raisonnier, mon institutrice de CM1. Toujours aussi vieille.

Mme Raisonnier – Et c'est la belle Léa qui l'accompagne... Inséparables comme les oiseaux du même nom ces deux-là. Je suis vraiment contente de vous voir. Racontez-moi un peu ce que vous devenez !

Alors voilà, pour moi, c'est simple, je suis enceinte à dix-sept ans de mon voisin que je connais depuis peu et je vais devoir renoncer à mes études de médecine pour élever cet enfant.

Léa a pris la parole pour m'éviter un dérapage.

Léa – Nous sommes en terminale, à J moins 12 du bac. C'est le grand stress ! Nous sommes venues acheter de la vitamine C pour tenir le coup.

Mme Raisonnier – Parfait ! Je suis certaine que vous obtiendrez votre examen avec mention. Tu aimes toujours autant lire, Léa ?

Léa – Oui !

Mme Raisonnier – Tu dévorais un nombre incroyable de romans quand tu étais petite. Dès que tu avais fini tes exercices de maths, tu me demandais la permission d'aller lire sur les grands coussins au fond de la classe, tu te souviens ?

Léa – Oui. Je me rappelle même que vous m'aviez offert le premier tome d'une trilogie d'heroic fantasy que j'ai encore : *Ellana* !

Mme Raisonnier – Exact. Et toi, ma petite Justine ? Tu cherches toujours le trésor de Rackham le Rouge ?

C'est quoi cette histoire de Rackham le Rouge ?

Mais pourquoi les gens se souviennent-ils toujours de moi pour des raisons totalement absurdes ?

Mme Raisonnier – Tu répétais que tu voulais embarquer à bord du chalutier *Sirius* pour découvrir un trésor caché dans l'épave de *La Licorne*. Tu avais fabriqué de faux parchemins qui faisaient l'admiration du petit Lucas. C'était ton amoureux, je crois...

Pas du tout. Je ne le supportais pas. Il ressemblait au Brice qui est dans ma classe. Le genre fayot assis au premier rang.

Mme Raisonnier – Tu te souviens qu'un jour tu as failli mettre le feu à ta chambre en voulant brûler tes feuilles de Canson façon vieux manuscrits ?

Ah ça, je m'en souviens. Surtout de la crise de ma mère !

Mme Raisonnier – Quelle maladroite tu faisais. Bon, je bavarde, je bavarde mais ce n'est vraiment pas le moment. Prenez vite votre vitamine C et retournez travailler.

Justine – Quelle vitamine C ?

Mme Raisonnier – Vous ne vouliez pas acheter de la vitamine C ?

Léa a repris les choses en main.

Léa – Oui et quelque chose pour la mémoire de Justine, elle a l'air d'en avoir besoin.

Mme Raisonnier est partie dans un fou rire ultra juvénile qui a duré un temps infini.

Je crois qu'à force de fréquenter les enfants les enseignants gardent une certaine fraîcheur. À moins que, n'ayant pas réussi à grandir, ils choisissent ce métier pour vivre avec des êtres qui leur ressemblent.

Notre vieille institutrice a sorti son porte-monnaie et elle a ordonné à la pharmacienne :

Mme Raisonnier – Une boîte de vitamine C pour chacune et c'est moi qui paie. Je veux participer à leur réussite au bac !

Léa – Mais c'est déjà le cas, madame Raisonnier, vous nous avez donné le goût de l'école et c'est grâce à vous que nous aimons étudier.

Mme Raisonnier a rougi. Même la reine mère à sa caisse a eu l'air émue. Quelle tueuse cette Léa, elle touche tout le monde avec ses mots !

Après nous avoir remis à chacune notre petite boîte, Mme Raisonnier nous a embrassées chaleureusement et nous a souhaité bonne chance. Nous sommes sorties de la pharmacie sous le regard bienveillant des clientes qui étaient arrivées dans l'intervalle.

Lorsqu'on s'est retrouvées dans la rue, j'ai demandé à Léa :

Justine – Et on fait quoi maintenant ?

Léa – On va jusqu'à la pharmacie du gymnase, on est grillées dans celle-là. Tu veux qu'on s'achète un Magnum double chocolat pour la route ?

Justine – Non, j'ai envie de vomir. Et en plus, il faut qu'on garde nos vingt euros.

Léa – Tu as raison !

Il nous a fallu plus d'un quart d'heure pour gagner l'autre pharmacie. Cette fois, nous étions fin prêtes. Léa ferait le guet afin de me prévenir en cas de débarquement intempestif d'une institutrice à la retraite et moi, je demanderais sans sourciller mon test de grossesse. Après tout, nous avions la chance de vivre en France au XXIe siècle.

Vous ne me croirez peut-être pas mais, cette fois-ci, tout s'est déroulé exactement comme prévu. Je suis sortie de l'officine en moins de quatre minutes, le test à la main. J'ai chuchoté :

Justine – Yes !!! Le problème est réglé.

Léa – Disons que la première étape du problème est réglée.

Léa avait raison. Je n'étais qu'au début d'un processus qui pouvait s'avérer long et très compliqué. J'ai senti comme une main de géant écraser mon cœur dans ma poitrine.

Léa m'a prise par l'épaule.

Léa – Respire. Je suis là et quoi qu'il se passe par la suite, je serai toujours là pour toi.

Dérapages incontrôlés

Nicolas – Où est-ce que vous étiez passées ? Ça fait au moins une heure et demie que vous êtes parties. Pour un aller-retour à la rue piétonne, ça fait beaucoup, non ?

Léa – On est revenues, c'est ce qui compte...

Ingrid la blanche est immédiatement intervenue pour plus de paix à la maison bleue.

Ingrid – Oui, Léa a raison ! Tu t'inquiétais mais elles sont de nouveau parmi nous, réjouissons-nous.

Nicolas – Qu'est-ce que vous avez foutu tout ce temps ?

Léa m'avait briefée sur le chemin du retour. Elle m'avait prévenue qu'on nous questionnerait sur notre retard et qu'il ne faudrait ni rougir ni gaffer. Après une simulation de questions imaginaires : « Où étiez-vous ? Que faisiez-vous ? Pourquoi n'avez-vous pas répondu à nos appels ? » à laquelle j'avais lamentablement échoué, il avait été décidé que je me tairais.

Je gardais donc le silence tandis que Nicolas, l'air mauvais, nous soumettait à un interrogatoire en règle.

Nicolas – Je ne comprends pas... Pour apporter une carte bleue dans la rue piétonne, il faut quoi ? Dix minutes aller, dix minutes retour, plus dix minutes pour bavarder avec Eugénie. Ça ne fait pas une heure et demie.

Léa s'est assise et a ouvert son livre de philo sans un mot. Comme je restais debout, elle m'a montré du doigt la chaise à côté d'elle. Je l'ai rejointe. Mon cousin a continué :

Nicolas – Alors Léa, quel est le problème ?

Léa – Il n'y a pas de problème.

J'ai pris mon livre de physique et j'ai fait semblant de lire. Je n'étais pas la seule. On mimait tous le même personnage : lycéen à J moins douze du bac hyperconcentré sur ses révisions. En réalité, chacun sentait l'orage gronder et se préparait au déluge.

Nicolas – Je t'ai appelée trois fois sur ton portable et trois fois sur celui de Justine.

Léa – On n'a pas entendu.

Nicolas – C'est ça...

Re-séance générale de mime, le nez de chaque individu dans son bouquin.

Nicolas – Pour une fille qui se targue d'être hyperattentive aux autres, tu n'as pas pensé à appeler ?

Léa – Pour parler de quoi ?

Là, je dirais que le livre est désormais un bouclier permettant de se protéger des dommages collatéraux de l'affrontement Léa-Nicolas qui promet d'être sanglant.

Nicolas – Oh je ne sais pas moi, par exemple : « Nicolas, ne t'inquiète pas, je tarde un peu mais j'arrive. »

Léa – Tu t'es inquiété ? On est en pleine journée, tu sais, il ne pouvait pas nous arriver grand-chose.

Nicolas – Tu te fous de moi ?

Tous aux abris...

Léa a posé son livre fermement sur la table et, regardant mon cousin d'un œil noir, elle lui a dit en détachant chaque mot :

Léa – Tu ne me parles pas comme ça ! Je n'ai aucun compte à te rendre.

Ingrid a tenté une diversion.

Ingrid – Allons, allons... Calmons-nous. Je vous sens tous les deux tendus et agacés alors qu'au fond il n'y a que de l'amour entre vous.

Son message « peace and love » n'a pas amélioré la situation. Je dirais même qu'il l'a précipitée vers le drame.

Mon cousin a jeté violemment son livre sur la table, faisant tomber les quatre Stabilo jaune, orange, vert et bleu dressés comme des quilles. Strike !!!

Ah et le Tipp-Ex aussi. Double strike.

J'ai l'air de plaisanter là mais en réalité, j'angoisse à mort. Je ne supporte pas les tensions.

Nicolas – Ah bon, tu n'as pas de comptes à me rendre. On n'est pas ensemble peut-être ?

Léa – Je ne vois pas en quoi le fait d'être avec toi m'obligerait à te donner mon emploi du temps, heure par heure. Je suis libre et tu as intérêt à t'en souvenir.

Nicolas – Ah ça, je m'en souviens ! Difficile de faire autrement... Madame a sa vie et l'ombre d'un homme en noir plane sur notre histoire. Un SMS de lui et madame disparaît !

Ah ben le voilà le problème.

Nicolas pense que Léa lui a menti à propos du SMS reçu. Il se trompe, il suffit de le lui dire.

Oui, mais ça va être difficile parce que Léa lui a effectivement menti pour des raisons inavouables.

Je ne sais pas comment nous allons nous sortir de ce méli-mélo.

Léa – Je n'ai pas reçu de message de Peter et je ne suis pas allée le rejoindre.

Nicolas – Ah bon ? Tu es sûre ?

Léa – Certaine.

Pauvre Léa, pour la deuxième fois de la journée, on lui demandait de se justifier. Tout à l'heure, c'était moi. Maintenant mon cousin. Une famille aussi jalouse justifiait qu'on s'énerve.

Nicolas m'a demandé :

Nicolas – Et toi Justine, tu ne dis rien ? Tu as fait quoi, pendant tout ce temps, dans la rue piétonne ?

Justine – ooç&»!bcj,httèfye&!(«r

Oh non, si je commence à répondre comme Prozac, je ne résisterai pas longtemps à son interrogatoire.

Léa est immédiatement venue à mon secours.

Léa – Nicolas, tu laisses Justine en dehors de cela, s'il te plaît. Le problème est entre toi et moi.

Nicolas – Content de t'entendre enfin avouer qu'il y a un problème.

Léa – Ah oui et même un gros ! Le manque de confiance dans une relation, c'est insupportable.

Nicolas – Exact !

Thibault qui, comme nous tous, sentait que Nicolas maîtrisait de moins en moins sa colère, est intervenu :

Thibault – Peut-être serait-il plus sage d'arrêter cette discussion pour l'instant. Vous pourriez la reprendre un peu plus tard au calme et en tête à tête.

Aucune réponse. Nicolas et Léa ont continué à se regarder comme dans les westerns au moment où chacun a son arme pointée sur l'autre et qu'on se demande qui va tirer le premier. J'ai cru entendre l'harmonica.

Thibault a continué.

Thibault – Justine, tu veux bien m'aider à mettre les verres dans le lave-vaisselle ?

Justine – bé(!àèb!yc!r»br(d

Ah non, là j'exagère. Je dois pouvoir répondre à mon prince, la question qu'il pose est simplissime. Allez, un effort !

Justine – Avec plaisir, le lave-vaisselle dans les verres, moi aider toi.

Si on s'attache à la syntaxe, il est clair que ma phrase laisse à désirer mais si on accepte une part d'aléatoire dans l'ordre des mots, on peut comprendre le sens premier. Mon cousin m'a jeté un regard noir.

Nicolas – Tu as retrouvé ta langue, toi ? Elles sont vraiment formidables ces deux-là, vous ne trouvez pas ? Une véritable association de malfaitrices.

Thibault – Ne va pas trop loin Nicolas, s'il te plaît. Je te rappelle que tu parles de Justine et de Léa.

Nicolas – Je suis au courant. Malheureusement, je les connais mieux que toi et je sais de quoi elles sont capables pour se couvrir ! Tu devrais demander à ma chère cousine ce qu'elle fabriquait dans la rue piétonne, je suis certain que tu serais très étonné par sa réponse.

Thibault a semblé ennuyé par la remarque de Nicolas.

Ah la voix de Iago qui vous souffle perfidement que vous avez des raisons d'être jaloux. Cette voix que vous ne voulez pas entendre mais qui vous grignote peu à peu le cerveau. Je la reconnais. Elle va faire son œuvre et fissurer la confiance que mon prince a en moi.

Thibault – Bon Justine, finissons-en. Peux-tu dire à Nicolas que tu n'as pas servi d'alibi à Léa pour rejoindre Peter ?

Nicolas – Oui excellente idée ! Jure-nous ça sur la tête de Théo ! Et si Léa acceptait de nous montrer le SMS de sa chère grand-mère, ce serait encore mieux. Remarque, je suis stupide, si ça se trouve Eugénie est dans le coup.

Jim qu'on n'avait pas entendu depuis notre retour a apostrophé violemment les garçons.

Jim – Mais vous n'allez pas bien tous les deux ! C'est quoi ces méthodes ? Vous savez que le manque de confiance en l'autre révèle surtout un manque de confiance en soi ?

Nicolas – Tu nous lâches, Jim. C'est pas parce que tu as avalé un livre de psychanalyse pour enfin préparer ton bac qu'il faut nous donner des leçons.

Cette dernière remarque est d'une bassesse effroyable. Il n'est pas question que je laisse passer ça.

Justine – Bravo Nicolas, c'est délicat. On sent vraiment que Jim est ton meilleur ami.

Nicolas s'est mordu la lèvre mais ne s'est pas excusé pour autant. Jim a réagi au quart de tour :

Jim – Laisse, Justine, ça n'a aucune importance. Je suis sincèrement désolé de ne pas être un petit lycéen. Je dois donc « avaler » des livres à mes heures perdues pour essayer d'être à la hauteur de mes chers amis. Je vois que malgré mes efforts je suis toujours ramené à ma misérable condition.

Nicolas – Fais pas chier avec tes complexes Jim, c'est pas ce que j'ai voulu dire.

Jim – Non, pourtant tu l'as pensé tellement fort ! C'est fou comme un garçon en colère devient vite mesquin.

Nicolas – Je ne suis pas mesquin mais je n'ai pas envie de me faire avoir par deux menteuses et un niais qui les soutient.

Jim – C'est moi le niais ?

Nicolas – Je crois bien, ouais...

Jim – Tu sais ce qu'il te répond le niais ?

Jusqu'à quand allait-on échanger des horreurs alors que la vérité était toute simple ? J'ai hurlé pour les faire taire.

Justine – Stop !!! Je crois que je suis enceinte !

Le silence s'est abattu sur la maison bleue. Le mot silence n'est pas le terme qui convient. Infra-silence serait plus approprié. Le son du rien comme on l'entend sous la mer à des profondeurs extrêmes.

Puis la vie s'est de nouveau frayé un chemin. Un chemin assez violent d'ailleurs, parce que Thibault dont je n'avais jamais entendu la voix à pleine puissance a hurlé :

Thibault – QUOI ???

J'ai répété mon nouveau mantra.

Justine – Je crois que je suis enceinte.

Thibault – Tu peux expliquer ?

Que veut-il que je lui explique ? Comment une fille tombe enceinte ? Il ne le sait vraiment pas ? Aurait-il fait les TP avec moi avant d'apprendre le cours ?

J'allais répondre à sa question lorsque la douce voix de ma mère, depuis la fenêtre du salon, est parvenue à mes oreilles.

La mère – Justiiiiiiine !

Mon cœur s'est mis à battre la chamade. M'avait-elle entendue hurler il y a quelques secondes ? J'ai lancé un timide :

Justine – Oui, maman ?

La mère – Tu m'as appelée ?

Justine – Non...

La mère – Ah pardon, j'ai cru. Désolée de vous avoir dérangés en plein milieu de vos révisions studieuses et calmes.

Le sixième sens des mères est donc bien une énorme fumisterie.

J'ai continué ma confession.

Justine – J'ai une semaine de retard et comme nous étions dans la rue piétonne, j'en ai profité pour acheter un test de grossesse au retour. Ça a été un peu plus long que prévu.

Avez-vous apprécié à sa juste valeur ma dernière réplique qui sous-entend que nous sommes allées dans la rue piétonne pour une raison et que cela nous a permis dans un second temps de trouver le fameux test ?

Je viens d'acheter la paix sociale pour dix-sept euros soixante. Dix-sept euros soixante, c'est le prix de mon test de grossesse. Enfin de deux. Il y avait une promo. Dix euros cinquante le test ou dix-sept euros soixante les deux et la pharmacienne m'a conseillé d'en profiter. Il vaut toujours mieux recommencer l'examen à une journée d'intervalle.

Thibault – Et tu comptais m'en parler quand ?

Justine – De quoi ?

Thibault – À ton avis Justine ???

Justine – De mon retard ?

Thibault – Appelle ça comme tu veux. Je connais bien les liens qui t'unissent à Léa cependant il aurait été plus normal d'en parler avec moi d'abord, non ?

Une fois encore, ma meilleure amie a tenté de me sauver la mise.

Léa – Je peux t'expliquer comment les choses se sont passées, Thibault. Il n'a pas été question une seule seconde de te mettre à l'écart. C'est juste que...

Thibault – Je te remercie Léa mais je crains que cette discussion ne te regarde pas. Après ces révélations publiques, je souhaite entendre Justine en tête à tête maintenant.

Thibault venait d'intimer l'ordre à Léa de se taire et même s'il l'avait fait façon « fils d'ambassadeur » : petit sourire, tête légèrement penchée sur la gauche et regard bienveillant, tout dans sa voix indiquait une colère froide. Léa ne s'y est pas trompée, elle n'a pas cherché à argumenter.

Mon prince s'est retourné vers moi. J'ai bien compris qu'il attendait que je le suive dans le salon mais je n'ai pas réussi à bouger.

– Bonjour tout le monde...

Eh bien, il ne manquait plus qu'elle... Ambre, toujours aussi ravissante, venait d'entrer dans le jardin côté cour. Personne n'a répondu à son salut. Elle a souri un peu gênée.

Ambre – Si je dérange, dites-le-moi.

Silence épais. Puis Jim a dû sortir de la mélasse dans laquelle on était englués parce qu'il a littéralement sauté de sa chaise pour accueillir sa petite amie.

Jim – Ah te voilà ! Non, tu ne déranges pas du tout...

Je ne voudrais pas être désagréable mais si je reprends la définition du verbe déranger, verbe transitif, du premier groupe :

> *1) Gêner le cours normal de quelque chose, contrecarrer un ordre établi.*
> *2) Ne pas être conforme aux idées courantes.*
> *3) Obliger quelqu'un à se déplacer, à interrompre ses occupations, son travail.*
>
> *Synonymes : importuner, gêner, ennuyer.*

Je dirais que sa présence correspond très exactement au sens du mot dans le Larousse.

Je lui fais une sortie papier de la définition pour qu'elle se rende compte par elle-même ?

Jim – On était juste en train de discuter de... de...

Jim n'a pas pu terminer sa phrase. J'ai senti son désir de vouloir à la fois intégrer Ambre dans le groupe et de protéger mon intimité. Il m'a regardée, ennuyé. Notre malaise en duo n'a pas échappé à la jeune avocate.

Ambre – Bon, ben je crois qu'il vaut mieux que je revienne une autre fois.

Comme personne ne la retenait, elle a ajouté :

Ambre – Ou pas du tout d'ailleurs, ce serait peut-être plus intelligent.

Elle a prononcé ces derniers mots d'une voix grave qui a sonné comme la fin de sa relation avec Jim. J'ai été tentée un quart de seconde de me réjouir de la voir disparaître de notre clan puis j'ai pensé à la tristesse de celui qui était mon ami. Alors j'ai dit :

Justine – On discutait de mon retard...

Ambre m'a regardée comme si elle attendait la suite. Quoi, cette révélation ne lui suffit pas ? Elle ne provoque pas chez elle un infrasilence sous-marin ?

Elle m'a demandé :

Ambre – Ton retard ? Dans tes révisions ?

C'est vrai que, sans contexte, le mot retard n'est pas immédiatement compréhensible. J'ai précisé :

Justine – J'ai une semaine de retard pour mes règles. J'ai peur d'être enceinte.

Ambre – De Jim ?

Quoi de Jim ? Elle est folle... Elle trouve que ce n'est pas suffisamment la pagaille cet après-midi à la maison bleue ? Évidemment la question n'a pas échappé à Thibault, titillé par le perfide Iago.

Thibault – Formidable ! Justine est peut-être enceinte de moi, c'est à Léa qu'elle l'annonce en premier et les autres pensent que l'enfant est de Jim.

le savais-tu ?

Qui était le Iago de Shakespeare ?

Dans Othello ou le Maure de Venise, *Othello, « noble Maure » tout juste marié à Desdémone, est nommé gouverneur de Chypre. Iago, qui convoitait sans succès la place de second d'Othello, tient ce dernier pour responsable et décide de se venger de lui.*

Première étape :

Il manœuvre pour supprimer Cassio le lieutenant d'Othello (il l'enivre, déclenche une émeute et s'arrange pour le faire dégrader).

Deuxième étape :

Il fait germer la jalousie dans l'esprit de son seigneur, en lui faisant croire que Desdémone le trompe avec son lieutenant. Il recourt à un nombre incalculable de stratagèmes odieux qui, peu à peu, portent leurs fruits.

Troisième étape :

Il convainc Othello de tuer son épouse. Othello étouffe Desdémone puis, comprenant son erreur, se suicide à côté d'elle…

Ingrid, rattrapée par sa mission « Ramenons la paix sur terre », a tenté une phrase de réconciliation.

Ingrid – Peu importe le père, ce sera l'enfant de l'amour.

Thibault s'est retourné vers elle et a hurlé :

Thibault – Ta gueule, toi !!!

On est tous restés saisis. Même si, sur le fond, nous partagions l'agacement de Thibault, il y a eu une levée de boucliers pour défendre Ingrid.

C'est fou les jeux d'alliance dans un conflit. On dirait mon cours d'histoire de l'an dernier sur la Seconde Guerre mondiale.

Étape 1 : Nicolas déclare la guerre à Léa. Je me mets évidemment dans le camp de ma meilleure amie.

Étape 2 : Thibault rejoint le camp de Nicolas. Jim ne prend pas parti.

Étape 3 : Jim passe ostensiblement du côté des forces alliées, faisant basculer légèrement l'équilibre.

Étape 4 : Thibault commet une erreur diplomatique. Agression inutile sur pays neutre et c'est la redistribution totale des cartes.

Étape 5 : Thibault se retrouve isolé face à l'ensemble des forces alliées.

Je suis certaine que si un politologue avisé avait ces données en main, il pourrait bâtir une théorie servant de modèle pour les conflits internationaux à venir.

En tous les cas, l'agression d'Ingrid a signé une déclaration de guerre générale durant laquelle on s'est tous dit des horreurs.

Lorsque les troupes, en manque de munitions, se sont retrouvées face à face totalement épuisées, le désarroi s'est lu sur les visages.

On fait quoi après une guerre quand les ennemis enterrent leurs fils, regardent leurs maisons éventrées et savent pertinemment qu'il n'y a aucun sens à donner au désastre ?

Moi, en tout cas, j'ai pleuré. Suivie de près par Léa et Jim.

Nicolas a shooté dans tout ce qui se trouvait sous ses pieds. Thibault a tenté d'enfoncer à plus de trois mètres de profondeur le pied du parasol. Ingrid a soupiré comme si le monde entier venait de s'effondrer sur ses sandales monacales et Ambre a toussé façon plantation de cactus dans le larynx.

Je ne pourrais pas vous dire combien de temps ça a duré. Une éternité... voire plus... Puis Nicolas a murmuré :

Nicolas – Léa, Jim et Justine, je vous demande pardon, je suis sincèrement désolé. Je ne sais pas ce qui m'a pris. Je suis fou amoureux de Léa et l'idée qu'elle puisse me quitter pour Peter me rend malade. J'y pense tout le temps, je n'arrive plus à rien. Dès que son téléphone sonne, dès qu'elle a une minute de retard, dès qu'elle a le regard au loin, j'ai le cœur qui se serre. Je ne sais plus quoi faire... Je deviens dingue et je me trouve nul.

Léa s'est levée et est allée le rejoindre alors qu'il était tout recroquevillé sur sa chaise. Elle lui a caressé les cheveux. Nicolas a posé sa tête à lui sur son ventre à elle.

À la vue de cette scène, mes sanglots ont redoublé d'intensité, alors Thibault m'a prise dans ses bras et m'a embrassée avec tendresse.

Après, je ne sais plus... Je n'ai plus rien vu à travers mes larmes. Ah si ! Ambre a consolé Jim, et Ingrid est allée mettre les verres dans le lave-vaisselle.

Lorsqu'elle est revenue de la cuisine, mon prince s'est adressé à elle :

Thibault – Ingrid, je voudrais te présenter mes excuses pour la grossièreté avec laquelle je me suis adressé à toi, tout à l'heure. Je suis désolé.

Ingrid – Ne t'inquiète pas Thibault, je te pardonne de tout cœur. Un vent de folie a soufflé sur la maison bleue, nous sommes tous responsables. Ceux qui ont parlé et ceux qui se sont tus. Ceux qui ont blessé et ceux qui ont reçu les coups.

C'est beau ce qu'elle vient de dire... J'ai l'impression qu'Ingrid s'est transformée, qu'elle n'est plus la même personne.

Ingrid – Il n'y a franchement pas péril en la tumeur...

Ah non, c'est bien notre Ingrid nationale, princesse des proverbes et des aphorismes tordus. Ouf ! On a besoin de valeurs sûres dans la vie.

Thibault a continué :

Thibault – Je voudrais aussi présenter mes excuses aux autres. Ma potentielle future paternité m'aura rendu idiot, je suppose.

Au mot paternité, toute mon anxiété est revenue d'un coup. Il faut absolument que Léa lâche la tête de Nicolas pour venir avec moi dans la salle de bain. J'ai lu le mode d'emploi du test mais je préférerais qu'elle confirme ce que je dois faire.

Ah mais, je ne peux pas lui demander de m'accompagner dans le trip « pregnant or not pregnant ? », Thibault va me reprocher de le mettre à l'écart.

Oui mais je ne vais quand même pas me retrouver dans la salle de bain avec mon prince et faire pipi devant lui ?

Je crois que c'est le moment de m'avouer qu'il faut que j'y aille seule et que si j'ai été assez adulte pour concevoir un bébé, je dois être assez autonome pour appliquer un mode d'emploi.

Peut-être... Pourtant je souhaiterais qu'on tienne compte du fait que je n'ai que dix-sept ans. À sept ans près, je n'ai que dix ans... Ce n'est pas beaucoup. C'est vrai qu'à sept ans près, dans l'autre sens, j'ai vingt-quatre ans. C'est beaucoup plus.

Bon, j'arrête mes divagations. J'ai dix-sept ans un point c'est tout. Je me lève et je vais dans la salle de bain. Ce sera mon premier geste d'ado un peu adulte.

GO !!!

On ne peut pas attendre ? Je pourrais le faire tranquillement ce soir à la maison...

Avec ma mère qui tambourinera à la porte de la salle de bain parce qu'elle voudra ses lingettes démaquillantes ? Avec Théo-Tobie le détective qui récupérera la pièce à conviction dans la poubelle ? Avec mon père qui me dira en me voyant sortir : « Bonne nuit mon bébé » ???

Non, je ne pense pas que ce soit une bonne idée.

Et si je fuguais ? Est-ce que ce ne serait pas LA solution ?

En même temps, si je fugue, j'emporte le problème et le test de grossesse avec moi. Aucun intérêt.

Alors que mon cerveau commençait franchement à entrer en ébullition, Thibault m'a chuchoté :

Thibault – D'ici un quart d'heure, quand les choses se seront calmées et que tout le monde aura repris ses révisions, va discrètement dans la salle de bain avec Léa. Ce sera plus pratique avec elle. Moi, je t'attendrai dans la chambre. D'accord ?

J'ai reniflé un grand coup en guise de oui.

Thibault a continué :

Thibault – Quels que soient les résultats, on en parlera ensemble et on assumera ensemble. D'accord ?

Je me suis essuyé les yeux avec la manche de mon tee-shirt, étalant probablement le peu de mascara restant, parce que mon prince m'a dit :

Thibault – Tu es très jolie en petit panda. Si tu veux, je te cuisinerai des feuilles d'eucalyptus.

J'ai évidemment repleuré un long moment puis j'ai réussi à lui murmurer :

Justine – Merci pour les feuilles d'eucalyptus et pour le reste...

Effectivement, il n'a pas fallu longtemps pour que la vie reprenne son cours. Bien sûr, je n'affirmerai pas qu'il y avait une ambiance folle à la maison bleue mais chacun tentait de reconstruire l'unité du groupe. Un petit mot par-ci, une blague par-là...

Nicolas – Don Quichotte de la Manche ! Mais qu'est-ce que j'en ai à foutre d'un pauvre type qui se bat avec des moulins ?

Ambre a pris le texte que mon cousin tenait en main.

Ambre – Tu ne devrais pas en parler comme ça. C'est un personnage incroyable, tu sais ! Un être idéaliste qui rêve le monde. Il te paraît ridicule mais il l'est certainement moins que beaucoup d'entre nous.

Nicolas – Ah bon ?

Ambre – Oui, je t'assure. Même si cet homme est infantile et impuissant, il contribue à la vérité en démasquant l'imposture de la société.

Nicolas – Et tu as vu ça dans ce petit texte ?

Ambre – Non, dans le roman.

Nicolas – Tu te l'es tapé en entier ?

Ambre – Oui !

Ambre

Tiens Nicolas, c'est pour toi ! Tu m'avais demandé de répondre à deux questions concernant le personnage de Don Quichotte.
Don Quichotte est devenu un nom commun, « un don Quichotte » peut figurer un homme qui se fait le champion de causes qui ne sont pas les siennes, ou qui défend sans discernement ce qu'il pense être moral...
L'expression « se battre contre les moulins à vent » se réfère à l'épisode où Don Quichotte se bat contre de vrais moulins à vent parce qu'il les prend pour des géants métamorphosés par un magicien. Aujourd'hui l'expression signifie « lutter contre des ennemis imaginaires ».

Hier, 12h27 · J'aime · Commenter

Thibault et **Ingrid** aiment ça.

Nicolas Quelle éloquence ! Tu dois briller à la barre comme avocate !

Hier, 13h46 · J'aime

Jim Tu pourrais d'abord remercier ma dame qui a travaillé pour toi.

Hier, 15h32 · J'aime

Nicolas Merci Ambre et désolé de t'avoir fait perdre du temps avec une quiche pareille :)

Aujourd'hui, 10h25 · J'aime

Nicolas a regardé Ambre d'un air vraiment désolé.

Nicolas – Tu as été obligée pour tes études de droit ?

Ambre – Non, c'était un pur plaisir de lecture !

Mon cousin a grimacé.

Nicolas – C'est plus grave que je ne l'imaginais. Et tu as pensé à consulter ? Léa a aussi ce genre de délire parfois et je me demande si un traitement de choc ne serait pas nécessaire. L'attacher à une chaise durant des heures en l'obligeant à regarder *L'amour est aveugle* par exemple.

Léa a éclaté de rire.

Léa – Quelle horreur ! C'est ce que tu as trouvé de pire pour me désintoxiquer de la littérature ?

Nicolas – Oui. Ou une semaine en tête à tête avec moi, ça peut être très efficace aussi ! Tu veux essayer ?

Léa n'a rien répondu. Elle a juste souri.

J'ai eu tout à coup la sensation que si ma meilleure amie avait consolé mon cousin tout à l'heure et ri à ses plaisanteries, elle ne lui avait pas pour autant pardonné ses soupçons à propos de sa prétendue infidélité.

Je n'ai pas été la seule à saisir la nuance. Le regard soudain fuyant de mon cousin me l'a confirmé.

Ambre, qui avait toujours le texte de *Don Quichotte* à la main, a proposé à Nicolas de le lui traduire et de l'interroger comme pour un oral.

Nicolas – En espagnol, les questions ?

Ambre – Oui, pas en chinois !

Nicolas – Tu parles espagnol ?

Ambre – Couramment...

Nicolas – Ne me dis pas que c'est par pur plaisir ?

Ambre – Non, par nécessité ! Ma mère est espagnole et elle nous a toujours parlé en espagnol même si elle possède parfaitement le français. Elle est professeur de linguistique à l'université, c'est dire !

Léa a levé les yeux de son livre de philo.

Léa – Elle s'appelle comment ta mère ?

Ambre – Clara Muinos.

Léa – La professeure Clara Muinos qui a fait les travaux remarquables sur le babillage des bébés ?

Ambre – En personne !!!

Léa – Waouh...

Ambre – Tu connais son travail ?

Léa – Oui, j'ai lu son premier livre. C'est une sacrée pointure, ta mère !

Ambre – Je sais. Et ce n'est pas facile de pousser à l'ombre des grands chênes quand tu es un petit gland.

Jim a éclaté de rire.

Jim – Au secours, on est tous dans la même galère ! On est cernés par des parents supra intelligents qui nous observent grandir à la loupe et regardent en permanence la profondeur des racines, l'épaisseur de notre tronc et la qualité du feuillage. La moindre branche de travers et hop, c'est le sécateur.

Ambre – Eh oui !!! Mais il y a moyen de s'en sortir...

Jim – Comment ?

Ambre – En refusant de n'être que des photocopies de leur ego surdimensionné. En choisissant notre route, quitte à prendre des chemins de traverse. C'est pour ça que j'aime bien ton parcours, Jim ! Tu es resté fidèle à toi-même sans essayer de te conformer au désir de ton père.

Jim a dégluti avec difficulté. Les mots d'Ambre l'avaient vraiment touché. Il a prononcé un petit « merci » quasi inaudible.

Il faut absolument que j'aille faire mon test. Si l'hyperémotivité est un des symptômes de la grossesse, je suis enceinte de trois ans minimum.

Comme Ambre commençait à traduire le texte de Cervantès, j'ai discrètement fait signe à Léa de me suivre. Elle a acquiescé d'un léger coup de menton tout en continuant à lire.

Je suis allée dans la salle de bain, je me suis assise sur le rebord de la baignoire et j'ai sorti mon test de grossesse. Je suis restée un long moment à le regarder comme s'il ne me concernait pas. Comme s'il s'agissait d'une expérience de SVT sans aucun lien avec ma vie intime. Et puis je me suis rappelé que j'avais une semaine de retard après des rapports non protégés et que je devais assumer mon inconscience.

C'est tellement difficile quand on est dans les bras du garçon qu'on aime de penser à l'après. Il n'y a que l'instant présent qui compte... Pourtant, cet après vient vite. Et lorsque l'on réalise que toute notre vie peut basculer, on regrette amèrement de ne pas avoir pris de précautions. J'en étais à me dire que j'étais vraiment une gourde lorsque Léa a tambouriné à la porte.

Léa – Je peux entrer ?

Justine – Je t'attendais.

Léa – Ça va ?

Justine – J'espère que ça ira mieux après.

Léa – Tu veux faire le test maintenant ?

Justine – Oui.

Léa a eu l'air franchement ennuyée. Avait-elle peur de perdre trop de temps en pleines révisions du bac ?

Elle a passé son index entre ses deux sourcils comme lorsqu'elle réfléchit intensément. Je lui ai demandé :

Justine – Ça te pose un problème ?

Léa – Oui. Je ne voudrais pas que tu te disputes avec Thibault parce que tu as décidé de faire ce test avec moi. Il avait raison tout à l'heure de me remettre à ma place. Je suis ta meilleure amie mais ce problème vous concerne tous les deux.

Justine – Alors, tu peux être tranquille. C'est Thibault himself qui m'a conseillé de faire comme ça. Et il m'attend dans sa chambre pour qu'on en parle, quels que soient les résultats.

Léa – Il est vraiment formidable ce garçon. Tu as de la chance.

Justine – Toi aussi tu as de la chance d'avoir Nicolas dans ta vie, non ?

Léa n'a rien répondu. Je suis vite passée à autre chose.

Justine – Bon, on le fait ce test ?

Léa – Yes ! Enfin, plus exactement, TU le fais ce test !

Justine – Tu lis le mode d'emploi et moi j'exécute ?

Léa – D'accord.

Léa a déplié le mode d'emploi écrit en douze langues et en minuscules. Elle a lu :

Léa – « Vous avez au moins une journée de retard et vous cherchez à savoir si vous êtes enceinte. Vous pouvez effectuer ce test qui possède une certaine fiabilité surtout si vous le réalisez avec les urines du matin. Toutefois, vous pouvez le faire à tout moment de la journée. Pour une réponse fiable à 100 %, seuls les tests sanguins sont valables. Vous devez sortir le bâtonnet de son emballage en évitant de mettre les doigts sur la partie striée. »

Justine – OK !

Léa – « Ensuite placez la partie striée sous le jet d'urine et maintenez-le pendant cinq... »

J'ai interrompu ma meilleure amie :

Justine – Léa ?

Léa – Oui ?

Justine – Qu'est-ce que je vais faire si la réponse à ce test est positive ?

Léa a levé les yeux de la notice et m'a regardée avec tendresse.

Léa – Je ne sais pas ma Justine.

Justine – Toi, tu ne sais pas ! Mais alors qui sait ?

Léa – Il n'y a que toi qui possèdes la réponse.

Justine – Tu ne peux pas me donner des indices sur la réponse que je possède ?

Léa – Non, je suis désolée. Je peux juste te rappeler l'alternative. D'un côté, tu n'as que dix-sept ans, Thibault est ta première histoire d'amour, tu as prévu de longues études de médecine. De l'autre côté, il y a la possibilité d'une vie à naître en sachant qu'un enfant est un précieux cadeau.

Justine – Et si c'était toi ? Entre la construction de ta propre existence et la possibilité d'un enfant à naître, tu choisirais quoi ?

Léa – Ne m'oblige pas à le dire, Justine. Tu pourrais m'en vouloir un jour si tu suivais un choix qui est le mien. Et il est peut-être trop tôt pour te poser la question. Fais le test et si tu es réellement enceinte, tu en parleras avec Thibault. Il est concerné, non ?

Justine – Oui. Ma mère va être folle de rage si je suis enceinte.

Léa – Peut-être. Mais une grossesse n'est pas une mauvaise note ni une chambre mal rangée.

Justine – Théo va être tonton à huit ans !

Léa – Justine ! Tu peux arrêter de délirer et faire ton test, s'il te plaît ?

Le pragmatisme de Léa m'a stoppée net.

Justine – Maintenant ?

Léa – Oui.

Justine – Je le fais ici ?

Léa – Non, aux toilettes. Tu fais pipi et tu maintiens le bâtonnet pendant cinq secondes sous le jet.

Justine – Et après, il y a écrit quoi ?

Léa a repris la notice.

Léa – « Ensuite patientez quelques minutes. Si vous êtes enceinte vous verrez alors apparaître une marque bleue sur la partie striée. »

Justine – Et si c'est une fille ?

Léa – Quoi, une fille ?

Justine – Eh ben, la marque bleue c'est si je suis enceinte d'un garçon. Mais si j'attends une fille ?

La sorcière a secoué la tête.

Léa – Tu le fais exprès ?

Justine – Je crois, oui.

Léa – File immédiatement aux toilettes !!!

J'ai pris mon bâtonnet et alors que j'étais sur le point de sortir, j'ai demandé à Léa :

Justine – Si j'avais un bébé, tu voudrais bien être sa marraine ?

Léa – Tu essaies de gagner du temps là, tu en as conscience ? Alors oui, je serai la marraine la plus gentille du monde et je l'aimerai comme si c'était mon enfant. Je lui achèterai des tas de Magnum double chocolat pour qu'il les mange avant le repas ! Mais si ça pouvait se présenter quand tu auras fini ton internat de médecine, ce serait mieux.

Justine – Oui, c'est certain. Bon ben, à dans cinq secondes !

Léa – À dans cinq secondes, ma Justine !

Thibault était dans le couloir, nettoyant une tache imaginaire sur le mur du couloir. Il m'a demandé d'un air faussement dégagé :

Thibault – Alors ?

Justine – J'y vais là...

Thibault – Je t'attends.

Justine – D'accord.

Vous avez déjà essayé de faire pipi en sachant que votre avenir en dépend ? Eh bien, je peux vous assurer que c'est extrêmement difficile !

J'ai quand même fini par y parvenir. Une fois les cinq secondes écoulées, je suis sortie comme une dingue des toilettes effrayée de devoir lire la réponse. J'ai entendu un grand « aïe ».

Comment aurais-je pu savoir que Thibault était tapi derrière la porte ?

Vous voyez dans les dessins animés quand le méchant coyote a été aplati entre le mur et la porte, et qu'il a l'épaisseur d'une tranche de jambon de Parme ? C'est à peu près à quoi ressemblait Thibault. Je n'ai pas eu le temps de m'arrêter, j'ai couru jusqu'à Léa pour lui tendre le bâtonnet. Elle a refusé de le prendre.

Léa – Justine, c'est à toi de lire cette réponse.

Justine – Mais j'ai peur !

Léa – Je comprends, c'est pourquoi je reste à côté de toi.

Je me suis assise sur le rebord de la baignoire et j'ai fixé la partie striée. Pourvu que ça ne devienne pas bleu... Pourvu que je ne sois pas enceinte... Pourvu que je passe mon bac et que je l'obtienne.

Léa – Justine, il faut que tu fasses une promesse maintenant.

Justine – Laquelle ?

Léa – Que tu ne feras plus jamais l'amour avec un garçon sans te protéger.

J'ai soupiré et j'ai tendu la main comme un témoin dans un tribunal de justice.

Justine – Je le jure.

Léa – Et tu vas demander à Thibault de faire un test VIH ?

Justine – Je le jure aussi. Léa, tu me racontes une histoire comme quand on était en colonie et que j'avais peur ?

Léa – Laquelle tu veux ?

Justine – Celle de la petite fille qui veut changer de maman parce que la sienne ne lui convient pas.

Léa a souri.

Léa – Et si je te racontais celle de la grande fille qui a beaucoup grandi et qui comprend enfin qu'elle doit accepter les gens qu'elle aime comme ils sont ?

Justine – Trop tôt encore !

J'ai regardé le chronomètre. Plus de deux minutes s'étaient écoulées et toujours aucune trace bleue.

On a frappé à la porte, Thibault a passé la tête.

Thibault – Je peux entrer ?

Justine – Bien sûr. Encore trois minutes et on aura une réponse à peu près fiable.

Léa – Vous voulez que je vous laisse seuls ?

Mon prince et moi avons répondu « non » exactement en même temps.

Nous sommes donc restés tous les trois à observer le bâtonnet en priant pour que jamais le bleu ne lui monte à la tête. Ça a duré des siècles.

Thibault – Normalement, il faut attendre combien de temps ?

Léa – Ils recommandent quelques minutes et nous, on a attendu cinq minutes.

Thibault – On attend deux minutes supplémentaires, c'est plus prudent.

À force de fixer le bâtonnet, j'ai eu l'impression qu'il se tordait comme Kaa le serpent du *Livre de la jungle* lorsqu'il dit à Mowgli : « Aie confiance ! » J'étais totalement hypnotisée quand le bip a sonné. Léa a déclaré :

Léa – Bon, il n'y a rien !!! Pas la moindre petite nuance de bleu.

Elle m'a embrassée sur le front et elle est sortie discrètement. Je suis resté seule avec Thibault. J'ai murmuré :

Justine – J'ai eu chaud !

Mon prince a rétabli.

Thibault – NOUS avons eu chaud. Tu es certaine que ces tests sont fiables ?

Justine – Il faut que je recommence demain matin au réveil mais a priori, c'est bon.

Thibault – On n'a vraiment pas été malins.

Justine – Non, pas malins du tout.

Thibault – Je te promets que ça ne se reproduira pas.

Justine – Je suis d'accord.

Thibault – Et puis je vais passer au labo pour faire un test parce que, même si je me suis protégé avec Tatiana, je préfère vérifier.

J'ai attrapé Thibault par les oreilles et je l'ai embrassé.

Justine – On devrait peut-être rejoindre les autres.

Thibault – Tu as raison.

Lorsqu'on est revenus dans le jardin, tous les yeux se sont levés vers nous. Mais à peine ai-je voulu soutenir les regards que les nez ont replongé dans les livres.

D'accord !!! Certaines accouchent avec la famille au grand complet qui discute dans la salle d'attente, moi c'est quand je fais un test de grossesse que tout le monde est convoqué ! Thibault a rassuré l'assemblée par un pudique « Tout va bien, il n'y a plus d'inquiétude à avoir. »

– Justiiiiiiiine !!!

Ma chère mère, que voulait-elle encore ? J'ai répondu avec le plus de sérénité possible dans la voix.

Justine – OUI !!! QU'EST-CE QU'IL Y A ?

La mère – Je viens de retrouver ton doudou dans la chambre de Théo, je te le remets sur ton lit ?

J'allais lui rappeler que je n'étais plus une enfant et qu'à un spermatozoïde près elle avait failli être grand-mère cet après-midi et puis j'ai réalisé qu'une seule personne au monde était capable de protéger mon doudou. Alors je l'ai regardée comme je ne l'avais pas regardée depuis longtemps et je lui ai crié :

Justine – Yes mamounette chérie, remets-le sur mon lit ! Tu es la meilleure mum que je connaisse !

Révisions sous tension

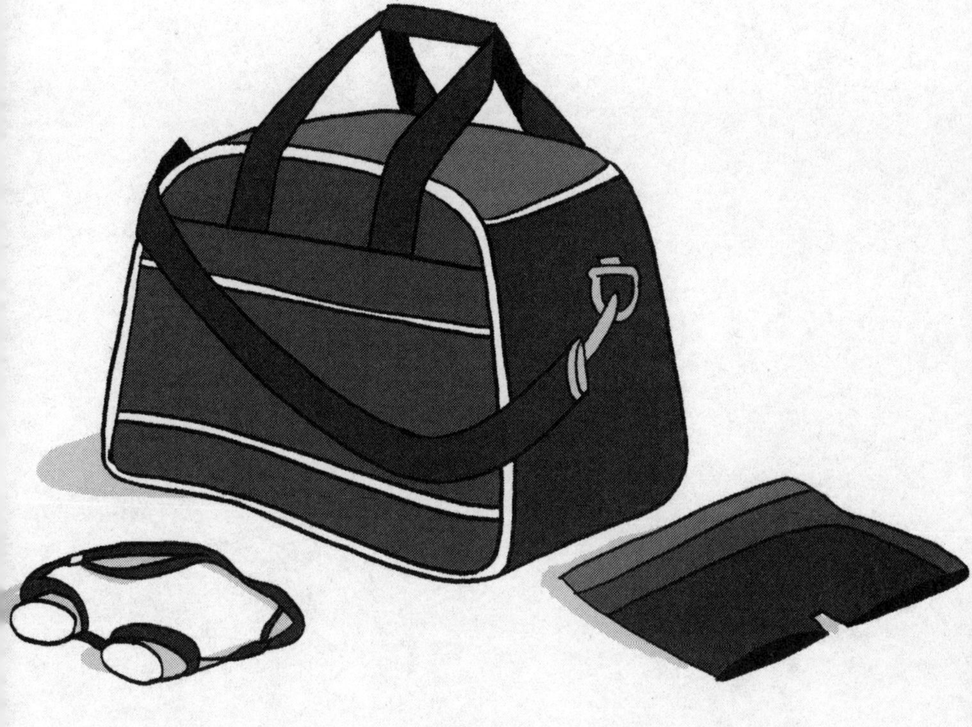

Ces dix derniers jours à la maison bleue avaient été terriblement studieux. Il faut avouer que, si près du bac, il n'avait pas été possible de faire autrement que travailler. Et c'est ce qu'on avait fait...

Notre voisin, vous savez l'écrivain qu'on avait surnommé le pervers parce qu'il avait passé son année à nous observer depuis sa fenêtre, avait dû trouver le temps bien long. Finies les annonces de grossesse, les disputes générales, les retrouvailles dans les larmes. L'agitation avait laissé place à l'étude austère. Même ma mère, qui habituellement me faisait des reproches sur ma façon très « light » de travailler, s'était inquiétée. Elle passait son temps à me proposer à boire ou à manger. Du jamais vu !

Évidemment son « inquiétude attitude » avait été précédée d'une période de reproches sur mon séchage intensif des cours et elle n'avait pas réussi à comprendre que, si près du bac, on a mieux à faire qu'à aller en cours. Oui, je vous l'accorde, ça peut paraître paradoxal d'affirmer que le lycée est un lieu qu'il faut absolument fuir un mois avant le jour J mais c'est une vérité quasi scientifique. Du coup, ça avait donné lieu à des scènes comme celle-ci :

La mère – Non, Justine, tu ne me convaincras pas qu'on perd son temps en allant au lycée.

Justine – Mais si je t'assure ! Je t'explique…

La mère – C'est inutile, tu m'as déjà expliqué.

Justine – Alors je te réexplique ! Pendant l'année, les profs galopent pour terminer leur programme avant la mi-mai parce qu'ils savent pertinemment qu'à partir de cette date-là plus aucun élève ne viendra. Les jours fériés et les absences des profs convoqués pour les options ou les réunions de préparation du bac désorganisent complètement l'emploi du temps. Résultat, tu te retrouves avec des journées gruyère : une heure de maths, trou, espagnol, trou, déjeuner, trou, philo… Bref, une journée durant laquelle non seulement tu n'apprends rien mais où en plus tu perds un temps précieux de révision. Il est donc contre-productif d'aller en cours.

La mère – Et pourquoi vous ne révisez pas en cours avec les profs et au CDI pendant les heures de « trou » ?

Ah ça, c'est vraiment une solution de parents ! Ils pensent te proposer une idée miracle et après ils te regardent d'un petit air satisfait genre « Tu es encore jeune, adresse-toi à moi lorsque tu rencontres une difficulté, j'ai toujours une solution clé en main… ». Ça m'énerve ! Ils ne se rendent même pas compte qu'ils ne comprennent rien.

La mère – Alors, est-ce que ce n'est pas LA solution ???

Justine – Non !

La mère – Je peux savoir pourquoi ?

Justine – Pourquoi ? Parce qu'on n'est pas des machines ! Parce qu'il est impossible après cinquante-cinq minutes de maths de se plonger illico dans une révision intensive de SVT. Surtout si tu sais que le prof de maths va te lâcher avec cinq minutes de retard, que le temps que tu montes au CDI, qu'une table se libère, que tu aies trouvé une fiche de cours et que tu la lises, ça sera le moment d'aller en espagnol. Cours d'espagnol durant lequel la prof, folle de rage parce que tu ne te souviens plus du texte sur la corrida étudié en novembre, te prédira avec des éclairs dans les yeux un échec au bac. Cours d'espagnol dont tu ressortiras totalement déprimée. Du coup, tu cesseras tes révisions pour la journée parce que tu n'y crois plus... Voilà pourquoi !

La mère – Pauvre chérie... Une petite réflexion d'un prof lucide et c'est l'effondrement ? Il t'en faut peu... Tu crois que j'ai arrêté de lutter à la moindre contrariété, moi ? Quand il a fallu que je renonce à la danse pour vous élever et que...

Bon, il est inutile que je vous assomme avec le sacrifice de l'Artiste et sa reconversion dans la couche-culotte, j'imagine que ça ne vous intéresse pas vraiment. Je vous comprends. C'était juste pour vous donner une idée de ma vie avant.

Depuis, le discours avait changé, j'avais eu droit à : « Chérie, tu ne veux pas boire une orange pressée, c'est plein de vitamine C. Tu en as besoin, tu travailles trop. », « Quoi ? Tu étudies à cette heure-ci ? Je croyais que tu dormais. Allez, ça suffit, il faut que tu te reposes. » Je n'avais jamais entendu ma mère parler ainsi et je dois avouer que ça me faisait tout drôle.

Ce matin encore, veille de la philo, alors qu'elle s'apprêtait à partir travailler, elle m'avait dit :

La mère – Justine, tu me promets que tu t'arrêtes une demi-heure pour déjeuner à midi et qu'à seize heures vous stoppez toutes les révisions ?

Justine – Yes mum !

La mère – Ce n'est pas bon de réviser si près de l'examen. Il faut laisser l'esprit au repos... Vous allez travailler tous ensemble dans le jardin ?

Justine – Ouais... Mais vers quinze heures, on sort.

La mère – Très bien. Pour ce midi, je vous ai préparé une grosse salade, ça vous changera des pizzas surgelées.

Justine – Merci maman.

La mère – Vous allez vous régaler. J'ai mis des pousses d'épinards, de la mâche, des graines de tournesol, des tomates et du tofu.

Bon, ben il faut que je pense à décongeler des pizzas.

Ma mère partie, je me suis mise au travail. Mission du jour : relire mes cours de philo une dernière fois. J'ai posé mes fiches à l'envers et j'en ai tiré une au hasard en fermant les yeux. C'est ce sujet qui va tomber au bac, c'est certain...

C'est fou ce qu'on devient superstitieux en période d'examens ! Depuis un mois, je ne fais que des paris stupides. Par exemple, je marche dans la rue et je me dis : « Si je croise trois poussettes d'ici le Franprix, j'aurai mon bac. » Évidemment, je n'en vois que deux alors je modifie la règle par peur de l'échec : « J'ai dit trois poussettes d'ici le Franprix, je n'ai pas dit en combien de temps. » Résultat, je reste plantée dans la rue, à un mètre du magasin jusqu'à ce que la troisième poussette arrive. Et ça peut prendre beaucoup de temps !

Autre exemple idiot ? L'autre soir, mon père nettoyait ses lunettes tout en parlant à ma mère. Comme la discussion s'envenimait un peu, il ne regardait pas vraiment ce qu'il faisait. À un moment, je me suis rendu compte qu'il nettoyait toujours le même verre. J'ai mis alors discrètement le chrono sur mon portable et je me suis dit : « S'il nettoie son verre gauche durant quarante-cinq secondes encore, j'ai mon bac. Plus de cinquante-cinq secondes, j'ai la mention assez bien. Au-delà de la minute, banco !!! La mention bien... ».

PHILO : PETIT PENSE-BÊTE POUR LE BAC

Philosophie antique

Platon, La République, Le Banquet

Aristote, La Métaphysique, La Poétique

Philosophie du XVIIe siècle

Descartes, Les Méditations métaphysiques

Les Passions de l'Âme

Spinoza, L'Éthique

Philosophie du XVIIIe siècle

Rousseau, Du Contrat social

Kant, Critique de la Raison pratique

Philosophie du XIXe siècle

Hegel, L'Esthétique

Nietzsche, Crépuscule des idoles

Commencer par celui-là ! (le titre m'inspire plus...)

Ingrid, et si tu commençais par le début ??

Léa

Je ne peux pas vous raconter dans quel état le nettoyage des lunettes m'a mise. J'avais le cœur qui battait, un trou dans l'estomac et la bouche sèche. Quand les quarante-cinq secondes ont été écoulées, je sautais de joie. Enfin, je sautais de joie à l'intérieur parce que je n'avais pas encore la mention... Il m'a fallu attendre vingt secondes supplémentaires pour embrasser mon père et le remercier chaleureusement pour mes merveilleux résultats. Évidemment, il n'a rien compris à ce geste de gratitude filiale et je n'ai pas pu lui expliquer les vraies raisons. Peu importe, ma réussite m'a permis de réviser jusqu'au bout de la nuit !

Donc là, j'ai tiré ma fiche de philo comme on tire une carte au poker : « le bonheur ». C'est déjà compliqué dans la vraie vie mais pensé par les philosophes, c'est l'horreur. J'ai ressorti le corrigé d'une dissertation que la prof nous avait donné en janvier et que je n'avais pas eu le temps de lire : « Le bonheur est-ce assouvir ses désirs ? » A priori, je dirais oui. J'ai envie que Thibault m'embrasse, il m'embrasse : c'est le bonheur. Mais à tous les coups, Kant ou un de sa bande va y trouver à redire.

Mon portable a sonné. Léa !!! *Yes*, un peu de bonheur dans ce monde de brutes. J'ai décroché.

Justine – Coucou ma Léa !

Léa – Salut ma follette... Alors heureuse ?

Justine – Comment tu le sais ?

Léa – Comment je sais quoi ?

Justine – Que je révise ma fiche sur le bonheur ?

Léa – Une intuition...

Justine – Puisque tu es si maligne, que répondrais-tu si je te demandais : « Le bonheur est-ce assouvir ses désirs ? » ?

Léa – Je commencerais par définir les termes de la problématique. Qu'est-ce que le bonheur ? Qu'est-ce que le désir ?

Justine – Super ! J'avais une question à laquelle je ne savais pas répondre, maintenant j'en ai deux !

Léa – C'est vrai, mais tu ne peux pas faire autrement. Comment pourrions-nous discuter ensemble si nous ne sommes pas certaines que nous parlons de la même chose ? Définir les termes de la problématique permet de diminuer les risques de quiproquo. Imaginons que tu me dises : « ce garçon est formidable » et que je te réponde : « non, je ne trouve pas ». Tu vas essayer de m'expliquer pourquoi tu le trouves si formidable et moi, de mon côté, je vais te donner les raisons qui me poussent à penser le contraire. D'accord ?

Justine – Oui.

Léa – On peut s'opposer comme ça pendant des heures avec des arguments très solides l'une l'autre ?

Justine – Oui.

Léa – Il n'y a pas un truc qui clocherait pourtant dans cette discussion ?

Justine – Ben non.

Léa – De qui aurais-tu parlé en disant : « il est formidable » ?

Justine – De Thibault.

Léa – Ah bon, de Thibault ? Je croyais qu'on parlait de Nicolas... Tu vois, le problème est là. Si on ne définit pas exactement les termes de la proposition : « qui est ce garçon ? », « que signifie formidable ? », on peut parler sans jamais se comprendre.

Justine – Je trouve qu'il y a un problème beaucoup plus grave que notre incompréhension mutuelle dans cet échange...

Léa – Lequel ?

Justine – Pourquoi tu trouves que Nicolas n'est pas formidable ?

Léa – J'ai dit Nicolas au hasard, c'était pour que tu comprennes !

Justine – Donc, tu aurais pu choisir Jim, Adam, Enzo ou n'importe lequel de nos copains ?

Léa – Oui, bien sûr.

Justine – Pourtant tu as choisi Nicolas. Est-ce vraiment un hasard ?

Léa n'a pas répondu à ma question. Il y a eu un long silence puis un gros soupir. J'ai demandé :

Justine – Tu ne veux pas me répondre ?

Léa – Non...

Justine – Tu n'aimes plus Nicolas ?

Léa – Les relations amoureuses sont plus complexes que ça.

Justine – Tu vas le quitter ?

Léa – Je ne sais pas. Non ! Enfin peut-être...

Comme je sentais que ma meilleure amie était mal à l'aise, j'ai vite changé de conversation.

Justine – Tu ne m'avais pas précisé que tu serais là à neuf heures, toi, ce matin ?

Léa – Si ! Mais Eugénie m'a demandé d'aller à la poste envoyer un recommandé. J'y vais en coup de vent et je viens tout de suite après, d'accord ?

Justine – Ouaip la sorcière ! I wait for you...

Nous avions à peine raccroché qu'on a sonné à la porte. Était-ce mon prince impatient qui venait me chercher pour qu'on regarde ensemble dans la même direction, celle du manuel de philo ?

J'ai couru jusqu'à l'entrée, légère comme l'air, et j'ai ouvert la porte avec le sourire de la fille prête à toutes les folies avec son corps...

– T'as du pain ?

Inutile que je vous donne le prénom du malotru qui débarque le matin pour avoir son bout de baguette sans une formule de politesse. J'ai articulé avec exagération comme lorsque maman veut faire remarquer à Théo qu'il n'a pas dit le mot magique :

Justine – Bon-jour Ni-co-las !

Nicolas – Alors, il te reste du pain ?

Je crois que toute tentative d'éducation de cet énergumène est totalement vouée à l'échec.

Justine – S'il te plaît, bonjour, content, merci, au revoir, chère cousine, avec plaisir.

Nicolas – Ça veut dire quoi ça ?

Justine – Ça, c'est tout le vocabulaire que j'aimerais entendre et que je mets en vrac pour me servir moi-même au fur et à mesure que tu parles.

Nicolas – Oh là là, la prise de tête de bon matin... Tu peux me filer du pain vite fait. Franchement, j'ai déjà assez une VDM avec ce qui m'attend demain, sans en plus supporter les délires de madame la comtesse.

Je lui ai claqué la porte au nez. Léa a raison : Nicolas n'est pas un garçon formidable. Il a sonné comme un fou. J'ai hurlé :

Justine – Tu sais ce qu'elle te dit madame la comtesse ? Non, mais je rêve, tu n'es pas le seul à passer la philo demain !

Nicolas – C'est bon, ouvre Justine. Je crève de faim.

Justine – Je m'en moque, va crever ailleurs...

Nicolas – Si tu m'ouvres, je te fais la fonte du Mi-cho-ko au soleil.

Je l'ai laissé entrer avec un large sourire. Mon cousin a grogné.

Nicolas – Ce que je ferais pas pour un bout de pain !

Justine – J'attends.

Ah mais vous ne savez pas, vous, ce que c'est que la fonte du Mi-cho-ko au soleil, je vous explique. C'est une private joke entre Nicolas et moi. Un jour, j'avais six ou sept ans, et mon père m'avait acheté un paquet de Mi-cho-ko pour mon 20 en dictée. Évidemment, Nicolas avait voulu que je lui en donne. Comme je ne voulais pas partager les bonbons, je les avais cachés sur le rebord de la fenêtre de la cuisine.

Nicolas m'avait harcelée pour que je lui dise où se trouvait mon trésor. Je n'avais pas cédé... Seulement, c'était un samedi du mois de juin et lorsque, le soir, j'avais voulu discrètement récupérer mon paquet, le soleil avait transformé mes caramels au chocolat en une bouillie marronnasse immangeable. J'avais pleuré devant le désastre. Mes parents, au lieu de me consoler, m'avaient grondée pour mon égoïsme. Mon cousin, qui était resté dormir, avait jubilé devant la double punition et, pour ajouter à mon chagrin, avait mimé la fonte du Mi-cho-ko au soleil toute la soirée. Dans les semaines qui avaient suivi, il ne s'était pas passé une seule journée sans qu'il me rejoue le scénario.

Avec le temps, j'avais fini par trouver drôle de voir mon cousin se trémousser les yeux écarquillés et tomber sur le sol comme une vieille crêpe molle. Tellement drôle que c'est moi qui lui demandais de mimer la fonte du Mi-cho-ko au soleil. Nicolas s'y prêtait de bonne grâce. Et puis, un jour, il n'a plus voulu... On avait grandi, il commençait à regarder les filles, à jouer les beaux gosses. J'ai eu beau le supplier, rien à faire.

Alors que, ce matin, il me propose le spectacle contre un bout de pain, l'occasion était trop belle !

Justine – Je n'attendrai pas des heures.

Nicolas s'est planté devant moi et a commencé son numéro. J'ai éclaté de rire.

Nicolas – C'est bon Justine, t'es pas obligée d'en faire des tonnes...

Justine – La ferme le Mi-cho-ko, t'es pas encore complètement fondu...

Nicolas s'est laissé tomber à plat sur le sol après quelques secondes de danse de Saint-Guy. J'ai applaudi à tout rompre. Il s'est redressé d'un coup.

Nicolas – Je peux manger maintenant ?

Justine – Je te propose le pain bio entier si tu me le rejoues un coup.

Nicolas – Rêve, chérie, donne-moi le pain...

Justine – Ce que tu peux être terre à terre !

Nicolas – C'est ça... Mon pain !

Justine – Et pour un petit-déjeuner complet avec pain, beurre, confiture de pêches de vigne, orange pressée et salade de fruits, tu me le referais ?

Nicolas – C'est immonde de profiter d'un pauvre type qui a un frigo vide.

Justine – Eh oui, la vie est injuste.

Nicolas – OK si tu beurres mes tartines...

Justine – Affaire conclue !

Mon cousin allait se transformer une fois encore en Mi-cho-ko géant lorsque je l'ai interrompu :

Justine – Pas maintenant ! Je me le réserve pour une fois où j'aurai le cafard.

Nicolas – Tant mieux, je crève la dalle !

On s'est installés dans la cuisine. Mon cousin s'est jeté sur sa première tartine comme s'il n'avait pas mangé depuis dix jours. J'ai dû attendre qu'il ait ingurgité la moitié du pain complet pour qu'il daigne enfin me sourire.

Nicolas – Elle est super bonne ta confiture de pêches.

Justine – Merci pour le compliment.

Nicolas – Pourquoi, c'est toi qui l'as faite ?

Justine – Non, mais dans la vie, il faut parfois se contenter de peu avec les gens qu'on aime.

Nicolas – J'ai rien compris.

Justine – En clair, avec ton « elle est super bonne ta confiture de pêches », tu m'as dit ce que tu avais de plus gentil en stock !

Nicolas – Ah non, tu te trompes. J'avais aussi : « Justine, me fais pas chier de bon matin. ».

Justine – J'aime moins. Je préfère rester avec mon compliment sur la confiture si ça ne te dérange pas !

Nicolas – Comme tu veux. Sinon, tu en es où de tes révisions pour la philo ?

Justine – Je relis tout une dernière fois. Là, j'en suis au bonheur !

Nicolas – Tu ne trouves pas que donner comme thème le bonheur à des élèves qui renoncent à tous les plaisirs pour passer le bac, c'est pervers de la part des profs ?

Justine – Pourquoi ? Le bonheur est-ce assouvir tous ses désirs ?

– Euh en ce qui me concerne, je dirais oui.

Jim venait de faire son entrée dans la cuisine. Je me suis levée pour l'embrasser.

Justine – Comment tu es rentré ?

Jim – Par la porte qui était restée ouverte ! Mais si tu veux, je peux monter sur le toit et redescendre en rappel jusqu'à la fenêtre de ta cuisine...

Justine – Non, c'est mieux comme ça. Tu as déjeuné ?

Jim – Oui, vers six heures ce matin en lisant le corrigé de « Être libre, est-ce faire ce que l'on veut ? ».

Nicolas – Encore une question débile… Est-ce que quelqu'un peut m'expliquer à quoi sert la philo, à part générer des maux de tête et des milliers de copies qui finiront au panier ?

Jim – Je vais peut-être vous étonner mais moi, j'aime bien la philo.

Nicolas – Tu te fous de moi, là ? C'est un fake…

Jim – Pas du tout, je trouve même que la philo est la seule discipline qui présente un intérêt pratique. Le cours sur la conscience, celui sur le devoir ou la vérité m'ont permis de comprendre des choses sur moi.

– Justine ? Tu es là ?

La voix de Léa depuis l'entrée m'a fait sursauter.

Justine – Léa ! Viens, on est dans la cuisine.

Et me tournant vers mon cousin, j'ai ajouté :

Justine – Tu vas pouvoir poser ta question sur l'utilité de la philo à notre Platon national !

Nicolas – Pitié, non ! On change de sujet. Déjà que Léa me prend pour un bourrin.

J'ai senti une vraie inquiétude chez mon cousin. Il ne cherchait pas comme d'habitude à être drôle ou provocateur. Il m'a semblé qu'il souhaitait réellement éviter un sujet de friction avec Léa. Je n'ai pas dû être la seule à percevoir sa fragilité, parce que lorsque Léa est entrée et a demandé :

Léa – Bonjour tout le monde ! Alors quel est le sujet du jour ?

Jim a répondu avec un aplomb incroyable :

Jim – Je racontais la difficulté à me faire remplacer au *Paradisio* pour la semaine du bac.

Ma meilleure amie n'y a vu que du feu.

Léa – Et tu as réglé le problème ?

Jim – À peu près.

Justine – Tu veux un thé, Léa ?

Léa – Non merci ! Thibault est en train de m'en préparer un... mais vous ne descendez pas travailler ? Ingrid occupe déjà la moitié de la table du jardin avec ses fiches...

Justine – Ingrid est seule avec Thibault ?

Léa – Oui ! Dans un ravissant microshort turquoise avec bottes et nattes de squaw.

Vous avez en tête la vitesse parcourue par la lumière en une seconde ? C'est une performance de tortue anémiée si on la compare à la mienne lorsque j'ai dévalé les escaliers de la maison bleue. Je me demande si je ne suis pas arrivée en bas avant d'être descendue. Une sorte de faille dans l'espace-temps... J'ai déboulé dans le jardin où j'ai percuté Thibault qui portait la bouilloire.

Justine – Oh pardon ! Je suis désolée, j'ai couru parce que je ne voulais pas te laisser seul avec...

Attention à la fin de ta phrase Justine ! Tu vas te ridiculiser une fois de plus en passant pour une pauvre fille jalouse et hystérique.

Justine – Te laisser seul avec... toi-même.

Alors là, j'ai toujours l'air d'une pauvre fille jalouse et hystérique mais, maintenant en plus j'ai de grosses difficultés d'expression. Mon cousin a, en ce genre de circonstance, une formule idéale : « Tu fais pitié. » Le regard de Thibault signifiait la même chose. Heureusement dans la vie, je peux toujours compter sur Ingrid.

Ingrid – T'inquiète Justine, j'étais là ! Je veillais au brun...

Je suppose qu'elle voulait dire : « je veillais au grain », expression française appartenant au domaine maritime où le « grain » est une tempête de vent imprévisible. Non ! Je ne me la joue pas savante pour ridiculiser une camarade, parce que moi je viens d'être prise en flag de « ridiculerie ». Je voulais juste faire remarquer que le lapsus « je veillais au *brun* » dévoile clairement son intention de me voler Thibault. Il fallait que je réagisse.

Mon prince s'est approché et m'a demandé :

Thibault – Peux-tu lâcher ton couteau maintenant, Justine ? Tu as failli m'embrocher en arrivant à vive allure.

J'ai regardé ma main droite comme si elle ne m'appartenait pas.

Thibault – C'est bien... Bonjour Justine, comment vas-tu ce matin ?

Euh... Jusque-là, j'allais plutôt bien – enfin comme une fille qui passe l'épreuve de philo demain – mais là, je dois avouer que j'ai un gros coup de mou.

Je n'ai pas eu à répondre. L'arrivée de Léa, Nicolas et Jim dans le jardin a fait diversion. Thibault les a accueillis avec son savoir-vivre légendaire.

Thibault – Bienvenue dans mon humble demeure, les amis ! Léa, ton thé est prêt.

Nicolas – Et nous, rien ?

Thibault – Quand vous sentirez aussi divinement bon que Léa, je vous préparerai votre Earl Grey !

Nicolas – Tu peux te la garder ton eau chaude mais ne t'approche pas trop de ma meuf s'il te plaît.

Les garçons ont éclaté de rire. Je n'ai pas compris ce qu'il y avait de drôle. Comme dirait Ingrid, chacun chez soi et les vaches seront bien armées !

Léa s'est approchée tout près de moi et m'a chuchoté :

Léa – J'ai fermé là-haut et je t'ai descendu tes clefs, tes Converse et tes fiches de philo. T'es vraiment une grande malade. Partir en courant, un couteau à la main, parce qu'Ingrid reste seule trois minutes avec ton mec, ça relève de l'internement psychiatrique.

Justine – Le couteau, c'était pour beurrer les tartines de Nicolas et puis tu m'as dit que la peste portait un microshort turquoise...

Léa – Et alors ? Ça mérite un meurtre à l'arme blanche ?

Justine – Tu ne m'aimes plus ?

Léa – Tu me fatigues.

Ma meilleure amie a pris ses affaires et est allée s'asseoir près d'Ingrid. Je me suis précipitée pour me mettre à côté d'elle et j'ai fait semblant de lire ma première fiche : « Le bonheur est-ce assouvir ses désirs ? »

OUI !!!

La réponse est définitivement OUI ! Me débarrasser d'Ingrid, cette célibataire prête à tout pour prouver son sex-appeal, embrasser Thibault, réussir mon bac et manger des kilos de fraises Tagada avec Léa en regardant *Pretty woman* me rendraient la plus heureuse du monde. Léa s'est tournée vers moi et m'a chuchoté :

Léa – Non, tu te trompes ! Comme le désir n'exprime que ton rapport au manque, assouvir tes désirs ne te rendrait pas heureuse.

Justine – Oh que si !

Léa – Je ne crois pas. Lorsque tu désires quelque chose que tu n'as pas, par exemple embrasser Thibault ou manger des fraises Tagada, c'est parce que tu t'imagines que cela va être source de satisfaction pour toi.

Justine – Ben oui...

Léa – Or, dès que tu l'auras, tu ne seras plus dans le manque et il te faudra désirer autre chose. C'est alors que tu voudras embrasser Jim ou manger un Magnum double chocolat.

Justine – Pourquoi veux-tu que j'aie envie d'embrasser Jim alors que j'aime Thibault ?

Léa – Faut-il que je te rappelle notre réveillon du jour de l'an et la lumière qui s'éteint sur une Justine qui embrasse l'un puis l'autre ?

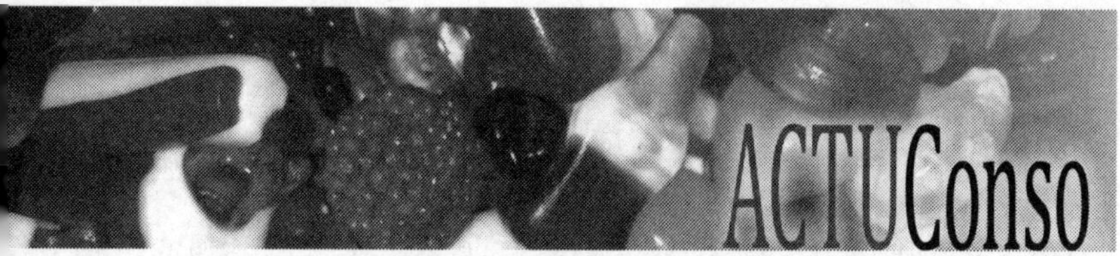

Quelques chiffres gourmands

En France, on mange en moyenne **3,8 kg** de bonbons par an (au total, cela fait **730 000** tonnes…). Les Danois sont plus gourmands : ils mangent **9,2 kg**, eux !

La confiserie est essentiellement achetée en grandes surfaces, puis en boulangeries et chez les détaillants spécialisés.

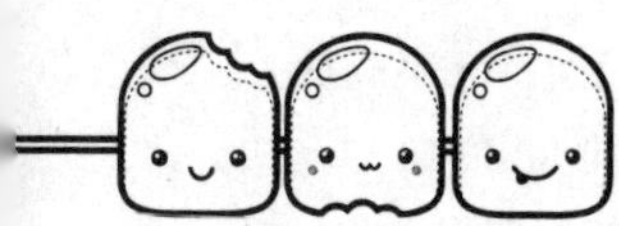

Viennent d'abord les bonbons et sucettes, les chewing-gums, ensuite la petite confiserie de poche (rouleaux…), les spécialités régionales et enfin les fruits confits.

En confiserie les bonbons Haribo se taillent la part du lion. L'entreprise allemande, fondée en 1920, tient son nom de son fondateur et de sa ville d'origine : HAns RIegel BOnn. Elle possède aussi les marques Riqlès et Zan. Une usine est implantée à Uzès. Ses produits phares sont : les Chamallows, les Dragibus, les fraises Tagada (inventées en 1969), l'Ours d'or, les Car en Sac…

Justine – Chuuuuuuut...

Agacée par mon manque d'adhésion à sa thèse véreuse sur le désir, Léa avait légèrement haussé la voix pour rappeler ma période douloureuse d'hésitation entre mes deux amours.

Léa – Ne t'inquiète pas, personne ne m'a entendue. Ma Justine, tu es un sujet d'observation formidable en ce qui concerne le désir et le cycle sans fin satisfaction/insatisfaction.

Justine – Peut-être, mais toi aussi ! Peter, Nicolas... je ne suis pas la seule à changer d'avis.

Léa – Ce n'est absolument pas pareil. Moi, je n'aime qu'un garçon.

Justine – Lequel ???

Alors que j'allais enfin obtenir LA réponse à la question la plus fondamentale de l'histoire de l'humanité, mon cousin a grogné :

Nicolas – Bon les filles, c'est fini vos messes basses ? Ça devient vexant à la fin.

Léa – Justement on parlait de toi mais on ne voulait pas que tu entendes !

Elle est folle de lui répondre ça, c'est la vérité ! Ingrid a éclaté de rire.

Ingrid – Tu es trop drôle, Léa !!!

Non, elle n'est pas drôle, elle est diabolique.

Jim – Laisse tomber, Nico ! Les filles ont des secrets de filles qui n'intéressent pas une seconde les garçons. Allez, on bosse ! Il est déjà dix heures, si on veut s'arrêter à trois heures pour aller faire de la barque...

Ingrid – On va faire de la barque ? Ah mais c'est impossible...

Elle a raison, c'est impossible. Jim aurait-il oublié la phobie de Thibault ? Il ne supporte pas l'eau et ne sait pas nager ! Pour une fois Ingrid l'égoïste est plus attentive que le gentil Jim.

Ingrid – Je me suis habillée indian style parce qu'on avait décidé qu'on irait marcher. Si j'avais su qu'on irait faire de la barque, j'aurais mis une marinière et un pantalon navy.

D'accord, je retire ce que j'ai dit. On se trouve face à deux égoïstes. J'ai décidé d'intervenir et de rappeler clairement le handicap de mon prince. Léa a été plus rapide que moi.

Léa – Ah non, une balade en barque, moi, ça ne me tente vraiment pas.

Décidément, je ne comprends plus rien à mes amis. D'habitude, c'est toujours Léa qui insiste pour qu'on aille faire un petit tour sur l'eau. À condition que je rame bien sûr.

Thibault l'a regardée et lui a répondu gentiment :

Thibault – Léa, essaie de faire un effort parce que vraiment ça me ferait plaisir. J'insiste...

C'est ça, je ne comprends plus rien. On a dû changer les auteurs qui s'occupent d'écrire nos répliques ! Thibault est maintenant le nouveau champion du monde du deux cents mètres brasse papillon, Jim un animateur d'une émission débile de téléréalité sur TF1 et Léa, une écervelée qui ne pense qu'à son petit plaisir. Il n'y a plus qu'Ingrid qui joue son rôle...

Ma meilleure amie a insisté.

Léa – Tu es certain de vouloir faire de la barque ? Moi, je serais contente d'aller me promener dans la roseraie.

Thibault s'est levé de table sans un mot, il s'est mis face à Léa et, un genou à terre, il a prononcé d'une voix reconnaissante :

Thibault – Léa, tu es la fille la plus délicate du monde et Nicolas a de la chance d'être aimé par toi.

La sorcière a eu l'air super gênée. Je me suis demandé si c'était à cause du compliment de Thibault ou à cause de l'allusion à l'amour qu'elle était censée porter à Nicolas.

Et se tournant vers moi en souriant, mon prince a réclamé notre attention à tous.

Thibault – Mes amis, j'ai une grande nouvelle à vous annoncer...

Je crois savoir ce que c'est, j'en ai rêvé l'autre jour ! Il a l'intention de me demander de vivre avec lui. Que les philosophes no life ne viennent pas nous déprimer avec des théories stupides sur le désir. Je vais obtenir ce que je désire et respirer du bonheur chimiquement pur !

J'ai baissé légèrement les yeux comme les filles dans les séries quand elles jouent les modestes.

Mon prince a continué sans me quitter du regard :

Thibault – Vous n'imaginez pas comme ce que je vais vous annoncer me rend heureux. Si je n'avais pas eu la chance de venir vivre à la maison bleue, rien de tout cela ne me serait arrivé...

Oui, je sais mon amour...

Thibault – Seuls certains sentiments forts peuvent nous permettre de nous surpasser. Alors voilà, si je souhaite faire cette promenade en barque à la veille de notre premier écrit du bac, c'est...

Ne prends pas tant de précautions oratoires, mon prince, la réponse est oui ! J'accepte de venir vivre avec toi. Et si mes parents s'y opposent parce que je suis trop jeune, nous fuirons dans ta demeure pour échapper à leur courroux. Oui, il est vrai qu'ils habitent deux étages au-dessus, mais à cœur vaillant rien d'impossible ! Nous saurons mettre la distance nécessaire entre EUX et NOUS.

Thibault – Cette promenade en barque donc, je veux la faire pour remercier quelqu'un qui m'a révélé à moi-même...

Ah bon ! Seulement me remercier, c'est assez décevant, j'attendais une proposition ferme.

Thibault a continué son hommage à ma personnalité hors du commun.

Thibault – Une personne qui m'a accompagné sans me juger et m'a montré que les peurs devaient être dépassées.

J'ai fait ça moi ? Incroyable. Les personnalités hors du commun galvanisent leur entourage sans être conscientes de leur influence !

Thibault – Une personne qui s'est levée deux fois par semaine à six heures du matin et ce depuis des mois pour m'accompagner à la piscine dans le plus grand secret.

Il délire là. On n'a jamais mis les pieds dans l'eau ensemble. Enfin, à part lors d'une douche dont je préfère taire les conséquences.

Thibault – Bref, je voudrais remercier Jim qui m'a appris à nager !

Un tonnerre d'applaudissements et de hip hip hourra a accueilli la révélation fracassante de Thibault. Même le pervers écrivain qui s'était fait très discret depuis son coma diabétique et notre irruption dans son appartement a crié un timide : « Bravo ! ».

On a levé les yeux vers sa fenêtre et, au lieu de disparaître comme il en a l'habitude lorsqu'il se sent repéré, il a ajouté :

Le pervers écrivain – Excellente révélation pour l'économie de la narration. Cela ouvre des possibilités de scenarii pour la suite de l'histoire. Une fin heureuse avec sauvetage héroïque d'un des personnages par le nouveau nageur lors de la promenade en barque ou bien une fin tragique : panique totale du nouveau nageur alors qu'un des personnages se noie et suicide à la fin pour cause de culpabilité. Bref, du potentiel. Je vous félicite...

Il a été applaudi à son tour. Il nous a salués d'un mouvement de tête et a disparu derrière ses voilages gris poussière. Léa a pris Thibault dans ses bras.

Léa – Si Justine me permet cette familiarité, je souhaiterais embrasser un héros du quotidien.

Nicolas – Un héros ! Rien que ça...

Léa – Eh oui Nicolas ! Un héros n'est pas un garçon déguisé en araignée qui sauve le monde dans des bulles de BD. Un héros, c'est celui qui se change lui-même pour mieux changer le monde.

Nicolas – Et peut-on savoir en quoi le fait que Thibault sache nager va lui permettre de modifier l'avenir de la planète ?

Ne croyez pas que je donne raison à mon cousin parce que Léa tient Thibault dans ses bras mais franchement, pour une fois, je suis d'accord avec lui.

Léa – Je ne pourrai pas répondre à ta question de façon précise. Je sais juste que LE changement commence quand UN seul individu modifie son comportement.

Nicolas – Je ne vois pas ce que je vais changer parce qu'en ce qui me concerne, je sais nager depuis longtemps !

Ma meilleure amie a souri même si, au fond, je suis certaine qu'elle était légèrement agacée.

Léa – Ce n'est pas ce qui a été changé qui importe, c'est le fait qu'une chose qu'on croyait définitive puisse être modifiée par la volonté. Par exemple, si toi, tu pouvais prendre conscience que tu te réfugies toujours derrière un comportement de bourrin pour masquer ton hypersensibilité, ça me permettrait de ne plus avoir à jouer le rôle de la méchante...

Alors là, je peux témoigner ! Mon cousin a parfaitement conscience de passer pour un bourrin, il l'a dit il y a moins d'une heure dans ma cuisine quand Léa était là. Ah non, elle n'était pas là. Mais ce n'est pas un problème pour la sorcière !

Nicolas n'a rien répondu. Il a juste repris son livre de philo et s'est mis à réviser. On a fait de même. Il était vraiment temps que ces révisions s'arrêtent. Elles nous mettaient les nerfs à vif et du coup on se disait des trucs méchants. Heureusement, on a notre Ingrid nationale pour remettre de l'ambiance quand tout va mal.

Ingrid – Bon alors, c'est barque ou pas ? Parce que moi, si c'est barque, je vais me changer.

Léa – C'est barque ! Mais une jolie squaw qui rame, ça a beaucoup d'allure, tu sais.

Ingrid – Tu crois ?

Léa – Certaine ! Ne touche à rien... Tu es parfaite !

On a repris nos révisions dans le silence le plus complet. J'ai terminé d'avaler ma fiche sur le bonheur et je suis passée à celle sur la religion. La fin de la matinée est passée à toute allure et c'est la tête farcie de mots comme devoir, idole, monothéisme, intégrisme, nature, panthéisme, j'en passe et des pires, que j'ai demandé aux autres :

Justine – Vous n'avez pas faim, vous ?

En temps normal, à cette question, une personne répond toujours : « Oh oui ! Je crève la dalle. » Inutile de vous préciser qui. Mais là, Nicolas est resté muet. J'ai ajouté :

Justine – Ma mère nous a préparé une salade mâche, pousses d'épinards, graines de tournesol, tomates, tofu. Est-ce que quelqu'un veut que je lui décongèle une pizza ?

Jim et Thibault ont levé la main. Pas mon cousin. Tous les regards ont convergé vers lui.

Alors Léa, certainement consciente d'avoir été trop agressive, s'est levée et m'a dit en mimant la voix de Nicolas :

Léa – Eh Justine, tu décongèles une pizza aussi pour mon mec, il n'est pas question qu'il broute une salade pareille...

Comme on restait interdits, ma meilleure amie s'est assise sur les genoux de Nicolas. Et après l'avoir embrassé avec fougue :

Léa – On révise déjà une matière de daube qui ne sert à rien, on ne va pas en plus crever de faim, non ?

Et vogue la galère

Justine – Non ! Je ne suis pas d'accord ! C'est mieux de prendre les petites barques et de se mettre par deux !

Jim insistait depuis plus de cinq minutes mais je n'avais pas envie de céder.

Jim – Allez Justine, sois sympa, c'est plus drôle si on fait trois contre trois ! Les filles contre les garçons, d'accord ?

Justine – Non, c'est pas drôle ! Si tu veux, on vote pour savoir qui est d'accord. Qui veut les filles contre les garçons ?

Seuls Thibault et Jim ont levé la main.

J'ai dégluti avec difficulté. Eh bien merci ! Il est clair que mon prince n'a pas envie de rester avec moi. Il préfère jouer avec ses petits copains.

Jim, qui ne voulait pas lâcher son idée de « maternelle moyenne section », a demandé à mon cousin :

Jim – Et toi, tu ne rejoins pas l'équipe des mecs ?

Nicolas – Non...

Contre toute attente, Nicolas n'a pas cherché à se justifier par une pirouette. Il a assumé tranquillement son choix de demeurer auprès de Léa.

Nicolas – Désolé les garçons. Je préfère rester avec ma sorcière bien-aimée.

Léa a glissé sa main dans celle de Nicolas. Trop mignons ces deux-là. Depuis une discussion en tête à tête, leur relation était de nouveau au beau fixe et l'ombre de l'homme en noir ne planait plus sur leur histoire.

J'ai mitraillé Thibault-le-traître du regard. Il a aussitôt tenté de rectifier sa position.

Thibault – Alors si on a le droit de dire ce qu'on veut vraiment, moi je préfère être dans une barque avec ma douce Justine.

Ma douce Justine, tu parles. Si mes yeux étaient des armes à feu, tu serais troué comme une poêle à marrons.

Jim – Et toi Ingrid, tu veux quoi ?

Ingrid – Moi, je pense comme Justine.

Ingrid, mon amie, ma sœur. Celle dont j'ai tendance à mésestimer la valeur mais qui pourtant, là, rejoint le clan des louves, des filles, des femmes.

Ingrid – Je préfère largement être avec un garçon musclé qui ramera comme un dingue plutôt qu'avec deux filles ramollos qui vont se bronzer au soleil.

Est-il possible d'effacer ce que j'ai pensé juste avant ? Merci.

Ingrid, ma peste, mon poison. Celle dont je ne perçois pas la perfidie à venir mais qui parvient toujours à balancer une horreur ou deux !

Léa – Cinq voix contre six, on loue trois barques !

Jim – OK !

Léa m'a fait un petit clin d'œil l'air de dire : « Tu as eu ce que tu voulais. » On s'est tous dirigés vers la baraque en bois pour prendre nos tickets.

Le ciel était bleu violet comme le papier du chocolat Milka et si j'évitais de penser à ce qui nous attendait demain, la vie avait un avant-goût de vacances.

Tandis qu'on faisait la queue, Léa a demandé à Thibault :

Léa – Alors le cachottier, raconte-nous comment tu as surmonté ta phobie de l'eau.

Effectivement, on n'en avait pas reparlé mais il est clair que ce garçon avait dissimulé depuis de longs mois ses activités matinales.

Nicolas – C'est vrai ça que t'es un cachottier, Je n'avais absolument pas repéré que Jim et toi, vous disparaissiez deux fois par semaine.

Thibault – En même temps, vu l'heure à laquelle on allait à la piscine le matin, tu ne risquais pas de nous apercevoir : mardi et samedi sept heures trente en maillot dans l'eau !!!

Nicolas – Il y a des malades pour aller à la piscine aussi tôt ?

Jim – Oui, essentiellement des hommes qui viennent faire quelques longueurs avant d'aller au boulot.

Ingrid qu'on n'avait pas entendue parce qu'elle s'appliquait à refaire ses nattes de squaw est subitement intervenue :

Ingrid – Tu veux dire que, le matin, la piscine est pleine de beaux mâles et qu'il n'y a pas un bikini à l'horizon ?

Jim – Ouais...

Ingrid – Vous ne m'avez pas prévenue qu'il y avait autant de cibles potentielles... Vous êtes impardonnables. Je me serais levée à six heures si j'avais su !

Thibault – Jim a été formidable... Même lorsqu'on a eu quelques différends en janvier, il a continué à me faire travailler. Un jour, il m'a dit : « D'abord tu nages, ensuite je te fous mon poing en travers de la figure ».

De quels différends parle-t-il ? Jim et Thibault se sont toujours bien entendus. Oups ! J'avais oublié le jour de l'an et mes tergiversations. Mais qu'est-ce qu'ils ont tous à évoquer ça aujourd'hui ?

Jim – Je ne vois pas pourquoi je t'aurais laissé tomber.

Les phobies

Les phobies sont des peurs irraisonnées de dangers inexistants, qui peuvent envahir les pensées d'une personne au point de la paralyser ou de lui faire commettre des actes irraisonnés. Si certaines phobies peuvent s'avérer de véritables troubles psychiatriques, la plupart ne provoquent d'autre symptôme que la peur ou l'angoisse. Elles peuvent être animales, sociales ou… franchement bizarres. En voici quelques-unes :

Apiphobie : peur des abeilles.
Astraphobie : peur du tonnerre.
Chiroptophobie : peur des chauves-souris.
Coulrophobie : peur des clowns.
Hexakosioihexekontahexaphobie : peur du nombre 666.
Leucosélophobie : peur de la page blanche.
Bélénophobie : peur des aiguilles.
Glossophobie : peur de parler en public.
Hydrophobie : peur morbide de l'eau.
Myrmécophobie : peur des fourmis.
Paraskevidékatriaphobie : peur du vendredi 13.
Phasmophobie : peur des fantômes.
Phobophobie : peur d'avoir peur, peur d'être surpris.
Téléphonophobie : peur de répondre au téléphone.
Pantophobie : peur de tout.

Oh, ce qu'ils sont lourds, les garçons, avec leur amitié virile qui transcende tout ! Heureusement Léa a habilement détourné la conversation.

Léa – Comment as-tu réussi à dépasser ta peur de l'eau, Thibault ? Apprendre à nager avec un copain, je vois bien le processus mais surmonter ta phobie, ça a dû prendre un temps fou.

Thibault – Oui, ça a été très long. Au début, quand je savais que j'allais à la piscine le lendemain, je n'arrivais pas à m'endormir. Et quand je dormais enfin, je faisais toujours le même cauchemar : je nageais en pleine mer et, soudain, je réalisais que je ne savais pas nager et là, une noyade atroce ! Ça peut vous paraître idiot mais j'étais paralysé par la peur.

Nicolas – Oh non, on imagine ! On se souvient de la fois où je t'ai jeté dans la piscine du *Paradisio* ! Quel souvenir atroce… Je m'en suis terriblement voulu.

Thibault – Tu ne pouvais pas savoir.

Nicolas – Non, c'est sûr… Mais quand même !

Léa – Laisse-le raconter la suite, Nicolas !

Thibault – Après quelques semaines d'approche, avec Jim à côté qui me faisait respirer lentement, j'ai enfin réussi à entrer dans le petit bain !

Jim – Heureusement que c'était tôt le matin. On faisait un peu chelou tous les deux.

La vision des deux garçons nous a tous fait éclater de rire.

Thibault – C'est ça, moquez-vous ! Vous n'imaginez pas le courage qu'il m'a fallu…

Je me suis collée à mon prince.

Justine – Si ! Moi j'imagine et je suis très fière de toi !

Léa – On est tous fiers de toi, Thibault. Si on pouvait chacun dépasser nos petites peurs comme tu l'as fait, ce serait formidable.

Nicolas a demandé à Léa :

Nicolas – Qu'est-ce que tu voudrais dépasser comme peur, toi ?

Léa – Si je pouvais vivre sans la peur de la mort des gens que j'aime, je serais plus heureuse.

Certainement parce qu'il ne savait pas quoi faire de la confession de Léa, mon cousin s'est senti obligé de faire l'idiot.

Nicolas – Ah bon, t'as peur que je meure ? Mais il faut pas chérie, je suis indestructible !

La sorcière l'a regardé en souriant gentiment et lui a chuchoté :

Léa – J'ai dit la mort des gens que j'aime !

C'est fou comme lorsqu'il s'agit de Léa, Nicolas perd son humour. Dans la seconde qui a suivi cette dernière remarque, il a fait la tête. Ma meilleure amie l'a embrassé sur le bout du nez.

Léa – Oui, j'ai peur pour toi aussi ! Et pour Justine, et pour Ingrid, et pour Thibault, et pour Jim, et pour ma mère, et pour Eugénie... C'est atroce. J'ai peur tout le temps !

Ingrid – C'est certainement à cause de la mort de ton père, ça a dû te traumatiser.

Bravo ! Quelle perspicacité. Personne n'y avait pensé avant. Je vous présente Ingrid Freud, la papesse de la psychanalyse sauvage. Léa a confirmé gentiment.

Léa – Oui, tu as raison, sa mort a modifié mon rapport à la vie. Et toi, Ingrid, si tu pouvais surmonter une peur qui te gâche l'existence, ça serait quoi ?

Je sais ! « J'ai peur de ne pas trouver le dernier pantalon flare en taille 36 moutarde color. » ou « J'ai peur de passer dans la rue et qu'un garçon ne trouve pas que je suis la fille la plus tendance du royaume. ».

Ingrid – Vous ne vous moquerez pas de moi ?

Léa – Tu plaisantes ?

Jim – Tu nous prends pour des idiots sans cœur ou quoi ?

Ingrid a baissé les yeux et a dit d'une petite voix :

Ingrid – Je voudrais arriver à dépasser la peur de ne pas être aimée. J'ai toujours l'impression que si je n'en fais pas des tonnes, on va se rendre compte que je suis une fille sans intérêt.

J'ai ravalé mon cynisme et, pour la première fois, j'ai eu envie de prendre Ingrid dans mes bras. Elle avait confié sa peur avec une telle sincérité qu'il était impossible de ne pas sentir son anxiété. Je me suis trouvée soudain méchante et égoïste de ne pas avoir lu sa peur derrière son comportement permanent de pom pom girl. Je n'ai pas été la seule à être touchée parce que Jim lui a dit :

Jim – T'inquiète Ingrid, tu peux arrêter de te ruiner en fringues et en maquillage, on t'aime comme t'es !

J'ai eu peur un instant que Nicolas n'ajoute « euh n'exagérons rien, mets quand même tes micro jupes et tes soutifs présentoirs », mais non. Lui aussi, il s'est penché vers Ingrid et lui a chuchoté :

Nicolas – Jim a raison, on t'aime sans ton emballage marketing.

Ingrid s'est mise à pleurer. Elle n'a même pas cherché à sauver son make up de l'inondation. Ses larmes ont fait des grands barreaux noirs sur ses joues. Et quand Thibault s'est approché pour la prendre dans ses bras et la consoler, je n'ai pas été jalouse.

– Trente minutes, une heure ou deux heures ?

On s'est retournés comme un seul homme. Le loueur de barques a répété sa question.

Le loueur – La location, c'est pour trente minutes, une heure ou deux heures ?

Thibault a été le premier à réagir. Il nous a demandé :

Thibault – Il est quatre heures, on loue les barques deux heures et après on retourne chacun chez soi se préparer pour le grand jour, ça vous convient ?

Oui, ça nous convenait. Enfin la location de la barque, pas la préparation pour le grand jour !

On a acheté nos tickets, détaché les barques et vogue pour deux heures de liberté au soleil. Le bonheur...

Enfin, c'est ce que je croyais !

Les garçons ne pouvant pas s'empêcher de jouer à des jeux stupides en se mesurant les uns aux autres pour prouver au monde entier qu'ils sont les plus forts, Nicolas a crié :

Nicolas – Les derniers arrivés au grand rocher payent un coup à boire aux autres.

Thibault a poussé un cri entre le hululement du hibou et l'attaque sioux puis s'est jeté sur ses rames comme si sa vie en dépendait. Mais où est le garçon distingué et posé dont je suis tombée amoureuse ?

Notre barque a décollé de l'eau comme si on venait d'installer un moteur de hors-bord à l'arrière. Je me suis accrochée au plat-bord pour ne pas tomber. Au moment où on frôlait la barque de Nicolas, j'ai croisé le regard de Léa. Aussi désespéré que le mien...

On avait rêvé d'une balade romantique sur le lac et on se retrouvait dans une compétition de barquo-tamponneuses. J'ai fixé la ligne d'horizon pour tenter d'oublier. Mon portable a bipé, j'ai pris sur moi de lâcher une main pour lire mon texto.

Léa !!!

Mais comment avait-elle réussi à taper un SMS sans faire tomber son téléphone dans l'eau ?

Message de Léa : « Ils ne tiendront pas longtemps comme ça. Laissons-les s'épuiser. »

J'ai mis plus de cinq minutes pour taper : « R'aq taiqon. » En fait, je voulais écrire « t'as raison » mais à cette vitesse j'ai raté une touche sur deux ! Ma meilleure amie doit avoir le clavier azerty en mémoire parce qu'elle m'a aussitôt répondu : « Ça risque de prendre un certain temps... »

Dans de telles circonstances, il serait intéressant de contacter un professeur de médecine spécialiste des comportements masculins. Ça éviterait aux filles beaucoup de déceptions. Par exemple, dans le cas présent, je lui demanderais :

« *Justine* – Bonjour professeur, pensez-vous que les garçons vont se lasser rapidement de leur petit jeu stupide avec cris de guerre ridicules ?

Le professeur en médecine – Compte tenu de la pression exercée par les révisions du bac, de l'anxiété générée par l'épreuve de philosophie et du fait que ces jeunes gens sont restés assis de longues heures ce matin, il y a de grandes chances pour que ce jeu dure un certain temps. Cette compétition représente de façon concrète la bataille qu'ils devront livrer et ils trouvent un réel soulagement à se dépenser de la sorte. Sans compter la présence de trois individus de sexe féminin qui augmente le désir de l'affrontement. Voyez-vous, dans le cerveau, une partie...

Justine – Merci professeur, je crois que ça suffit, nous avons toutes compris. »

J'ai essayé de m'imaginer ailleurs pour supporter le moment présent.

Je suis dans le désert, je marche seule, le sable brûle la plante de mes pieds nus. C'est beau, un désert le jour. Rien n'arrête votre regard, l'horizon est toujours plus loin. Oh mais que vois-je ? Un renard qui court vers moi. Je le reconnais, c'est celui du Petit Prince, il veut certainement être mon ami.

« ***Justine*** – Eh, coucou le renard !

Le renard – Salut Justine !

Justine – Je suis si heureuse de te voir en réalité... Je t'ai tellement regardé sur les pages du livre que mamie m'a offert quand j'étais en CE2. Tu es tellement mignon... enfin, pas depuis que Théo a tenté de te dessiner une muselière pour t'empêcher de parler au Petit Prince. T'as un museau déformé sur toutes les pages, c'est horrible ! »

Mais pourquoi mon petit frère a-t-il fait cela ? Je ne voudrais pas jouer la fille qui a des comptes à régler avec les garçons mais à chaque fois qu'il y a un moment de poésie, ils le gâchent !

Ça y est, le désert s'est évaporé à cause de Théo et de sa muselière, je suis de nouveau dans la barque avec Thibault.

Vingt minutes qu'on avait décollé et pas le moindre ralentissement dans la cadence de mon rameur.

Il faut absolument que je cherche le sens du mot « galère » !

Y a pas à dire, c'est cool d'avoir accès à Wikipédia depuis son portable. D'accord, j'ai mis du temps parce que j'ai d'abord tapé « fakère » puis « vzlerz » mais j'ai fini par avoir le bon mot. Donc j'ai appris que ceux qui ramaient étaient des esclaves ou des repris de justice... c'est intéressant ! Dans quelle catégorie doit-on mettre Thibault, Jim et Nicolas ? Et nous, les filles, on est quoi ?

– Justine, au lieu de jouer à Tetris sur ton portable, rame.

J'ai regardé mon prince qui venait de me hurler cette dernière phrase et je lui ai soudain trouvé un sale air de général romain. Il ne veut pas sortir le fouet non plus ?

Alors que je m'apprêtais à provoquer une mutinerie comme sur le *Bounty* (non, pas la barre de chocolat, le bateau sur lequel les marins se sont révoltés à mort), Thibault s'est arrêté net.

Thibault – Ben qu'est-ce qu'il fait ?

Justine – Qui ça ?

Thibault – Nicolas... Il a cessé de ramer !

Justine – Ah bon ?

Thibault – Il est devenu fou ou quoi ?

J'ai regardé juste devant nous et j'ai vu ce qui posait problème à Thibault. Mon cousin avait lâché ses rames et embrassait Léa avec fougue. Qu'est-ce qu'elle a pu lui dire pour le convaincre de renoncer à la guéguerre et de se consacrer aux jeux de l'amour ?

Je veux le texte exact de son argumentaire.

Possible argumentaire de Léa (1) : « Nicolas, dans la vie, il y a un moment où il faut renoncer aux copains pour se consacrer à la femme qu'on aime. Sinon, on se réveille un jour et on réalise qu'à part deux vieux potes pourris on n'a rien... »

Non, pas le genre de Léa, cette menace implicite du désastre dans un temps lointain. Elle est plus fine que ça !

Possible argumentaire de Léa (2) : « Nicolas, je ne sais pas si tu te rappelles qu'il y a un autre homme qui me désire. Et ce n'est pas un galérien, lui ! Alors si j'étais toi, je lâcherais vite mes rames parce que dans trois secondes je l'appelle et je lui propose de venir m'embrasser à ta place... »

Minable, cette mise en concurrence... Jamais ma meilleure amie n'utiliserait des arguments pareils !

Possible argumentaire de Léa (3) : « Tu sais que si tu t'arrêtes de ramer un instant et que tu m'embrasses, les autres seront tellement surpris qu'ils s'approcheront pour voir. À ce moment-là, tu prends tes rames et tu fonces. Le temps qu'ils comprennent que c'était un stratagème, tu auras gagné. »

Pas mal. Ça pourrait être son style cette petite manipulation. En admettant que Thibault et Jim soient assez stupides pour se laisser prendre à un piège aussi grossier.

Mon prince m'a chuchoté :

Thibault – On va s'approcher pour voir ce qu'ils fabriquent...

Ah non, c'est un stratagème qui peut fonctionner. Thibault a ramé doucement pour qu'aucun clapotis n'avertisse le couple amoureux de notre approche. Les garçons sont donc capables d'avoir la grâce de la libellule lorsqu'ils le veulent !

J'attendais le moment où Nicolas, nous apercevant dans son champ de vision, se jetterait sur ses rames pour nous semer. Je m'étais même déjà cramponnée à la planche de bois sur laquelle j'étais assise pour ne pas tomber au moment où nous allions passer en mode hors-bord.

Alors que nos deux barques étaient parallèles et à moins de cinq centimètres l'une de l'autre, j'ai retenu ma respiration. Il n'est rien arrivé. Nicolas et Léa ont continué à s'embrasser amoureusement. Thibault m'a regardée, complètement déboussolé. La situation avait l'air de lui poser un problème majeur de compréhension.

Comme nous faisions un peu d'ombre au couple, Nicolas a fini par se rendre compte de notre présence. Il a éclaté de rire en nous voyant.

Nicolas – Vous voulez des jumelles ou quoi ?

Thibault – Non, c'est que... on avait dit que...

C'est une impression ou il bogue le fils de l'ambassadeur ?

Ah mais il devient tout rouge... Il est trop mignon, il me plaît ! Je me suis jetée sur lui avec fougue. Il s'est laissé faire. Je ne saurais pas dire si c'est parce que mon baiser lui plaisait ou parce qu'il lui permettait de sortir d'une situation embarrassante. En tous les cas, au bout de quelques secondes, le feu l'a embrasé et si nous n'avions pas été aussi près de l'eau, j'aurais craint un incendie.

Je ne sais pas combien de temps a duré le brasier à bord des deux barques. Quand on aime, on ne compte pas... En tous les cas, lorsque j'ai repris ma respiration, le soleil n'était plus aussi haut dans le ciel et les enfants qui jouaient bruyamment au bord du lac prouvaient que quatre heures et demie avaient sonné depuis longtemps. Mon prince, qui semblait se réveiller d'un rêve, m'a demandé :

Thibault – Ils sont où Jim et Ingrid ?

Exactement la phrase dont on rêve après un moment de pure intimité ! Je ne sais pas si son père est diplomate mais lui, ce n'est pas sa qualité première.

Comme si ça ne suffisait pas, Thibault a ajouté :

Thibault – T'as pas faim toi ? J'ai faim, moi...

Je préfère voir dans cette question une superbe métaphore du désir amoureux plutôt qu'un simple commentaire sur les spasmes de son estomac.

J'ai regardé discrètement dans la barque voisine.

Nicolas et Léa s'embrassaient toujours. Qui aurait dit qu'ils finiraient par vivre intensément leur amour ? Si je repensais à cette dernière année scolaire, aux amours de ma meilleure amie avec l'homme en noir, aux petites amies nombreuses de mon cousin, ce n'était pas gagné. Bien sûr, leur amitié avait toujours été ambivalente mais de là à croire à une vraie histoire d'amour qui dure... J'étais en train de les imaginer dans quelques années lorsque Thibault m'a chuchoté :

Thibault – Justine, est-ce que tu vois ce que je vois dans la barque là-bas ?

Justine – Où ça ?

Thibault – À gauche du saule pleureur.

J'ai plissé les yeux. À part deux silhouettes floues unies dans un baiser, je n'ai rien remarqué de spécial.

C'est d'un « bateau », tous ces amoureux qui s'embrassent au fil de l'eau !

Thibault – T'as vu ?

Justine – Ben oui...

Thibault – « Ben oui ! », c'est tout ce que tu trouves à dire quand Jim et Ingrid s'embrassent comme des fous.

Justine – COAAAAAAAAAAA ???

Oui, je sais, ça ressemble à un coassement de crapaud enroué mais croyez-moi, vu la situation, il y a de quoi.

Effectivement, à y regarder plus attentivement, c'étaient bien Jim et Ingrid qui folâtraient un peu plus loin. Jim avait perdu la raison ou quoi ? Je croyais qu'il était très amoureux de sa belle avocate. Il n'avait pas craqué pour Ingrid à cause de son pseudo-moment de vérité tout à l'heure quand même ?

Les garçons sont vraiment peu fiables en matière d'amour !

Comment ça, moi aussi, je suis passée de l'un à l'autre avec légèreté ? Absolument pas. Dans mon cas, c'était très différent parce que... De toute façon, il ne s'agit pas de moi là, on parle de Jim.

Mon cri de stupéfaction ayant frôlé les trois mille décibels, Nicolas et Léa sont sortis de leur bulle instantanément. Mon cousin m'a demandé :

Nicolas – Qu'est-ce que t'as ?

J'ai pointé du doigt la barque coupable. La réaction de Nicolas ne s'est pas fait attendre.

Nicolas – Oh putain ! Qu'est-ce qui lui prend ? Il fout quoi là Jim ?

Pour exprimer l'idée le plus simplement du monde, je dirais qu'il est en train d'embrasser Ingrid mais si le verbe embrasser lui pose problème, je peux translate in Nicolas's language : rouler une pelle, galocher.

Léa m'a regardée en souriant, l'air de dire : « Voilà un nouveau cas de figure assez intéressant ! On n'est pas au bout de nos surprises, cette année ! »

Nicolas a repris ses rames illico et a foncé en direction du couple élu « couple de la journée ». Voire « couple du mois » ! J'irais même jusqu'à « couple du trimestre ». Thibault l'a suivi aussi sec. À les voir ramer de façon frénétique, l'affaire était grave. Bon d'accord, moi aussi j'avais un peu surréagi à l'annonce de leur liaison mais ce n'était pas un drame non plus. Comme dirait la peste : « il n'y avait pas péril en la tumeur » ! On pouvait même penser que nos baisers avaient été contagieux et que, dans un moment de pur mimétisme, Jim et Ingrid avaient échangé à leur tour un baiser langoureux. Un baiser qui ne prêtait absolument pas à conséquence...

Oui, mais pour que ma thèse se confirme, il faudrait qu'ils arrêtent rapidement. Or, nous n'étions plus qu'à un mètre d'eux et ils s'embrassaient toujours. Nicolas a cessé de ramer et les a interpellés :

Nicolas – Eh ! qu'est-ce que vous foutez ?

Aucune réponse. Thibault a lâché ses rames et a annoncé à son tour :

Thibault – Ohé, on est là !

Ce n'est pas pour dire mais je préfère nettement la réaction de Nicolas. Elle est moins distinguée mais elle a le mérite d'être franche !

À peine mon prince avait-il fini sa phrase que Jim et Ingrid, se jetant sur leurs rames, ont littéralement fait décoller leur barque de l'eau. Le temps que les garçons réagissent et reprennent leurs rames, le couple maudit atteignait le fameux grand rocher et hurlait sa victoire.

Thibault – Je rêve ou leur baiser était un stratagème visant à nous tromper ?

Nicolas – Oh putain, ils se sont foutus de nous.

Là aussi, je préfère la version de mon cousin. Sa phrase ne sera pas citée dans les manuels scolaires aux côtés de celles de Proust et de Stendhal mais elle a l'immense privilège d'être courte et signifiante.

Les garçons, mauvais perdants, ont refusé de ramer pour rejoindre les gagnants. Ils ont commencé à chercher comment les faire disqualifier pour faute grave. Mais ils ne se rendent pas compte qu'ils sont complètement ridicules ? Ils ne réalisent pas qu'il s'agit seulement d'une promenade en barque entre copains et non des Jeux olympiques ?

Après plus de dix minutes de tractations, les perdants sont tombés d'accord sur la suite des événements.

Nicolas – C'est toi qui parles, Thibault ! Moi, je vais m'énerver et on va encore me reprocher mon vocabulaire.

Thibault – D'accord.

Et faisant porter sa voix jusqu'au grand rocher, Thibault a proclamé :

Thibault – Jim et Ingrid, dans ces conditions, la victoire ne peut pas vous être accordée. Vous êtes disqualifiés. Mais nous vous laissons encore une chance : vous revenez à notre hauteur et on redonne un top départ. Les premiers arrivés au rocher auront vraiment gagné.

Léa m'a regardée, totalement consternée, puis elle m'a chuchoté :

Léa – Je viens de prendre conscience d'une chose fondamentale...

Justine – Laquelle ?

Léa – Il y a dix ans d'écart entre un garçon de dix-huit ans et une fille de dix-huit ans.

J'ai éclaté de rire. D'un point de vue mathématique, sa phrase est une aberration mais, d'un point de vue psychologique, elle est LA découverte de ce siècle. Elle permet de dissiper beaucoup de malentendus. Je suis certaine que si Léa faisait part de sa trouvaille à l'Académie des sciences, l'humanité irait beaucoup mieux. D'autant qu'on pourrait poser des questions supplémentaires. Cet écart de dix ans entre les garçons et les filles se comble-t-il un jour ? Ne va-t-il pas en se creusant le temps passant ? Ma mère n'aurait donc plus à s'énerver lorsque mon père se comporte comme un gamin, il lui suffirait de le priver d'argent de poche et de l'envoyer dans sa chambre.

Je n'ai pas eu le temps de pousser plus loin ma réflexion parce que Jim, ayant réfléchi à la proposition des deux « grognons », a répondu :

Jim – OK les mauviettes, on revient vous infliger une deuxième défaite cuisante.

Le faux couple a fait demi-tour dans notre direction, secoué par un fou rire. À voir comment Thibault et mon cousin ont serré les dents, je peux vous assurer qu'ils ne goûtaient pas la plaisanterie. Léa a applaudi lorsque Jim et Ingrid sont arrivés près de nous. Nicolas l'a mitraillée du regard.

Nicolas – Tu les félicites ? Je te rappelle qu'ils ont été disqualifiés pour fraude et qu'ils ne participent à la course que parce que le jury leur accorde sa clémence.

« – Lorsque les jeunes gens jouent, il n'est pas rare de les voir soudain confondre la réalité et l'imaginaire. Je veux dire par là que les règles qu'ils se fixent dans le cadre du jeu deviennent soudain les règles de la vie réelle.

Justine – Merci professeur, mais là, nous n'avons vraiment pas besoin de vos lumières pour nous rendre compte du ridicule de la situation ! »

L'intéressé a dû aussi en prendre conscience parce qu'il s'est senti obligé d'ajouter :

Nicolas – Quoi, c'est vrai ! Ils ont triché...

Léa, contenant avec difficulté le fou rire qui la gagnait, a hurlé avec le ton d'une souveraine excédée :

Léa – Ils ont triché ? Qu'on leur coupe la tête ! Ou qu'on les jette aux crocodiles...

Ingrid a aussitôt réagi.

Ingrid – Pitié ma reine, pensez à mon brushing et à ma french ! Si vous me jetez aux crocodiles, je ne serai plus qu'une horrible petite chose mouillée et toute dévorée. Même si je sais que vous pouvez m'aimer quel que soit mon état, je n'y survivrai pas...

Jim a embrayé :

Jim – Pitié aussi pour moi ma reine, j'ai rendez-vous avec la femme que j'aime dans une heure et je ne peux pas arriver avec un bras en moins. Les crocodiles sont voraces dans la région et bien que je ne doute pas qu'ils préfèrent Ingrid pour leur goûter, je ne peux pas courir de risques.

Léa a fait semblant de réfléchir et elle a prononcé de façon théâtrale :

Léa – La reine vous accorde son pardon. Toutefois, il vous sera donné un gage pour cette deuxième épreuve. Vous ne ramerez qu'à l'aide de votre main gauche.

Jim – Mais ma reine, vous nous condamnez à perdre...

Léa – C'est cela ou les crocodiles ! Et à vous entendre, chevalier, vous n'aimez pas assez votre reine puisque vous n'affrontez pas la mort pour elle. Cet acte de bravoure aurait pourtant été le signe de votre indéfectible attachement.

Léa avait à peine terminé sa phrase que Nicolas s'est levé, lui a tendu son portable et son portefeuille et... s'est jeté dans le lac !!!

Ma meilleure amie a poussé un cri strident. On est restés saisis.

« – Dans le cadre du jeu, il peut y avoir une forme d'émulation, voire d'hystérie collective, poussant les participants, même les plus récalcitrants, à croire à l'univers créé par les joueurs. Dans le cas présent, qu'avons-nous réellement ? Un jeune homme en bonne santé, sachant nager, qui a plongé en jean et tee-shirt dans un lac à température correcte un jour d'été. Autant dire, aucun danger. Mais l'univers créé par la jeune Léa (un lac infesté de crocodiles, une reine, un chevalier à lourde armure) invite le joueur à croire à un danger mortel. Passé le moment de surprise, l'acte de Nicolas devrait prêter à rire. Sauf si certains n'arrivent plus à différencier la réalité et l'imaginaire.

Justine – Peut-être professeur mais ce plongeon est incroyablement romantique et nous fait toutes rêver ! »

Thibault – À qui tu parles ?

Justine – À personne ! Je réfléchissais à haute voix...

Nicolas nageait maintenant autour de la barque de sa bien-aimée. Il sautait de temps à autre hors de l'eau façon Flipper le dauphin. À chacun de ses bonds, nous l'applaudissions. Alors qu'il n'avait pas prononcé un seul mot depuis son plongeon, il a soudain demandé à Léa :

Nicolas – Tu me crois maintenant quand je te dis que je t'aime d'amour et pour toujours ?

Ma meilleure amie n'a rien répondu mais moi qui la connais mieux que quiconque, je sais qu'elle a été bouleversée par la question. Elle n'a pas été la seule. Je n'ai pas pu m'empêcher de verser ma petite larme, suivie de très près par Ingrid. Les garçons ont été moins démonstratifs mais leur silence a signé leur émotion.

Alors que Nicolas remontait à bord, un coup de sifflet strident a retenti. Le loueur de barques, rouge ketchup, debout au bord du lac, agitait ses bras comme un ventilateur. Il a hurlé :

Le loueur de barques – Il est interdit de se baigner ! Vous regagnez le bord. Tout de suite !

Thibault, en bon fils d'ambassadeur, lui a répondu :

Thibault – C'est un accident, monsieur, notre ami est tombé par inadvertance dans l'eau. Ne vous inquiétez pas, nous l'aidons à remonter à bord.

Justine

Les garçons, voyez ce qu'un amoureux a écrit à sa dulcinée alors qu'il se remémorait leur promenade sur le lac ! Rien à voir avec vos batailles navales...
« Ô temps ! suspends ton vol, et vous, heures propices ! Suspendez votre cours : Laissez-nous savourer les rapides délices Des plus beaux de nos jours ! Assez de malheureux ici-bas vous implorent, Coulez, coulez pour eux ; Prenez avec leurs jours les soins qui les dévorent ; Oubliez les heureux. » C'est *Le lac*, de Lamartine.

Aujourd'hui, 19h34 · J'aime · Commenter

Léa et **Ambre** aiment ça.

Nicolas Elle était déjà morte la pauvre fille !!! Elle ne pouvait pas contester cette version...

Aujourd'hui, 20h20 · J'aime

Léa Comment tu sais ça, toi ?

Aujourd'hui, 20h21 · J'aime

Nicolas J'ai de la culture, moi, madame !!!

Aujourd'hui, 21h20 · 1 personne aime

On a fait semblant de s'affairer autour du faux « noyé » et, pour éviter d'obéir au loueur qui nous sommait de rentrer, mon prince a proposé :

Thibault – Ne restons pas groupés ! Partons dans des directions différentes, il ne pourra rien faire contre nous. Il nous reste vingt minutes de location, autant en profiter. D'accord ?

La proposition a été acceptée à l'unanimité. Et c'est ainsi que nous nous sommes séparés sous les hurlements du loueur de barques. Si, dans un premier temps, j'avais été désolée de ne pouvoir continuer à rire en regardant Nicolas s'ébrouer sous le regard attendri de Léa, j'ai vite réalisé que j'allais enfin profiter d'un moment avec Thibault.

Ces vingt dernières minutes ont été un vrai bonheur. Je me suis laissé chauffer par les doux rayons du soleil et bercer par les flots (et par les mots de Thibault). J'ai pensé que si le paradis devait ressembler à quelque chose, ça devait être à cela ! Enfin, si on ôtait du décor la perspective de l'épreuve de philo du lendemain.

Peu importe, j'étais heureuse et c'était tout ce qui comptait. Lorsque le temps qui nous était imparti a été écoulé, nous avons ramé lentement jusqu'à la berge.

Il est inutile que je vous rapporte l'état du loueur en nous voyant approcher.

Imaginez un pitbull hyperactif bloqué dans une Smart un jour d'embouteillages... On s'est dépêchés d'amarrer notre embarcation et on a filé sans attendre les autres. Aucune envie de supporter ses vociférations.

Pour être honnête, ses cris n'étaient pas la raison de notre départ précipité.

Nos baisers langoureux sous le soleil nous avaient échauffé les sens et l'envie de se retrouver dans la chambre de Thibault s'était faite pressante. Aussi volions-nous jusqu'à la maison bleue avec une énergie hors du commun sans nous soucier du sort de nos compagnons d'infortune !

Seulement dans la vie, il y a ce qu'on prévoit, ce qui arrive, et parfois l'écart est considérable. Dans notre cas, la différence mesurait un mètre vingt et portait des lunettes rondes. À peine avions-nous franchi la porte d'entrée de la maison bleue que mon petit frère a surgi et m'a dit :

Théo – Justine, tu dois monter tout de suite parce que papa et maman t'attendent.

Justine – Comment ça, ils m'attendent ?

Durant un quart de seconde, j'ai eu peur qu'ils aient une mauvaise nouvelle à m'annoncer : la mort d'un de mes grands-parents, le licenciement de mon père, un divorce express pour cause indéterminée...

Mais Théo a coupé court :

Théo – Maman veut qu'on dîne à sept heures pour que tu te couches tôt pour ton bac. Elle a exigé de papa qu'il rentre à six heures précises. Il a râlé mais il l'a fait. Ils m'ont demandé de t'attendre pour être certains que tu ne traînes pas en bas en arrivant.

C'était donc ça. Il fallait absolument que je me débarrasse au plus vite de mon frère.

Justine – Monte, je te rejoins.

Théo – Ah non, j'ai reçu l'ordre de t'escorter.

Justine – Théo, combien veux-tu pour ne pas m'avoir vue ?

Alors que mon petit frère réfléchissait à un échange possible, la voix de mon père a retenti dans l'escalier :

La voix du père – Justine, c'est toi ? Tu te dépêches, on t'attend...

J'ai regardé Thibault, désespérée. Il fallait être lucide : on pouvait dire adieu à notre folle fin d'après-midi chez lui.

Et tandis que je montais les marches en maudissant le destin qui m'avait fait naître dans cette famille, je ne savais pas encore qu'un vrai drame se produisait au même moment près du lac. Je l'apprendrais plus tard... trop tard pour intervenir.

Un grand moment de solitude !

Justine – Pourquoi tu ne m'as rien dit quand on s'est téléphoné hier soir ?

Léa – À quoi ça aurait servi ?

Justine – Je t'aurais aidé à le retrouver.

Léa – À onze heures du soir ? Alors qu'il fallait que tu dormes histoire d'être en forme pour la philo ce matin ?

Justine – Parce que toi, aujourd'hui, tu n'as rien à faire peut-être ?

Léa n'a pas répondu. Elle est restée sur le trottoir du lycée, à se tordre les mains. Il était sept heures trente-cinq, l'épreuve de philo démarrait dans moins d'une demi-heure et mon cousin avait disparu depuis hier soir après un coup de folie sans que quiconque, à part Léa, s'en rende compte.

Justine – Quand tu as appelé Nicolas sur le fixe hier soir, tu n'as pas eu mon oncle ?

Léa – Si. Il m'a dit que Nicolas dormait chez Jim parce que les garçons voulaient réviser ensemble. Il avait l'air sûr de lui.

Justine – Et tu as eu Jim après ?

Léa – Oui, mais j'ai tout de suite compris que Nicolas avait menti à son père et qu'il n'était pas là-bas. Jim ne m'a parlé que de la philo, de sa relation avec Ambre et de ses projets d'avenir.

Justine – Tu ne lui as pas demandé s'il avait eu au moins des nouvelles de Nicolas ?

Léa – Je ne voulais pas l'inquiéter lui non plus. Tu le connais, il aurait cherché Nicolas toute la nuit.

Justine – Il est peut-être au grenier à la maison bleue ?

Léa – Non, je suis passée ce matin à quatre heures. Il n'y était pas...

Justine – À quatre heures ? Mais tu n'as pas dormi alors ?

Léa – On s'en moque Justine que j'aie dormi ou pas ! Ce qui compte, c'est de retrouver Nicolas.

Justine – Tu crois qu'il ne viendra pas passer la philo ?

Ma meilleure amie n'a rien répondu mais à la façon qu'elle a eue de mordre sa lèvre inférieure, j'ai compris qu'elle avait peur. Mon cœur s'est mis à battre très fort.

Justine – Tu crois qu'il a pu arriver quelque chose à Nicolas ?

Léa – Je ne sais pas...

Justine – Tu as un mauvais feeling ?

– Oh oui Léa, dis-nous si tu sens un bad trip pour ce matin ! Il faut absolument que cet horrible suspense s'arrête...

Jim que nous n'avions pas vues arriver avait comme toujours le sourire aux lèvres. À nos têtes, il a vite compris que ça n'allait pas.

Jim – Qu'est-ce qui se passe ? Il y a un problème Léa ?

Ma meilleure amie m'a regardée l'air perdue. J'ai pris sa main dans la mienne pour la réconforter. C'est drôle, pour une fois, c'était moi la grande. J'ai commencé à raconter à Jim ce que je savais.

Justine – Hier en revenant de la balade en barque, Nicolas et Léa se sont grave disputés.

Jim a souri, apparemment soulagé.

Jim – Une petite engueulade, ce n'est pas la fin du monde.

Justine – Attends, je n'ai pas fini... Nicolas lui a dit des choses inquiétantes, il est parti comme un fou sans préciser où il allait et il n'est pas rentré chez lui.

Jim – Arrêtez de dramatiser, il a dû partir faire un tour en ville pour se calmer. Vous savez comment il est, il s'énerve vite mais ça retombe aussitôt.

Comme je n'ajoutais rien et que Léa continuait à se tordre les mains, Jim m'a demandé, inquiet :

Jim – Il n'est pas rentré chez lui ?

J'ai fait non avec la tête. Jim a crié :

Jim – Tu es en train de me dire que Nicolas n'est pas rentré chez lui depuis hier soir ?

Justine – Oui...

Jim – Il est passé où ?

Justine – On ne sait pas. Léa l'a cherché partout, même au grenier...

Jim nous a regardées et j'ai senti qu'il faisait un effort surhumain pour ne pas hurler.

Jim – Mais vous êtes nulles ! Pourquoi vous ne m'avez pas prévenu ?

Léa – C'est pas la peine de faire de reproches à Justine, elle vient juste de l'apprendre.

– D'apprendre quoi ?

Thibault et Ingrid arrivaient devant le lycée, et c'était à leur tour d'atterrir en plein milieu de notre conversation. Jim a annoncé la couleur sans ménagement :

Jim – On ne sait pas où est Nicolas. Il a disparu depuis hier à dix-huit heures environ, après une dispute avec Léa.

Thibault – Quoi ?

Jim – J'essaye de l'appeler sur son portable, il me répondra peut-être.

Léa – Tu vas tomber directement sur sa boîte vocale ! Je lui ai téléphoné toutes les cinq minutes depuis hier soir.

Jim – J'essaye quand même.

Et tandis que Jim tentait d'appeler mon cousin, Thibault a demandé à Léa ce qui s'était exactement passé la veille. Ma meilleure amie s'est prêtée de nouveau au rappel des faits.

Léa – Lorsque le loueur de barques nous a demandé de rentrer, on a ramé jusque derrière le gros rocher. On s'est allongés comme on a pu dans la barque et on a observé le ciel à l'envers. C'est beau le ciel à l'envers, tu as l'impression d'être aspiré par l'immensité.

J'ai senti de l'agacement dans le regard de Thibault. Il faut avouer que ce n'était pas le moment de faire de la poésie. Si mon prince avait demandé à Léa de lui narrer la scène précédant la dispute, c'était certainement pour essayer de trouver des indices.

Ma sorcière bien-aimée a continué :

Léa – Nous étions donc tranquilles main dans la main lorsque mon portable a sonné. J'ai cru que Justine voulait savoir où on était, j'ai décroché et j'ai mis sur haut-parleur.

Thibault – Et alors ?

Léa – Ce n'était pas Justine.

Ingrid – C'était qui ?

Léa – C'était Peter... et un Peter tellement content que je décroche qu'il a hurlé : « Léa, je t'aime, pardon pour toutes mes errances. Cette fois-ci, j'ai vraiment compris, je ne te laisserai pas me quitter. »

J'ai serré les dents en imaginant la colère de Nicolas entendant la déclaration d'amour de son rival.

Thibault et Ingrid ont semblé eux aussi catastrophés. Ils ont demandé en même temps et avec la même intonation :

Thibault et Ingrid – Et alors ?

Léa a inspiré profondément avant de livrer la suite :

Léa – Et alors, ça a été le drame. Nicolas a tenté de m'arracher le téléphone des mains et, comme je tenais bon, il a hurlé que cette situation ne pouvait plus durer et qu'il allait régler ça.

J'ai soudain reçu une décharge électrique dans le cœur. Et si mon cousin avait été chez Peter cette nuit et que ça avait mal tourné ? Après tout, les faits divers, ce n'est pas que dans les journaux... J'ai dû « télépather » à Thibault mon idée de meurtre passionnel, parce que je l'ai vu blêmir.

Thibault – Et après ?

Léa – Nicolas a ramé comme un fou jusqu'à la berge, a déversé une partie de sa colère sur le caissier qui a menacé d'appeler les flics et a disparu, hors de lui. J'ai tenté de lui courir après, de lui expliquer que je n'y pouvais rien si Peter insistait. Rien à faire... Il m'a juste crié alors qu'il était déjà loin : « Désolé, je ne peux plus supporter cette situation. »

Après ce récit, Léa s'est mise à pleurer à chaudes larmes. Je l'ai prise dans mes bras et je lui ai caressé la tête doucement. Jim est revenu à ce moment-là.

Jim – Il ne répond pas !

On n'a plus prononcé un seul mot.

Présario, qui venait de passer la grille d'entrée du lycée, a hurlé à notre intention :

Présario – Vous êtes encore là ? On vous a dit sept heures quarante-cinq dans les salles, il est sept heures cinquante-trois !

Et apercevant Léa, il a blêmi comme si la présence de ma meilleure amie sur le trottoir était une catastrophe puis il a vociféré :

Présario – Mademoiselle Flavigny, que faites-vous là ?

Si la situation n'était pas aussi dramatique, je lui aurais bien répondu : « elle a pris sa raquette et des balles, on va faire un tennis » mais ce n'était franchement pas le moment.

Il a continué :

Présario – Combien de fois vous ai-je répété que le lycée Colette n'était pas centre d'examen pour les L ?

Oh non, c'est vrai !!!

On s'était donné rendez-vous à sept heures et demie, Léa et moi, pour se voir avant l'épreuve de philo. On ne devait rester que cinq minutes ensemble et ensuite, elle devait rapidement repartir. Ma meilleure amie, tétanisée par l'angoisse, ne bougeait pas. Présario est devenu rouge comme une borne incendie. Il a hurlé :

Présario – Courez jusqu'au lycée Notre-Dame-de-Sion, j'appelle pour prévenir que vous vous êtes trompée et que vous serez en retard.

J'ai pris Léa par l'épaule comme elle l'aurait fait si j'avais été à sa place. Et, pour la convaincre de partir, j'ai utilisé ses mots et sa force.

Justine – Il faut que tu passes la philo. Nicolas va arriver, j'en suis certaine. Ne gâche pas tout. Si tu restes ici, que tu rates ton épreuve et que lui vient, tu ne te le pardonneras jamais. À lui non plus d'ailleurs...

Léa – Tu crois ?

Justine – J'en suis sûre. Fais-moi confiance, ma Léa ! File... Si tu cours, tu arriveras à l'arrache mais ça ira.

J'ai serré ma meilleure amie contre moi, elle m'a murmuré :

Léa – Et si je portais malheur ? D'abord mon père et puis...

Justine – Stop ! Tu arrêtes immédiatement ce délire ! Nicolas va arriver... Tu files...

Et comme elle ne quittait pas mes bras, je l'ai moi-même poussée pour qu'elle s'en aille. Ça m'a fait mal au cœur mais c'était pour son bien.

Jim, Ingrid et Thibault lui ont fait un signe de la main tandis qu'elle partait en courant. Je n'ai pas eu le loisir de la regarder s'éloigner parce que Présario nous a ordonné :

Présario – Vous gagnez vos salles immédiatement.

Je n'ai pas cherché à argumenter. Je suis entrée dans le lycée. Mes amis m'ont suivie.

On a entendu Présario qui commentait tout seul la situation.

Présario – À force de regarder leurs stupides émissions de téléréalité où des adolescents décérébrés pleurnichent pour un oui pour un non, ils ont du mal à assumer la moindre pression.

Dans la vie, quand tu n'as pas envie de regarder quelque chose, tu peux fermer les yeux et hop ça disparaît ! Mais lorsque tu n'as pas envie d'entendre quelqu'un, il est délicat de se boucher les oreilles ostensiblement... J'ai donc marché plus vite !

Dans la cour, des profs plantés comme la garde royale à l'entrée de Buckingham Palace nous attendaient. Listes à la main, ils nous ont expédiés à des étages différents. Ingrid a été envoyée au quatrième étage avec les élèves de ES et nous, on a été répartis dans les salles du premier avec les scientifiques. Jim m'a demandé :

Jim – Et les STI, ils sont où ?

Justine – Aucune idée.

Jim – Alors on ne pourra pas savoir si Nicolas arrive ou pas.

Thibault – Qu'est-ce qu'on fait Justine ?

C'est drôle, en temps de crise, je suis plutôt du genre à être suiveuse mais avec l'effondrement de Léa, mes amis me demandaient de prendre le contrôle de la situation.

Justine – Chacun va s'installer à sa place. On a une épreuve à passer et pas question de la rater ! Je vais appeler Eugénie pour l'avertir que Nicolas a disparu. Il faut qu'un adulte soit au courant et fasse des recherches. On ne peut pas faire plus pour Nico d'ici midi. Allez, à tout à l'heure.

Jim et Thibault n'ont rien rétorqué. Ils se sont dirigés vers leur salle.

J'ai vérifié que mon nom était bien sur la liste de la salle 117 et je suis entrée sans regarder autour de moi. J'étais trop absorbée par le coup de fil à donner à Eugénie. Comme je sortais mon portable de ma veste, une voix abîmée par au moins trente ans de Marlboro sans filtre a articulé à mon intention :

Mme Marlboro – Mademoiselle, à cette heure-ci, non seulement vous devriez être comme tout le monde assise à votre place munie de votre convocation, de votre pièce d'identité et de votre trousse mais, de plus, votre portable devrait se trouver éteint dans votre sac au fond de la salle.

Effectivement à l'autre bout de la pièce, un amoncellement de Eastpak annonçait sans équivoque que les élèves étaient tous arrivés.

J'ai cherché une tête amie pour me rassurer.

Au cinquième rang Brice, fou de joie de me voir arriver, m'a souri. Il y a vraiment des jours où tu as la sensation que des planètes inconnues ont embouti ton ciel astral...

Mme Marlboro – Vous m'avez entendue, mademoiselle ?

Oui, seulement il faut absolument que je téléphone à Eugénie. Je sens qu'on va m'en empêcher.

Qu'est-ce que ferait Léa à ma place ?

Elle ferait appel à la compassion de la dame et à sa capacité à se projeter sur une femme de son âge. Oui, mais elle a quel âge ? Lorsqu'on regarde certains profs, il est parfois difficile de les « dater » !

Allez, je lui parle de ma mère.

Je me suis approchée de la prof avec l'air de la fille qui supporte l'insupportable les dents serrées.

Je lui ai murmuré :

Justine – Madame, je suis partie ce matin en laissant ma mère toute seule. J'avais pourtant prévenu l'infirmière de venir lui faire ses soins avant mon départ, elle n'en a pas tenu compte. Du coup, j'ai fermé la porte et glissé les clefs sous le paillasson. Je dois absolument laisser un message à une voisine pour qu'elle lui ouvre.

Mme Marlboro – Votre mère est malade ?

J'ai baissé les yeux comme si la confidence me blessait.

Justine – Oui, mais je préférerais ne pas en parler.

Que ma vraie mère me pardonne, il faut absolument qu'on retrouve Nicolas.

Bingo ! Marlboro a dégluti avec peine.

Elle a fait signe à un prof que je n'avais pas vu à l'avant-dernier rang qu'elle sortait avec moi. Je ne savais pas qu'il fallait deux surveillants par salle, le jour du bac... Elle m'a chuchoté :

Mme Marlboro – Venez dans le couloir, on va vite s'occuper de ça avant le début de votre épreuve. Votre mère ne voudrait pas que son état de santé vous empêche de réussir brillamment.

Justine – Merci madame.

Dans le couloir, elle a dévoilé son plan d'attaque.

Mme Marlboro – Passez votre appel et demandez à ce qu'on vous laisse un SMS à l'arrivée de l'infirmière. Moi, je garde votre portable durant le temps de l'épreuve et je vous préviens dès que tout est rentré dans l'ordre.

Ce qu'il y a de touchant avec certains profs, c'est qu'ils se sentent obligés de régler les problèmes de tous les ados qu'ils rencontrent. À se demander ce qu'il leur est arrivé petits pour qu'ils veuillent rétablir ainsi les injustices faites aux enfants.

J'allais lui expliquer qu'il me suffisait juste de passer un coup de fil pour être tranquille lorsque j'ai entendu Présario crier dans les escaliers.

Présario – Vous avez vu l'heure, Brochet? Mais qu'est-ce que vous avez tous ce matin? Votre grande copine Flavigny végétait devant le lycée avec Perrin alors qu'elle devait être à Notre-Dame-de-Sion et vous, vous arrivez seulement la bouche en cœur! Ah vous faites une belle équipe!

Nicolas!!!

Mon cousin venait d'apparaître et se faisait remonter les bretelles par le proviseur. Quel idiot... Il nous avait inquiétés pour rien. Même si je ne pouvais plus avertir Léa, il fallait que je prévienne Jim et Thibault. Mais dans quelle salle étaient-ils l'un et l'autre? Tant pis je n'avais plus le temps d'inventer un stratagème délicat, il ne me restait qu'une seule solution bruyante mais efficace. J'ai hurlé à pleins poumons :

Justine – Nicolas est là!!!

Marlboro a bondi comme si le diable s'était emparé de mon corps et s'apprêtait, la fourche à la main, à l'emmener de l'autre côté du miroir. Je lui ai souri pour la rassurer.

Il fallait maintenant que je trouve rapidement une idée intelligente pour justifier ce dernier coup de folie. Depuis ce matin, la nouvelle Justine était arrivée et gérait toutes les situations, même les plus difficiles!

J'ai pris un air désolé et j'ai chuchoté :

Justine – Pardonnez-moi, je ne sais pas ce qui m'a pris... Nicolas, c'est le prénom de mon père et je voudrais tellement que quelqu'un me dise : « Nicolas est là! Il veille sur ta mère, passe ton bac tranquille. »

Marlboro a eu l'air tellement touchée que j'ai craint un moment de devoir l'assumer elle aussi. Elle m'a tapoté l'épaule.

Mme Marlboro – Ils apportent les sujets, dépêchez-vous de téléphoner.

Justine – À qui ?

Mme Marlboro – Comment ça à qui ? À la voisine, bien sûr...

Ah oui, bien sûr... Il y a un truc essentiel à avoir quand on est un menteur, c'est de la mémoire !

J'ai d'abord composé le numéro de Léa afin de la rassurer mais elle avait déjà éteint son téléphone. Comme la prof me fixait avec une réelle inquiétude dans le regard, j'ai vite composé mon propre numéro de téléphone, attendu de tomber sur ma boîte vocale et j'ai joué un one-girl-show sous les yeux d'un public captif et unique : Marlboro.

Lorsque j'ai raccroché après avoir demandé d'une voix vibrante à mon « répondeur-voisine » de prendre soin de ma chère maman qui est la seule personne qui me reste au monde et que j'aime plus que tout, j'étais au bord des larmes. La prof, n'en parlons pas. C'est fou comme l'émotion est contagieuse.

Je suis entrée en classe, en écrasant une vraie fausse larme de crocodile. Je me suis assise à ma place et j'ai attendu avec les autres que les sujets de philo arrivent.

La distribution des sujets un jour de bac est un grand moment.

Je vais vous raconter comment ça s'est passé dans les moindres détails parce que mon témoignage pourra peut-être vous servir le jour J.

epreuves.bac.com Rechercher [ ] Ok

Accueil Agenda Révisions Conseils Forum

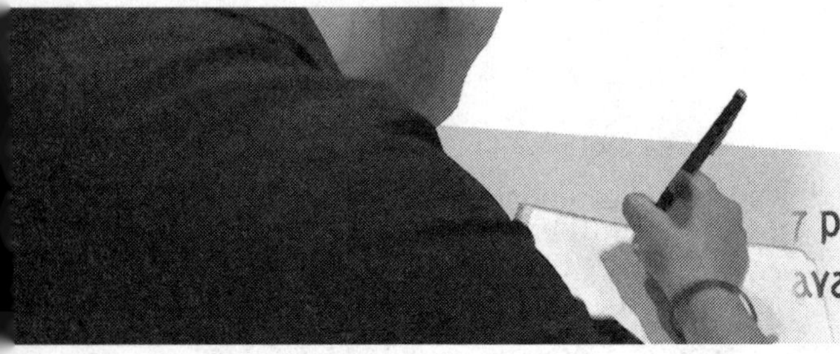

7 petits conseils avant de passer la philo

Fiches révisions
Philo

- Arrivez à votre centre d'examen trente minutes avant le début de l'épreuve.
- Entrez dans l'établissement dès que possible en évitant de bavarder sur le trottoir avec les copains, pour vous concentrer.
- Cherchez votre salle et rendez-vous sur le lieu pour ne pas avoir le stress d'arriver in extremis (allez aux toilettes avant si nécessaire).
- Éteignez votre portable et prenez vos deux pochettes (celle avec la convocation et la pièce d'identité, et la pochette transparente qui sert de trousse). Mettez aussi en évidence sur la table de l'épreuve votre montre, une bouteille d'eau minérale et éventuellement une barre de céréales ou un paquet de gâteaux.
- Portez votre sac au fond de la salle.
- Asseyez-vous, respirez profondément et concentrez-vous jusqu'à la distribution des sujets !!!
- Ne trichez pas, car la tricherie (antisèche, SMS, smartphone, etc.) peut conduire à de lourdes sanctions. La sanction la plus légère est l'annulation de l'épreuve. Selon la gravité des cas, la sanction va du blâme à l'exclusion définitive. Sans compter une amende... En 2010, 272 cas de fraude ont été recensés.

Alors que nous étions assis dans un silence de mort face à nos tables sur lesquelles on avait déposé des feuilles de brouillon en alternant les jaunes, les bleues, les roses (je ne vois qu'un plaisantin pour s'amuser avec les couleurs un jour pareil), Poulard, la CPE, est apparue…

Elle tenait ostensiblement dans sa main droite une enveloppe en kraft bien fermée. À l'intérieur, se trouvaient LES sujets de philo du bac que personne, non, personne au monde, ne connaissait encore !!! Marlboro a tendu la main pour prendre l'enveloppe mais l'autre ne l'a pas lâchée. Pendant un quart de seconde qui a duré une éternité, l'enveloppe est restée un trait d'union entre elles. Puis, on a senti que la CPE allait parler et qu'elle attendait qu'on écoute tous attentivement. Elle pouvait être tranquille, on n'avait rien d'autre à faire.

Elle a ouvert la bouche et a prononcé d'une voix tremblante :

Mme Poulard – Il est huit heures quatre…

La prof a acquiescé d'un air tendu. Pourquoi était-ce grave qu'il soit huit heures quatre, on ne sait pas. Puis, Poulard a ajouté :

Mme Poulard – Veuillez l'écrire au tableau, madame…

Si à chaque fois que quelqu'un regarde l'heure dans une salle de classe, on devait l'écrire, les murs et les plafonds des lycées seraient recouverts de graffitis. Et se tournant vers nous, Poulard nous a dit comme si on ne devait jamais se revoir parce que l'épreuve comportait des risques vitaux :

Mme Poulard – Bonne chance à vous…

Après le départ de Poulard, le prof qui était assis à l'avant-dernier rang s'est enfin levé. J'ai eu le temps d'apprécier sa petite trentaine, ses cheveux blonds mi-longs et sa barbe de trois jours savamment entretenue. Le style de prof qui doit se la jouer : « moi l'autorité c'est pas mon truc, je suis philosophe avant tout, ne comptez pas sur moi pour vous fliquer » et qui, le jour du conseil de classe, doit flinguer ses élèves avec application.

Bref le blondinet s'est levé, a pris une feuille qui était sur la table et est passé dans les rangs pour vérifier les convocations, les cartes d'identité et faire émarger les élèves.

Je me suis demandé pourquoi il choisissait le moment précis où Marlboro, qui avait désormais ouvert la fameuse enveloppe, distribuait les sujets. Devait-on subir tous les stress en même temps ?

La tête catastrophée de la fille du premier rang à la lecture des sujets n'a rien auguré de bon, celle du garçon derrière non plus. L'élève du troisième rang a carrément enfoui sa tête dans ses mains. Mon cœur s'est mis à battre dans mes tempes comme les basses dans une soirée de métalleux. J'ai attendu mon tour en tremblant.

Marlboro a posé la feuille sur ma table et m'a chuchoté :

Mme Marlboro – Ça va aller... Ne pensez qu'à votre épreuve !

Évidemment ! À quoi voudrait-elle que je pense d'autre en un moment pareil ? Ah oui mince, à ma fausse mère super malade... Toujours ce fichu problème de mémoire de la mauvaise menteuse.

J'ai pris la tête de circonstance. La prof a posé sa main sur mon bras en signe de soutien. Elle est gentille mais si elle me lâchait, je pourrais lire les sujets et commencer à travailler.

La culture dénature-t-elle les hommes ?

Est-il absurde de désirer l'impossible ?

Finalement, si elle remettait sa main, ce serait mieux. Je viens d'apercevoir les sujets et je préfère croire que j'ai mal lu, que mon inconscient me joue des tours.

La culture dénature-t-elle les hommes ?
Est-il absurde de désirer l'impossible ?

Ah ben non, c'est bien ça. Remarque, ça va être vite réglé.

Pour le premier sujet, je ne comprends rien et, pour le second, j'ai déjà la réponse : l'impossible, pas besoin de le désirer, il est là devant mes yeux, c'est le sujet !

Bon, on fait quoi maintenant ? Si quelqu'un a apporté des cartes, je ferais bien un tarot parce que quatre heures sans rien faire, ça va être long. Ou alors des cierges ? Un petit miracle, ça serait bien. Après tout, Moïse ne les a pas écrits tout seul ses Dix Commandements, c'est Dieu qui lui a tout dicté. S'il l'a fait pour lui, il peut le faire pour moi. Non ?!?

Je vois que mon cas n'intéresse personne, à part Marlboro qui ne me quitte pas des yeux et me sourit d'un air niais dès que je croise son regard. Je vais donc tenter d'écrire quelque chose, ça m'occupera et ça m'évitera l'échec sec...

Est-il nécessaire que je vous conte par le menu ces quatre heures de « non-vie » ? À mon avis, c'est inutile. Imaginez seulement vingt adolescents mentalement sains, rivés à leur table pour répondre à une question saugrenue, se goinfrant de Kinder Bueno et de M&M's et levant la main à intervalles réguliers pour aller faire pipi.

Vous voyez le désastre ?

Si un jour je deviens présidente de la République, je condamne illico le ministre de l'Éducation nationale à passer les épreuves du bac. Je pense qu'après cette expérience désastreuse il révisera sa copie !

Bref, midi quatre a fini par sonner. Et là, il a fallu rendre nos devoirs à la seconde. Huit heures quatre-midi quatre !!!

Je suis sortie de la salle rapidement, non sans avoir supporté un tête à tête avec Marlboro sur mon avenir et la force de la résilience. Je l'ai remerciée et je me suis sauvée prétextant l'envie de retrouver ma maman chérie. Elle ne m'a pas retenue davantage.

Des élèves étaient déjà dans la cour lorsque je suis arrivée. Certainement les classes à qui on avait distribué les sujets à huit heures une ou huit heures deux ! J'ai rallumé mon portable et j'ai vite appelé Léa. Elle a décroché à la première sonnerie. Je lui ai tout de suite annoncé la bonne nouvelle.

Justine – Nicolas est au lycée, il est arrivé à huit heures.

Léa – Je sais.

Justine – Comment tu le sais ?

Léa – Je suis venue vérifier qu'il était bien dans sa salle.

Justine – Mais quand ?

Léa – Vers dix heures.

Justine – Quoi ???

Si Léa était à dix heures au lycée Colette, c'est qu'elle ne s'était pas présentée à Notre-Dame-de-Sion. Ma meilleure amie a dû m'entendre réfléchir.

Léa – Si, j'y suis allée... J'ai essayé de travailler pendant un moment et comme je n'arrivais pas à penser à autre chose qu'à Nicolas, je suis sortie.

Justine – Mais Léa, la philo c'est coefficient 7 pour toi !!!

Léa – Je sais...

Le bip indiquant que j'avais un double appel a retenti. J'ai regardé l'écran. EncoreMum s'est affiché. Il valait mieux que je lui réponde tout de suite sinon elle allait prévenir le FBI et le GIGN. J'ai demandé à Léa de rester en ligne trois secondes.

Justine – Allô maman !

La mère – Justine ? Comment ça va ? Comment ça s'est passé ? Tu as réfléchi avant de choisir le sujet ? Tu as relu ta copie ? Tu as vérifié ton orthographe ? Tu as bien rendu les bonnes feuilles ? Tu n'as pas confondu avec les brouillons ?

Je l'ai laissée se fatiguer puis j'ai placé l'argumentaire spécial « mère anxieuse qui a besoin d'être complètement rassurée ». Vous m'excuserez pour le mensonge !

Justine – Ça s'est super bien passé ! Imagine-toi qu'on avait quasiment traité le sujet en classe. J'ai ressorti le corrigé intégralement. C'est cool non ?

La mère – Mais quasiment le même sujet, ce n'est pas exactement le même sujet ! Si ça se trouve, il y avait un petit mot qui changeait tout et tu as fait un hors sujet. Tu sais, la philo, c'est pas des maths...

Une chose à retenir sur les mères et leur anxiété. Tout argument visant à les calmer ne fait qu'augmenter leurs angoisses. J'ai clos la discussion rapidement pour reprendre Léa.

Justine – Léa ?

Mince, elle avait raccroché.

Je suis sortie du lycée et j'ai trouvé ma meilleure amie qui m'attendait sur le trottoir à l'endroit où on s'était quittées ce matin. Elle m'a souri. Ses cernes bleutés faisaient comme un berceau sous ses yeux gonflés par les larmes. Je me suis précipitée pour la prendre dans mes bras.

Léa, ma Léa, mon amie, ma sœur, que puis-je faire pour endiguer le flot de ton chagrin ?

Je la berçais depuis cinq minutes lorsque Nicolas est arrivé. À vrai dire, je ne l'ai pas vu parce que je lui tournais le dos. C'est le raidissement soudain de Léa qui m'a avertie de sa présence.

Je me suis retournée. Mon cousin nous a regardées fixement et il est passé sans nous dire un seul mot.

Mais je rêve !!!

Avec ses agitations de garçon jaloux, il a flingué l'épreuve de philo de Léa et il se permet en plus de se la jouer fâché ? Ah ça ne va pas se passer comme ça. Je me suis ruée sur lui avec la délicatesse d'un buffle.

Justine – Tu te fous du monde, là ??? Tu sais que Léa t'a cherché toute la nuit et qu'elle a raté la philo ce matin ??? Tout ça pour quoi ??? Pour un Néanderthalien incapable de gérer ses émotions... Je ne veux même pas savoir où tu étais, tu fais demi-tour à la seconde et tu demandes pardon à Léa, à plat ventre, front contre terre.

Nicolas m'a dévisagée, effaré. Je n'ai pas compris si c'était ma violence qui le bouleversait ou le fait que Léa ait raté son épreuve à cause de lui. Je lui ai balancé sans la moindre douceur :

Justine – Tu peux être content de toi.

Mon cousin a blêmi et s'est précipité vers Léa.

Lorsque Jim, Thibault et Ingrid sont sortis du lycée, Nicolas tenait ma meilleure amie dans ses bras et lui embrassait fiévreusement les yeux. Évidemment, je m'étais éclipsée et j'attendais un peu plus loin. Thibault m'a dit en les observant :

Thibault – Tout est bien qui finit bien.

Justine – Pas vraiment non ! Léa a rendu sa copie à dix heures. Elle était complètement polluée par la peur qu'il soit arrivé quelque chose à Nicolas.

Jim – Mais elle est folle ! La philo, c'est sa matière forte et c'est coef 7 pour elle. Si elle s'est plantée, elle ne pourra jamais rattraper.

Mon cœur a de nouveau battu la chamade. Ce matin, j'avais eu peur pour mon cousin, maintenant je tremblais pour Léa. J'ai murmuré comme si je ne voulais pas entendre mes propres mots :

Justine – Je sais, elle n'aura pas l'oral de rattrapage. Tout ça pour quoi ?

Mon prince, romantique, m'a répondu :

Thibault – Pour l'amour...

Ingrid, dont on n'avait pratiquement pas entendu la voix depuis ce matin, a corrigé avec véhémence.

Ingrid – Ah non !!! C'est pas ça l'amour. L'amour, c'est pas un truc qui te détruit ! Ça peut te bouleverser, te bousculer mais certainement pas te mener à ta perte. En disparaissant la veille du bac, Nicolas a joué une partie de bras de terre avec Peter. Qui des deux garçons Léa va-t-elle choisir ? Lequel a le plus de pouvoir sur elle ?

Vous connaissez ma difficulté à prononcer le moindre compliment à l'égard d'Ingrid mais là, je dois avouer (si on excepte sa confusion bras de fer/bras de terre) qu'elle avait parfaitement analysé la situation. Je l'ai félicitée et ai ajouté mes propres arguments.

Certainement embarrassé par les critiques virulentes à propos de son grand pote Nicolas, Jim a proposé un repli stratégique au *Louis XVI*.

Jim – On va prendre un sandwich ? Je meurs de faim.

Thibault – Moi aussi ! Et une bière glacée avec ?

Jim – Bien sûr, il n'est pas du tout absurde de demander l'impossible.

Thibault – STOOOOOOOOP !!! Celui qui dit un mot sur les épreuves de ce matin est immédiatement exclu de cette noble assemblée.

Jim – D'accord.

Thibault – À partir de cette minute, même les mots du sujet : « est », « il », « absurde », « de », « demander », « l' », « impossible », sont bannis de notre vocabulaire. Tendez tous votre main droite et dites : « je le jure ».

On a juré avec plaisir.

Malheureusement dans la vie, il y a ce que tu décides de faire et ce que la vie a prévu comme scénario pour toi. À peine était-on installés au café, devant nos sandwichs poulet crudités, que la voix de Brice proposant un corrigé du devoir a retenti.

Quand je dis « corrigé », ce n'est pas exactement cela. Brice lisait son brouillon à une dizaine d'élèves regroupés autour de lui. Mais vu le profil du garçon, on peut estimer que sa réflexion est plus pertinente que le corrigé donné dans une heure sur le Net par une assemblée de doctes professeurs. Jim nous a demandé discrètement :

Jim – Je l'étouffe en lui faisant avaler ses feuilles ?

Thibault – C'est un peu radical, non ?

Jim – Quelqu'un a une autre solution ?

Ingrid – On n'a qu'à chanter !

Il semblerait qu'Ingrid ait utilisé l'intégralité de son potentiel de pensées intelligentes tout à l'heure. Comme on la regardait un peu perplexes, elle a ajouté :

Ingrid – On chante une chanson en canon très fort, ça couvrira sa voix !

Jim a éclaté de rire.

Jim – Bonne idée !!! Surtout que côté voix de stentor, Justine nous a prouvé ce matin qu'on pouvait l'entendre de très loin !

Thibault – STOOOOOP, tu es en train de parler de l'épreuve, je te rappelle ta promesse.

Jim – Exact, toutes mes excuses. Alors on chante...

Après cinq minutes à explorer le répertoire de textes à chanter en canon, on a réalisé que *Vent frais, vent du matin* était le plus simple. On s'est donc exécutés avec une ferveur d'élèves de moyenne section de maternelle.

Brice, ne parvenant plus à se faire entendre, nous a jeté un regard méprisant et, suivi par sa cohorte d'aficionados, est allé lire sa prose ailleurs. Et c'est ainsi que notre quatuor a eu raison de l'impossible !

Son départ théâtral a provoqué un fou rire général et tous les élèves présents dans le café, gagnés par notre bonne humeur, ont repris l'hymne de la journée : *Vent frais, vent du matin* !!!

C'est dans cette ambiance délirante de lycéens post-épreuve que Léa et Nicolas ont fait leur entrée. Leur gravité m'a crevé le cœur. Durant ces quelques minutes de folie, j'avais oublié le sort de ma meilleure amie.

J'ai soudain eu honte d'être là, en train de rire la bouche ouverte, alors que Léa était mal. Elle est venue s'asseoir tout près de moi et elle m'a chuchoté :

Léa – Continue à rire ma Justine, ça me fait du bien. Je n'ai pas besoin d'une amie sinistre. Je sais que tu m'aimes et que tu t'inquiètes pour moi.

Comment cette fille parvient-elle à toujours trouver les mots qu'il faut ?

Léa – Toi aussi, tu sais trouver les mots pour aider les autres. Sans toi, je ne me serais pas présentée à l'épreuve de philo. Je n'aurais rien rendu.

Le BAC

en quelques chiffres

Nombre de copies à corriger : environ 4 millions.

Nombre de sujets élaborés : près de 5000.

Nombre de pays étrangers organisateurs d'épreuves du bac chez eux : 82.

Nombre de centres d'examen : 4737.

Nombre de candidats inscrits au bac : 654 548 (dont 25 840 candidats individuels).

Nombre de candidats inscrits au bac professionnel : 171 702.

Nombre de correcteurs et d'examinateurs : 166 866.

Le candidat le plus jeune : 12 ans et cinq mois (académie de Montpellier).

Le candidat le plus âgé : 71 ans (académie d'Orléans-Tours).

Nombre de langues vivantes étrangères au choix des candidats au titre des épreuves obligatoires et facultatives : 22.

Nombre de langues régionales : 11*.

* Chiffres du baccalauréat 2011.

Justine – Et tu crois que ce que tu as rendu va suffire ?

Léa – Absolument pas et je préfère te le dire tout de suite, je ne me présenterai pas aux autres épreuves. Ça ne servira à rien.

Justine – Qu'est-ce que je peux faire pour t'aider ?

Léa – Rien de spécial. Juste être toi.

Évidemment, en entendant cette déclaration inconditionnelle d'amitié, je me suis mise à pleurer. Léa m'a prise dans ses bras.

Non ! Il fallait que j'arrête d'être la Justine émotive et sensible qui a sans cesse besoin qu'on la rassure. C'est Léa qui avait besoin d'aide, pas moi. J'ai essuyé mes larmes, je me suis redressée et je lui ai dit avec conviction :

Justine – Il n'est pas question que tu t'arrêtes en chemin. Je passe prendre mes affaires à la maison et je te rejoins. Je m'installe chez toi toute la semaine. On va bosser comme des dingues et crois-moi, tu l'auras ce bac, même avec trois en philo. Ne me dis pas non, tu n'as pas le choix.

Nicolas a demandé :

Nicolas – Et moi, je peux venir ?

Je n'ai pas laissé à Léa le loisir de répondre, j'ai fixé mon cousin et j'ai déclaré :

Justine – Toi, je ne veux plus t'entendre jusqu'à la fin des épreuves. Léa te téléphonera dix minutes par jour si elle le désire. Pas plus. Et fais attention, je serai juste à côté. Un mot de trop et tu le paieras cher. Profite du temps où je vais préparer mon sac pour demander encore pardon à Léa, je suis là dans vingt minutes.

Et je suis sortie du café, sûre de moi comme je ne l'avais jamais été.

Thibault m'a couru après dans la rue.

Thibault – Justine !!! Attends-moi...

Je me suis retournée. Qu'est-ce qu'il est beau dans son treillis beige ! Est-ce que si nous rentrons ensemble jusqu'à la maison bleue, je pourrais m'arrêter un instant chez lui ?

Stop ! Ce n'est vraiment pas le moment ! Oui, mais il est so sexy et je l'aime tellement.

Thibault a dû sentir que je ne voulais pas qu'il s'approche trop près, au risque de me faire dévier du droit chemin. Alors il m'a juste envoyé un baiser avec la main et m'a demandé :

Thibault – J'aurai le droit de t'appeler dix minutes par jour moi aussi ?

Justine – Oui...

Thibault – Tu vas me manquer.

Justine – Toi aussi...

Thibault – C'est bien ce que tu fais pour Léa, je suis fier de toi.

Justine – Merci !

Et avec un sourire que Casanova lui-même n'avait pas en stock, il a ajouté :

Thibault – Justine, tu me plais à mort.

J'ai soudain eu très chaud sous le soleil brûlant de treize heures.

Que la fête commence!

Léa – On se prépare un thé ?

Justine – Tu n'as pas fini de réviser les fiches que tu as en main.

Léa – S'il te plaît, Justine ! Juste une petite tasse et après on s'y remet...

Justine – Non.

Léa m'a lancé un regard noir.

Léa – Mais qui aurait cru que tu deviendrais en si peu de temps un vrai bourreau ? Tout ça pour rien en plus, je vais louper mon bac.

Justine – Travaille.

Léa a levé les yeux au ciel comme une sale ado perturbée. J'étais chez elle depuis quatre jours et je ne la lâchais pas d'une semelle. Je m'étais promis de tout faire pour qu'elle ait le bac et rien ni personne ne m'empêcherait d'accomplir ma tâche. Demain les épreuves recommençaient, ma meilleure amie devait être fin prête...

Léa – Si je ne bois pas de thé, je vais m'endormir sur mes fiches.

Justine – T'inquiète, je te réveillerai !

Léa – Si je ne bois pas, je risque un problème rénal... un truc violent qui m'empêchera de passer l'épreuve de littérature.

Justine – Tu as une bouteille d'eau juste à côté de toi.

Léa – Je n'aime pas l'eau, je veux du thé.

Elle me fait penser à moi quand maman essaie de m'aider et que je fais exprès d'être désagréable. Léa m'a souri.

Léa – Tu vois, tu vas finir par regretter ce que tu fais subir à ta mère !

Justine – Arrête de lire dans mes pensées, sorcière, et travaille !

Léa – D'accord mais seulement si j'ai un thé...

Et voilà comment les ados d'aujourd'hui obtiennent le dernier téléphone portable hyper high-tech ou le tee-shirt je ne sais quoi. À l'usure !!!

On est descendues boire un thé. Eugénie nous a accueillies dans la cuisine avec une tarte abricots pistaches qui sortait tout droit du four.

Eugénie – Une petite pause gâteau, les filles ?

Justine – Cinq minutes montre en main, pas plus.

Eugénie – Cinq minutes pour déguster une tarte de cette qualité ? C'est insultant !

Justine – Sept minutes, bouilloire comprise, je n'irai pas au-delà.

Eugénie a regardé sa petite-fille d'un air désolé tandis que je mettais le chrono sur mon portable. Léa a levé la main.

Léa – Je voudrais aller faire pipi, c'est décompté sur les sept minutes ou pas ?

Je n'ai pas eu le temps de répondre. Elle a éclaté de rire avant...

Franchement, je ne vois pas ce qu'il y a de drôle.

Léa – Respire, Justine !

Justine – Tu m'énerves.

Léa – Mais tu m'aimes quand même ?

Justine – J'ai des doutes depuis jeudi.

Léa – Parce que j'ai raté mon épreuve de philo ?

Alors là, elle exagérait vraiment ! Dire que mon agacement provenait de son échec en philo alors que, depuis quatre jours, je ne me souciais que de ça, supportant stoïquement ses crises d'angoisse et son envie de tout abandonner, c'était vraiment injuste.

Plutôt que de hurler à l'injustice comme l'aurait fait l'ancienne Justine, j'ai enfourné un morceau de tarte.

Léa s'est assise près de moi et m'a embrassée sur la joue.

Léa – Tu es la meilleure amie du monde. Je suis insupportable et tu résistes. Pourtant, quand on sait à quel point tu es réactive, cela doit être très dur pour toi...

La douceur retrouvée de Léa m'a soudain donné envie de me plaindre à mon tour puis je me suis rappelé ma mission de la semaine. Alors regardant le chrono sur mon portable, j'ai dit la bouche pleine :

Justine – Il te reste quatre minutes. Tu ne devrais pas perdre de temps en bavardage...

Face à mon inflexibilité, Léa a couru jusqu'aux toilettes et en est revenue en moins d'une minute. Elle s'est lavé les mains, a avalé sans la mâcher la part de tarte qu'Eugénie lui tendait puis a tenté de la faire passer en buvant du thé brûlant. J'ai articulé façon horloge parlante :

Justine – Une minute quinze...

Léa – Le temps perdu aux urgences pour brûlure de l'œsophage et occlusion intestinale sera décompté ?

Je n'ai rien répondu, j'ai attendu le bip du portable pour l'inviter à remonter dans sa chambre.

Léa – Je peux prendre ma tasse ?

Justine – Si tu lis tes fiches en même temps, tu peux boire autant que tu veux ! Sachant bien sûr que la prochaine pause pipi n'aura lieu que dans une heure !

Si vous voulez avoir une idée de la fin de notre dimanche, vous dupliquez une bonne dizaine de fois la scène que vous venez de lire et vous avez le programme. Un vrai bonheur...

Heureusement lundi matin a fini par arriver et j'ai été presque soulagée de me lever pour passer mon épreuve de maths. Léa commençait son épreuve de littérature à Notre-Dame-de-Sion, à la même heure que moi, et j'avais décidé de l'accompagner à sept heures trente.

Après l'avoir vue entrer dans l'établissement, j'ai patienté un petit moment. On ne sait jamais, elle pouvait déguerpir sans crier gare ! Lorsque j'ai été assurée que tout se passait comme prévu, j'ai rejoint le lycée Colette à grandes enjambées.

Thibault, Jim, Nicolas et Ingrid étaient devant les grilles. Ils n'étaient pas les seuls. Présario, l'œil sur sa montre, attendait sept heures quarante-cinq pile pour fustiger les retardataires. Pour la première fois de ma vie, j'ai pensé que son rôle n'était pas facile et qu'il méritait un peu de reconnaissance. Aussi lui ai-je dit gentiment :

Justine – Bonjour monsieur Présario, tout va bien ce matin ?

Ma question a semblé le bouleverser.

Pauvre homme dont le cœur avait été démoli par des générations d'ados ingrats et méchants et qui, aujourd'hui, était touché par un peu d'empathie. Sa réponse a été immédiate :

Présario – Si vous croyez que c'est le moment de jouer la maligne, Perrin, vous vous trompez ! Alors arrêtez vos simagrées et dépêchez-vous de rentrer...

Je retire ce que je viens de dire. Présario est en réalité un sale type qui a choisi de travailler pour l'Éducation nationale parce que ça lui permet de martyriser de pauvres ados fragiles et sans défense.

Mon essai raté d'apprivoisement du pitbull a bien amusé les élèves qui arrivaient et c'est donc vexée que je suis entrée dans la cour.

Thibault, bienveillant, m'a chuchoté :

Thibault – Si tu m'avais dit bonjour aussi gentiment, j'aurais fondu comme un loukoum au soleil.

Justine – Eh ben pas lui...

Thibault – Comment tu vas, toi, ce matin ?

Justine – Comme un être qui a supporté les assauts répétés d'une grande ado insupportable qui ne veut pas passer le bac. Je ne pensais pas être confrontée si tôt à ce type de problème. J'ai moi-même à peine eu le temps de faire ma crise !

Thibault – Tu es la meilleure amie du monde.

Nicolas – Mais pas la meilleure cousine !

Nicolas, qui s'était mêlé à notre conversation sans y être invité, me regardait d'un air mauvais. Je savais très bien que c'était à cause de l'affaire du portable.

Ah mais vous n'êtes pas au courant, vous...

Depuis deux jours, j'avais le portable de Léa en ma possession. Comme j'en avais assez de la voir se déconcentrer toutes les cinq minutes pour lire les SMS de Nicolas, je lui avais confisqué son téléphone depuis lequel j'avais immédiatement appelé mon cousin pour l'informer de ma décision. Nicolas, persuadé que c'était son grand amour qui, ayant échappé à ma vigilance, l'appelait, avait murmuré : « T'as réussi à larguer la folle ? ». « Non, lui avais-je répondu, elle n'a pas réussi et jusqu'à la fin des épreuves la folle éteint l'iPhone. » Et j'avais joint le geste à la parole.

Il avait aussitôt rappelé sur mon portable pour crier son indignation, j'avais coupé sans sommation.

Voilà pourquoi, aujourd'hui, il me réservait un accueil plutôt froid.

Ingrid est immédiatement intervenue pour me défendre :

Ingrid – Franchement, Nico, tu abuses. Ce que fait Justine pour Léa est super ! Tu devrais la remercier au lieu de l'agresser.

Nicolas – Tu as raison Ingrid ! Danke Herr General Justine.

Ingrid, agacée que Nicolas continue à m'attaquer ouvertement, a tenté un proverbe dont elle seule a le secret :

Ingrid – Ne t'inquiète pas Justine, c'est de l'amour déguisé ! Qui aime bien, charrie bien...

Pour une fois, j'ai remercié Ingrid qui n'était pas si loin du proverbe initial.

Sur ce, on s'est tous souhaité bonne chance et on s'est dirigés vers nos salles.

Je ne vois pas l'intérêt de vous décrire l'épreuve de maths, à moins que vous n'aimiez qu'on vous raconte plusieurs fois la même chose... Pour résumer, c'était le même scénario qu'en philo : deux surveillants (mais pas les mêmes), l'enveloppe en kraft fermée, l'heure annoncée comme si c'était une prédiction catastrophique de Nostradamus, le contrôle police, les bruits d'emballage de gâteaux, les élèves qui lèvent la main pour aller aux toilettes, les autocollants avec un numéro pour anonymer les copies.

J'ai rendu ma copie un quart d'heure avant la fin. Le sujet m'avait semblé vraiment facile, tellement facile que je craignais de ne pas avoir vu les pièges.

En sortant de ma salle, j'ai eu envie d'attendre Thibault et Jim pour comparer nos brouillons mais il m'a semblé plus raisonnable de courir jusqu'à Notre-Dame-de-Sion voir Léa. Tout le long du chemin, j'ai prié afin qu'elle se soit battue pour cette épreuve.

C'est son sourire qui m'a soulagée dès que je l'ai aperçue. Depuis jeudi dernier, je n'avais plus vu son visage s'éclairer. J'ai crié :

Justine – Alors ?

Léa – Le sujet était super intéressant. Un travail sur les sens cachés dans *Gargantua*. J'avais plein de trucs à dire !

SI L'ON DOIT CLASSER LES ROMANS PAR GENRE, ON RETROUVE À CHAQUE FOIS UNE FICTION MAIS AVEC UN ANGLE PARTICULIER D'ANALYSE.

- Le roman d'analyse : étude des variations et contradictions des passions.
- Le roman d'apprentissage : inexpérience d'un jeune héros qui apprend la vie.
- Le roman de mœurs : conduite des hommes dans la vie quotidienne.
- Le roman historique : prend pour toile de fond un événement historique ou une période.
- Le roman utopique : représente une société idéale et sans défaut visant une satire de la civilisation.
- Le roman d'aventure : met l'accent sur l'action d'un héros. Nombreuses péripéties parfois peu vraisemblables.
- Le roman policier : comporte six invariants, le crime ou délit, le mobile, le coupable, la victime, le mode opératoire et l'enquête.
- Le roman de science-fiction : un genre structuré par des hypothèses sur ce que pourrait être le futur.

Justine – Combien ?

Léa – Combien de quoi ?

Justine – Combien tu pourrais avoir sur une copie comme ça ?

Léa – Ah non, tu ne recommences pas...

Justine – Quatorze, c'est possible ?

Léa – Je ne sais pas.

Et sortant ma calculatrice, j'ai refait les calculs avec trois en philo et quatorze en littérature. Si on comptait les points d'avance de l'histoire et du français de première, malheureusement annulés par les mauvais résultats en maths et en SVT mais qu'on y ajoutait deux hypothétiques quatorze en anglais et en espagnol, elle pouvait peut-être avoir l'oral de rattrapage. Depuis jeudi, je calculais avec un certain pessimisme toutes les combinaisons possibles mais là, soudain, je reprenais espoir.

Léa m'a demandé :

Léa – On va manger ? J'ai faim.

Justine – D'accord...

Léa – On va au *Louis XVI* ?

Justine – Non, on va au café d'en face. Tu as anglais cet après-midi, il faut que tu te concentres.

Ma meilleure amie n'a pas protesté. Elle m'a juste dit :

Léa – Maintenant j'ai peur, j'ai quelque chose à perdre...

Je l'ai prise par le bras et j'ai rectifié façon nouvelle Justine :

Justine – Erreur, tu n'as pas quelque chose à perdre, tu as quelque chose à gagner. Et tu vas gagner, je le sens...

Léa – Ah bon, t'es devenue sorcière, toi ?

Justine – Oui, m'dame. C'est amicalement transmissible !!!

Durant le déjeuner, j'ai coaché Léa comme un entraîneur sportif et j'ai eu l'impression que chacun de mes mots faisait mouche. Elle semblait remontée à bloc !

Seulement à treize heures trente, lorsque je suis partie, c'est moi qui avais la peur au ventre. Je jouais gros cet après-midi. Avec la SVT en spécialité, chaque point en valait huit. Je n'avais pas intérêt à faiblir.

Les garçons m'attendaient dans la cour et j'ai eu à peine le temps de leur parler de Léa qu'il a fallu remonter dans nos salles pour composer à nouveau.

Avez-vous besoin que je vous replante le décor pour que vous visualisiez la scène ? Tout s'est passé à l'identique...

Seul petit événement sortant de l'ordinaire durant cette épreuve : la crise de nerfs d'une fille au troisième rang provoquée par l'ouverture d'un paquet de Pépito !

En temps normal, on ne se rend pas compte du bruit lorsqu'on ouvre un paquet de gâteaux. En revanche, dans une salle d'examen, quand le calme est complet, le moindre froissement de papier fait l'effet d'un tremblement de terre.

Et plus tu tentes d'être discret, plus tu mets de temps à ouvrir ton sachet, plus c'est bruyant...

Bref, la blonde n'a pas supporté et a piqué sa crise. Un truc énorme avec tremblements et respiration haletante. Il a donc fallu lui apporter un verre d'eau puis un surveillant l'a emmenée prendre l'air dehors. Quand elle est revenue, plus personne n'a osé manger quoi que ce soit.

On a travaillé jusqu'à la fin, le ventre vide. Ça a été dur... D'autant que le sujet, une étude de documents sur la stabilité et la variabilité des génomes, était quasi infaisable.

Thibault était catastrophé lorsqu'il est sorti de sa salle. Il n'était pas le seul, j'étais très abattue.

Thibault – Si j'ai six, c'est le maximum. Et toi ?

Justine – Pas mieux...

Jim nous a rejoints, totalement défait lui aussi.

Jim – Toutes ces révisions pour se planter sur un sujet pareil, ça me dégoûte !

J'ai sorti ma calculatrice pour voir comment, avec six en SVT, je pourrais avoir mon bac. Mon avenir m'a paru soudain très sombre.

En sortant du lycée, je n'ai pas eu à aller chercher Léa à Notre-Dame-de-Sion. C'est elle qui m'attendait devant les grilles en compagnie de Nicolas. Elle était moins souriante qu'à midi. Le texte de Russel Banks extrait de *Success Stories* avait été coriace.

Léa – Je n'aurai jamais quatorze.

Justine – Combien alors ?

Léa – Si j'ai neuf ou dix, je serai contente.

J'ai ressorti ma calculatrice et, malgré mes efforts, je n'ai pas réussi à atteindre une moyenne générale de huit. À ce moment précis, j'ai eu envie de partir en courant et de l'abandonner sur le trottoir.

Le lendemain, j'avais physique. Il fallait absolument que je me concentre sur mon travail. Léa m'a demandé :

Léa – Tu préfères rentrer chez toi Justine ?

Justine – Ben non, pourquoi ?

Mince, j'avais oublié que, même déprimée, Léa reste une sorcière qui lit dans mes pensées. J'ai bafouillé une phrase qui a dû sonner atrocement faux.

Justine – Je… je t'ai dit que je restais jusqu'à la dernière épreuve.

Léa – Tu es sûre ?

Justine – Absolument certaine. Je vais juste passer chez moi raconter en live mes épreuves d'aujourd'hui à ma mère, je lui ai promis, après je te rejoins très vite. D'accord ?

Léa – Comme tu veux mais si tu changes d'avis, je ne t'en voudrai pas…

J'ai filé à la vitesse de la lumière après avoir refusé, le cœur dans les chaussettes, une invitation de mon prince à réviser la physique dans sa chambre ! Si je voulais rentrer à la maison, préparer mes affaires pour le lendemain et m'occuper de Léa, je n'avais pas le temps d'aller chez Thibault.

J'ai grimpé les escaliers de la maison bleue quatre à quatre, j'étais contente de rentrer « at home » ! La pression du bac, ces quelques jours loin de chez moi, m'avaient fait prendre conscience du bonheur d'avoir une famille comme la mienne. Et lorsque mon frère m'a ouvert la porte, une bouffée d'amour m'a envahie. Il était si mignon avec sa bouille de premier de la classe. Je me suis jetée sur lui pour l'embrasser.

Justine – Coucou mon chou adoré ! Tu vas bien ?

Théo m'a regardée d'un air suspicieux.

Théo – Tu as un service à me demander ?

Justine – Non…

Théo – Il y a une caméra cachée quelque part ?

Justine – Non…

Théo – Tu as fait un pari stupide ?

Justine – Mais non enfin ! Pourquoi tu me poses toutes ces questions ?

Théo – Parce que je n'arrive pas à comprendre pourquoi tu es si gentille avec moi, ça ne te ressemble pas.

Bien, merci pour l'accueil !

Ma mère est apparue juste derrière lui. Ma petite maman chérie, cet être merveilleux qui m'a nourrie, qui a veillé avec abnégation mes nuits fiévreuses, qui a supporté mes pleurs, qui m'a aidée jour après jour à devenir celle que je suis aujourd'hui. Une mère quoi ! Un symbole d'amour et de douceur.

La mère – Ah ben te voilà, toi !!! On ne peut vraiment pas compter sur toi. Tu m'avais promis d'appeler en sortant. Je t'ai laissé au moins dix messages sur ton portable.

Justine – Désolée mum, j'ai complètement oublié.

La mère – Alors, ça s'est passé comment ?

Justine – Bof.

La mère – Un bof coefficient huit, je te rappelle !

Justine – Je sais. Le sujet était super dur...

Ma mère a soupiré longuement.

Évidemment, vous allez me dire : « Quoi ? Elle a soupiré, elle a bien le droit de soupirer, c'est un phénomène physiologique naturel. »

Eh bien non ! Dans ce soupir il y avait plus qu'un phénomène respiratoire. Il y avait une tonne de sous-entendus du genre :

– Je te l'avais bien dit : tu n'as pas suffisamment travaillé.

– Tu n'en as fait qu'à ta tête.

– Tu ne peux t'en prendre qu'à toi. Ce n'est pas faute de t'avoir mise en garde.

– Voilà le résultat quand on préfère s'amuser avec ses copains.

– Ne compte pas sur moi pour te consoler.

– Je te préviens, si tu rates ton bac, tu iras en internat pour le repasser.

– Dire que j'ai sacrifié ma carrière de danseuse pour ça ! J'étais très douée, tu sais, et j'aurais très bien pu...

Ah non, pitié ! Pas sa carrière de danseuse...

J'ai filé dans ma chambre en me souvenant soudain de la raison pour laquelle je fuis, en temps normal, le plus possible cette maison : je n'aime jamais autant ma famille que lorsque je suis loin d'elle. Et, à bien y réfléchir, je me demande si ce que je viens d'énoncer n'est pas une vérité universelle censurée par les adultes pour éviter des exodes massifs d'adolescents.

Ma mère m'a suivie, poursuivie pourrais-je dire.

La mère – Bien, ce qui est fait est fait. J'espère que tu t'en sortiras mieux en physique ! Je n'ose imaginer la tête de ton père si je devais lui annoncer que tu as loupé ton bac.

Justine – C'est bon maman, j'ai assez de pression comme ça, tu n'as pas besoin d'en rajouter.

La mère – Il serait temps que tu sois sous pression, ma chérie, parce que je ne t'ai pas souvent vue stressée cette année.

Justine – Il fallait mieux me regarder. Ça m'aurait peut-être aidée d'avoir une mère plus attentive...

Oui, je sais cette petite phrase perfide visant à provoquer chez ma mère un sentiment de culpabilité est mesquine. Mais elle est assez efficace pour retourner une situation lorsque vous êtes en fâcheuse posture. Je vous détaille le processus :

1) Lui assener qu'elle est une mère peu attentive, trop prise par son travail.

2) Laisser agir quelques secondes, le temps que la culpabilité commence son travail souterrain.

3) Écouter attentivement et sans un mot lorsque votre mère va se défendre en dressant la liste de tout ce qu'elle a fait pour vous.

4) Chercher rapidement une petite chose que votre mère aurait loupée durant toutes ces années (la fois où elle est arrivée en retard quand vous étiez en deuxième année de maternelle et que vous l'avez attendue en pleurant, ce fameux jour de CE1 où elle a oublié de mettre votre maillot dans le sac de piscine...).

5) Évoquer cet événement sans agressivité aucune, avec les yeux dans le vague de la fille qui a souffert en silence et qui ne s'en remettra jamais.

6) Laisser agir...

La mère – Oh chérie, viens dans mes bras...

Bon, ça ne fonctionne pas toujours aussi bien. Là, les circonstances jouent en ma faveur. Je me suis blottie contre ma mère.

La mère – Allez, dis-moi ce qui s'est passé ces derniers jours. Je sais que Léa a raté son épreuve de philo et que tu as été réviser chez elle pour la soutenir mais il me manque plein d'informations.

J'ai raconté à ma mère la genèse de l'histoire, enfin pas tout ! J'ai préféré lui épargner quelques détails. Elle est quand même restée un moment la bouche ouverte. Elle a fini par articuler :

La mère – Quoi ? Tu es en train de me dire que Léa et Nicolas sont amoureux l'un de l'autre ?

Ah oui, effectivement, il lui manque pas mal d'informations.

– Après avoir aimé Peter, son professeur de théâtre, un infâme personnage qui se jouait de ses sentiments, Léa est finalement tombée amoureuse de Nicolas. Tout cela ne s'est pas fait en un jour. Elle a d'abord longuement hésité entre les deux garçons puis il y a eu l'affaire du théâtre dans laquelle Nicolas a tiré son épingle du jeu. Toutefois, malgré les preuves d'amour que Léa donne à mon cousin, celui-ci souffre de crises de jalousie quasi compulsives.

Théo, à l'entrée de ma chambre, lisait dans son carnet un résumé assez complet de la situation. On aurait presque pu le féliciter pour son analyse s'il n'avait pas eu sept ans et qu'il ne se mêlait pas de la vie des autres. Il a dû sentir qu'il était allé un peu loin parce qu'après avoir croisé mon regard il s'est sauvé comme un rat. Ma mère a prononcé avec difficulté :

La mère – Léa avait une relation avec un enseignant ?

Ah oui, présenté comme ça, on pense tout de suite à un détournement de mineure. Sauf que Léa a dix-huit ans et Peter sept ans de plus. Et qu'il n'est pas vraiment prof ! C'est un intervenant artistique...

J'ai rapidement édulcoré la relation Peter-Léa pour éviter que ma mère déclenche le plan « prévenons immédiatement le proviseur » et je suis passée au récit de mon épreuve de SVT ratée pour faire diversion.

Cette fois-ci, elle n'a pas soupiré. Elle l'a joué coaching avec « j'ai confiance en toi », « tu es une fille intelligente, tu t'en sortiras », « ça ira, tu peux croire mon instinct de mère ». Est-ce parce que je luttais depuis plusieurs jours contre le stress ? Ce moment de douceur maternelle m'a complètement ramollie. Je me suis mise à pleurer à chaudes larmes. Ma mère m'a chanté la berceuse spéciale gros chagrin qu'elle me chantait quand j'étais petite. J'ai pleuré davantage...

Lorsque j'ai attrapé mon sac pour rejoindre Léa, elle m'a gentiment pris le bras et a accroché à mon poignet le bracelet chaîne d'ancre que papa lui a offert pour ma naissance.

La mère – Je te le donne, il te portera chance pour la physique et l'anglais.

Là, un tsunami tout entier m'a emportée. Et maman avec...

J'ai entendu Théo, qui nous observait depuis le couloir, chuchoter :

Théo – J'ai quand même un petit peu peur quand elles pleurent comme ça toutes les deux.

Ouf ! Mon frère est un vrai enfant.

Léa a applaudi lorsque je suis arrivée. Je lui ai dit en souriant :

Justine – Ah tu es contente de voir ton bourreau, toi ?

Léa – Oui, c'est le syndrome de Stockholm.

Justine – Quesaco « le syndrome de Stockholm » ?

Léa – C'est lorsqu'un otage finit par aimer son kidnappeur.

Et puis, regardant mon bras, elle m'a demandé :

Léa – Tu as un nouveau bracelet ? Mais c'est celui de ta mère...

Justine – Oui, elle me l'a donné tout à l'heure pour me porter chance.

Léa – C'est super mignon comme geste...

Léa a rapidement tourné la tête pour que je ne remarque pas son émotion.

On s'est remises au travail sans un mot jusqu'au coucher, dînant même dans la chambre au-dessus de nos fiches.

Les journées suivantes, identiques aux précédentes, se sont déroulées dans une folle ambiance de travaux forcés.

Je me suis accrochée à la petite lueur que je croyais percevoir tout au fond de ce long tunnel noir : la fin des épreuves. Erreur !!!

Il est erroné de croire qu'après la dernière épreuve écrite la lumière brille enfin. À la minute où vous rangez votre stylo dans votre trousse, commence l'horrible attente des résultats. Un compte à rebours atroce vers l'endroit où on vous dira si vous êtes bon pour le paradis, le purgatoire ou l'enfer...

Et au vu de mes dernières prestations, je craignais de finir dans un chaudron bouillant avec des diablotins rouges autour. À voir la tête de Léa, Thibault, Nicolas, Jim et Ingrid lorsqu'on s'est retrouvés au *Louis XVI*, ils devaient s'imaginer dans des chaudrons voisins du mien.

Après une petite demi-heure, calculatrice en main, à estimer avec quelle moyenne on allait, chacun, rater notre bac, il a été décidé d'un commun accord qu'on devait arrêter. On avait fait tout notre possible, il fallait maintenant attendre les résultats sans chercher à anticiper. Ingrid a trouvé le proverbe adéquat pour illustrer notre situation :

Ingrid – Maintenant que le vin est tiré, il faut le croire...

Nicolas – En ce qui me concerne, je veux bien croire le vin si on me donne une bière à boire !

Jim – Deux !

Thibault – Trois !

Léa – Et trois Coca light pour les filles !

Lorsqu'on a été servis, on a levé nos verres.

Nicolas – À quoi on trinque ?

Thibault – Pas à notre avenir, rien n'est moins certain !

Jim – Alors on trinque à nos amours, ça au moins c'est fun !

Et comme on brandissait nos verres, Ingrid a crié :

Ingrid – STOP !!! Je ne peux pas trinquer à nos amours, je suis célibataire...

Léa – Elle a raison, ça porte malheur.

Nicolas – Alors trinquons à notre amitié, c'est une valeur sûre.

On a hurlé :

– À l'amitié !!!

Nicolas a ajouté :

Nicolas – Pour le club des C1K+1, HIP HIP HIP...

Tous ensemble – HOURRA !!!

Nicolas – HIP HIP HIP !!!

Tous ensemble – HOURRA !!!

La fin de l'après-midi a été vraiment joyeuse.

C'est lorsque je me suis retrouvée dans mon lit le soir que j'ai été rattrapée par le syndrome « Je vais rater mon bac donc je vais rater ma vie ». Cette phrase est devenue rapidement un mantra personnel... Il devait être une heure du matin lorsque j'ai reçu un SMS de Léa : « On sera deux alors à être des ratées ! Tu veux que je t'appelle ? » Je lui ai aussitôt répondu : « Puisque tu télépathes si bien, pourquoi gaspiller notre forfait ? » Je n'avais pas fini de taper le mot forfait que mon portable a sonné. La sorcière m'a dit dans un grand éclat de rire :

Léa – Parce que c'est quand même plus simple comme ça !

On a discuté jusqu'à trois heures de notre avenir. Je me suis endormie totalement angoissée. Seule petite consolation : demain, j'allais enfin faire une grasse matinée ! La première depuis des lustres...

Seulement quand, durant des semaines, vous avez soumis votre système nerveux au stress et à des horaires d'entraînement de champion, il est remonté comme un ressort. Je me suis réveillée à six heures, mon cœur battait comme un fou et j'avais la sensation qu'il fallait agir vite.

J'ai remonté la couette sur ma tête, j'ai tenté l'auto-bercement, je me suis imaginée au bord d'une eau turquoise, j'ai respiré profondément, j'ai ouvert mes chakras, rien à faire... À six heures douze, j'ai allumé la lumière.

J'ai pensé que, si je devais vivre comme ça jusqu'aux résultats, j'allais mourir avant.

Mon portable a bipé. SMS de Léa : « Prépare-nous un thé, j'arrive... »

Les jours suivants ont été un peu moins pénibles. Dans la vie, quels que soient les événements, on finit par s'habituer. Évidemment, lorsque je pensais aux résultats, des décharges d'adrénaline me décrochaient le cœur mais, le reste du temps, j'arrivais à me détendre dans le jardin de la maison bleue. Il faisait beau, les garçons jouaient de la musique, on chantait, on bullait allongés sur les chaises longues. On en oubliait presque la précarité de notre situation.

Durant cette période, seule ma mère était restée sur le mode « bats-toi » et elle tenait absolument à ce que je révise. Quoi ? je ne sais pas... Alors, cinq minutes avant qu'elle rentre du boulot, je remontais dans ma chambre et je sortais les premières fiches qui me tombaient sous la main. Léa m'accompagnait en lisant mollement des annales de philo.

Cet état de pseudo-sérénité a duré jusque l'avant-veille des résultats. Au moment précis où j'ai pu me dire : « Je saurai après-demain si je vais avoir ou non mon bac, prendre ou non ma coloc avec Léa, commencer ou non mes études de médecine », la panique m'a submergée.

Une panique qui m'a pétrifiée. À voir le regard vide de Léa, elle était dans le même état. Durant ces deux derniers jours, les garçons, eux, ont géré leur peur de l'échec autrement. Ils se sont mis au sport de manière intensive : jogging, ping-pong, tennis, roller... Et je n'avais pas besoin de professeur spécialiste en comportement masculin pour comprendre que sinon ils implosaient !

Puis, la veille du grand jour est arrivée.

Si je devais faire le top five des moments les plus atroces pour un futur bachelier (recalé), je mettrais la dernière nuit avant les résultats en pole position. Imaginez une nuit durant laquelle vous voyez défiler la journée que vous n'avez pas encore vécue :

1) la minute où vous arrivez devant le lycée,

2) les copains qui dansent déjà devant les listes parce qu'ils ont trouvé leur nom,

3) le silence gêné du type qui est juste avant vous dans l'ordre alphabétique et qui a vu que vous étiez recalée,

4) votre nom suivi de : « ajourné » qui clignote en rouge,

5) votre cœur qui se décroche,

6) une main amie qui se pose sur votre épaule,

7) une envie de pleurer que vous contenez pour ne pas vous donner en spectacle,

8) la prof sympa que vous croisez et qui vous demande : « Alors ma petite Justine ? »,

9) son visage catastrophé lorsque vous lui annoncez la triste réalité,

10) votre marche au ralenti au milieu des hourras,

11) le portable qui sonne et le nom de votre mère qui s'affiche,

12) l'envie de disparaître jusqu'en 2082 de la surface de la Terre,

13) le silence atroce qui suit votre « Maman, je ne l'ai pas eu... »,

14) vos pleurs dans le téléphone qui n'en finissent pas,

15) les fausses paroles consolatrices d'une fille du lycée qui a eu mention bien,

16) le haussement de sourcils de Présario au moment où vous passez la grille,

17) la phrase qu'il ne prononce peut-être pas mais que vous entendez quand même : « Alors on se retrouve à la rentrée, mademoiselle Perrin, bonnes vacances ! »

Je me suis réveillée à cinq heures, terrassée par l'angoisse. J'ai fait les cent pas dans ma chambre. Léa m'a rejointe vers cinq heures et demie. On s'est installées dans la cuisine côte à côte et on a bu du thé jusqu'à plus soif.

Léa – Il va falloir te trouver une autre coloc près de la fac pour l'année prochaine, parce que moi, je vais rester ici encore un an ?

Justine – On ne se quitte pas, je ne bouge pas d'ici moi non plus.

Léa – Alors, on se retrouvera en classe avec les élèves de première de cette année, ça sera horrible.

Justine – Seule consolation, on n'aura plus Ingrid pour nous coller !

Léa – C'est vrai.

Justine – Tu ne me dis pas que je suis méchante de parler de notre amie de cette manière ?

Léa – Non. Il est temps d'avouer que cette blondasse n'est pas notre amie.

Ma mère est entrée dans la cuisine alors qu'on pleurait de rire en répétant : « Cette blondasse n'est pas notre amie. » Elle nous a regardées d'un air inquiet. Quand elle est ressortie avec sa tasse de thé dix minutes plus tard, on riait encore.

Nicolas, qu'aucun être vivant n'a jamais vu réveillé avant le lever du soleil, a débarqué peu de temps après. Il a juste grogné :

Nicolas – Putain, fait chier...

Même si la forme laisse à désirer, j'avoue que c'était une définition assez exacte de ce début de matinée. Après cette déclaration fracassante, mon cousin s'est assis près de Léa et il a fini sa nuit, la tête sur la table de la cuisine. Ma meilleure amie lui a caressé les cheveux, il a émis un grognement de grizzli satisfait.

Le reste de la troupe est arrivé en ordre dispersé : Jim puis Ingrid et enfin, mon Thibault. On a attendu neuf heures moins deux pour lever le camp. Nicolas avait décidé d'accompagner Léa à Notre-Dame-de-Sion. Je pense qu'aller voir les résultats de Léa avant de connaître les siens était sa manière de se faire pardonner. Jim avait promis de l'appeler dès qu'on saurait.

Le groupe s'est donc séparé en deux et j'ai vu s'éloigner Léa avec une boule au ventre. C'était la première fois de notre vie qu'on vivait un moment important l'une sans l'autre.

Le trottoir était noir de monde lorsque nous sommes arrivés devant le lycée Colette. Les grilles étaient encore fermées et les élèves criaient afin qu'on les leur ouvre. Si la prise de la Bastille a dû ressembler à quelque chose, ça doit être à ça ! Présario, dans son meilleur rôle, est apparu à neuf heures trente.

Présario – Je vais vous demander d'entrer dans le calme. Les tableaux des résultats sont dans la cour. À gauche, les sections générales, à droite les sections technologiques. Si vous avez l'oral de rattrapage, dirigez-vous vers le réfectoire où des professeurs vous attendent pour vous conseiller dans le choix des matières à repasser. Je vous rappelle que ce choix doit être judicieux et vous permettre de rattraper des points.

Et il a ouvert les grilles…

Vous voyez dans les dessins animés quand un troupeau de buffles au galop passe sur un petit personnage perdu sur une route et que, l'image suivante, on le voit, aplati comme une crêpe sur le bitume ? C'est à peu près ce qui est arrivé à Présario.

Alors que j'avais suivi le mouvement, courant comme une dératée avec les autres, j'ai soudain freiné sec. Thibault, qui me tenait par la main, a failli se luxer l'épaule.

Thibault – Mais qu'est-ce qui se passe ?

Justine – Je ne peux pas y aller. J'ai trop peur.

Thibault – Alors j'y vais et je te dis !

Justine – D'accord.

J'ai fermé les yeux. Mon portable a sonné. Léa... J'ai décroché. J'avais envie de vomir comme si j'avais avalé un paquet de chips familial trempé dans du Nutella.

Léa – J'ai mon bac !!! J'ai eu dix-sept en littérature. Rabelais m'a sauvée !!! Je l'aime !!!

J'ai entendu Nicolas en fond sonore :

Nicolas – Rabelais, c'est qui encore ce mec à qui je dois casser la gueule ???

Je n'ai même pas eu envie de rire. Léa m'a demandé :

Léa – Et vous alors, vous en êtes où ?

Au moment où Léa m'a posé la question, j'ai croisé le regard de Thibault : un regard catastrophé. Eh bien voilà, j'ai la réponse que j'attendais : j'ai loupé mon bac.

Comme je baissais les yeux, mon prince m'a fait le signe de la victoire. Quoi ? Je ne comprends rien. C'est la catastrophe ou la victoire ? Il a articulé de manière à ce que je lise sur ses lèvres : bravo !!!

Bravo de quoi ??? J'ai raccroché sans répondre à Léa et j'ai attendu que Thibault me rejoigne.

Thibault – Félicitations ma Justine, tu as ton bac.

Là, j'ai eu peur de comprendre son regard catastrophé.

Justine – Et toi ?

Thibault – Non.

Justine – Échec sec ?

Thibault – Non, j'ai l'oral de rattrapage. Il faut que je récupère ma collante pour voir mes notes.

J'ai eu du mal à déglutir. Comme on se dirigeait vers le réfectoire, j'ai vu Jim qui pleurait dans un coin. Mais c'est quoi cette hécatombe ? J'ai couru vers lui.

Justine – Jim ?

Jim – Je l'ai... mention bien ! Mon père avait tort, je ne suis pas un crétin.

Je l'ai embrassé tendrement sur le front. Il m'a murmuré comme pour mieux se convaincre :

Jim – J'ai mon bac, tu te rends compte ?

Justine – C'est génial.

Jim – Nicolas l'a aussi !

Justine – Trop fort.

Et puis, se rappelant soudain qu'il n'était pas seul au monde, il m'a demandé :

Jim – Oh pardon... et toi ???

Justine – Moi aussi. Mais Thibault a l'oral !

Jim – Il est où ?

Je me suis retournée, Thibault avait disparu. J'ai eu l'horrible sensation de l'avoir abandonné en pleine tourmente.

Justine – Il doit être à la cantine pour choisir ses matières. J'y vais !

Jim – Je te rejoins, j'appelle Nico et Ambre.

Je n'ai pas pu entrer dans le réfectoire. Seuls les élèves ayant l'oral de rattrapage étaient admis. J'ai appelé Thibault sur son portable pour lui dire que je l'attendais dehors, il n'a pas répondu. Je lui ai fait des signes à travers les vitres, il ne m'a pas vue. Je me suis sentie coupable.

Jamais je n'aurais imaginé qu'au moment où j'apprendrais que j'ai mon bac, je serais aussi mal. Jim est arrivé escorté par Ingrid qui sautait de joie comme un cabri en hurlant dans son portable :

Ingrid – Oui, papa je l'ai ! Mention assez bien !!! Oui !!!

Mince, je n'ai pas appelé mes parents.

Maman a crié de joie lorsque je lui ai annoncé ma réussite, quant à mon père, je l'ai entendu renifler un long moment puis il m'a chuchoté d'une voix cassée par l'émotion : « Je te rappelle, je suis en réunion avec mon boss... Bravo ma petite chérie. »

Thibault a fini par sortir.

Thibault – Il me manque quarante-trois points. Je me suis complètement planté en SVT, j'ai eu cinq !

Justine – Et en maths et physique ?

Thibault – Neuf et neuf... J'ai choisi la SVT et la physique pour l'oral.

Justine – T'es convoqué quand ?

Thibault – Demain matin et demain après-midi. Résultats définitifs à dix-huit heures.

Jim – Alors on n'a pas de temps à perdre, il faut que tu cartonnes. On rentre chez toi et on te fait bosser comme un fou.

Nicolas et Léa sont arrivés au moment où on partait. Le plan « sauvons le bac de Thibault » a été déclenché. Mon cousin a été chargé d'aller acheter des pizzas, Léa de mettre la table, Jim et moi devions assurer les révisions intensives.

Tiens, il manque quelqu'un, non ?

Ingrid, qui avait disparu depuis quelques minutes, a réapparu.

Ingrid – Vous partiez sans moi ou je rêve ?

Justine – Jamais de la vie... Lol !!!

Ingrid – Je vous présente Jean-Baptiste, il est en S à Notre-Dame-de-Sion...

On s'est retournés comme un seul homme. Avec un prénom comme le sien, je m'attendais à voir un garçon coincé, en blazer bleu marine et mocassins. Pas du tout, Jean-Baptiste, en jean et tee-shirt, respirait la décontraction.

Ingrid – On va où ?

Erreur dans le choix des pronoms... Il ne fallait pas dire « *On* va où ? » mais « *Vous* allez où ? ».

Il n'est pas question que, dans un moment comme celui-ci, la peste nous impose un énième amoureux. Aujourd'hui, on resserre les rangs.

Léa a quand même répondu :

Léa – On se retrouve tous à la maison bleue pour aider Thibault à préparer son oral.

Ingrid – OK, on vient avec vous.

J'ai demandé perfidement :

Justine – Jean-Baptiste a peut-être mieux à faire que de réviser la SVT alors qu'il vient d'avoir son bac, non ?

Ne laissant pas à Ingrid le temps de me répondre, la nouvelle recrue m'a dit en souriant gentiment :

Jean-Baptiste – S'il n'est pas de trop, Jean-Baptiste sera ravi d'aider !

Jim – Parfait ! On a besoin de renfort pour soutenir Thibault avant le grand oral !

Alors qu'on marchait pour rejoindre la maison bleue, Léa m'a chuchoté :

Léa – Il va bientôt falloir changer le nom de notre groupe. Nous allons devenir le club des CIK+2.

Justine – Tu crois ?

Léa – Oui.

Il était vingt-deux heures trente lorsque ma meilleure amie a sonné la fin des révisions. Des révisions intensives durant lesquelles Jean-Baptiste avait été d'une incroyable efficacité.

Léa – Il faut que Thibault dorme maintenant. Rendez-vous demain matin à sept heures quinze.

Jim – Moi, je reste ici, je dors sur le canapé.

Nicolas – Je vais chercher mon sac de couchage et je reviens !

Euh, c'est gentil mais j'aurais bien aimé un moment d'intimité avec mon prince. Léa m'a attrapée par le bras et m'a chuchoté :

Léa – N'y compte pas. Nous, on monte dormir chez toi.

Justine – C'est injuste.

Léa – Qui t'a dit que la vie était juste ?

Le lendemain, à sept heures quinze, nous étions fin prêts à partir au lycée. Même Jean-Baptiste ! Durant le chemin, on a continué à interroger Thibault façon *Questions pour un champion*. Il ne manquait que le buzzer.

La journée a été incroyablement longue. On a occupé la même table au *Louis XVI* neuf heures durant. Heureusement que le patron nous aime bien. Thibault nous a rejoints pour déjeuner puis à la fin de son épreuve de SVT.

On lui a sauté dessus à chaque fois pour savoir comment il s'en était sorti. Il n'a rien voulu dire. Il a juste confié à Jean-Baptiste :

Thibault – La prof m'a donné un exercice sur les plaques tectoniques similaire à celui que tu m'as fait faire hier.

À dix-huit heures trente, alors qu'on attendait morts d'angoisse les résultats devant le lycée, Présario est sorti :

Présario – Seuls les élèves ayant passé l'oral de rattrapage sont autorisés à entrer dans la cour pour connaître les résultats. Aucune réclamation n'est possible, le jury a fini de délibérer.

J'ai serré fort la main de Thibault. Il a dégluti comme s'il avait un œuf d'autruche coincé dans la gorge et il est parti, seul vers son destin.

On a tous arrêté de respirer...

Si Thibault s'était éloigné avec la dignité du héros tragique, il est réapparu deux minutes plus tard en agitant les bras comme un supporter de l'OM. Il a crié :

Thibault – Putain, je l'ai !!!

Euh, c'est une réplique de Nicolas, ça, non ?

Les garçons se sont jetés sur lui en poussant des cris de bêtes sauvages et lui ont arraché son tee-shirt. Ils ont roulé au sol.

Professeur des comportements masculins, vous êtes là ? J'ai un peu de mal à saisir la situation. Je voudrais savoir ce qu'est devenu mon prince oriental fin et délicat qui s'est installé il y a moins d'un an à la maison bleue.

Professeur ?

Aucune réponse. Je crains que la science n'ait aucune explication à apporter à un tel phénomène !

La mêlée a duré près de dix minutes et c'est transpirant et haletant que Thibault est enfin venu m'embrasser. Un baiser délicieux qui m'a laissée tout chose. Mon cousin, interrompant ma rêverie, a demandé :

Nicolas – On invite qui à notre méga teuf ?

Jim – Quelle méga teuf ?

Nicolas – Celle qu'on donne ce soir dans le jardin pour fêter notre victoire...

En moins de dix minutes, ce qui n'était qu'une idée de mon cousin est devenu le projet du siècle. Il nous restait moins d'une heure pour faire les courses avant que le Monoprix ferme et lancer les invitations. On s'est réparti les tâches.

À vingt et une heures, tout était prêt. Les bouteilles étaient au frais, les pizzas au four, le tarama étalé sur le pain, les chips spicy plantées dans le guacamole. Les garçons avaient monté la sono dans le jardin et testaient leur playlist. Avec Léa et Ingrid, on est vite montées se préparer avant l'arrivée de nos invités.

Léa – Qu'est-ce que tu as apporté pour t'habiller ce soir, Ingrid ?

Ingrid – Rien de spécial, je reste comme je suis avec ma petite robe à fleurs !

Léa – Tu veux que je te prête ma trousse de maquillage ?

Ingrid – Non merci. J'ai juste besoin d'une brosse, je vais me faire une queue de cheval toute simple.

J'ai regardé ma meilleure amie avec des points d'interrogation dans les yeux. Cette fin d'année était vraiment perturbante. La sage Léa s'était comportée comme une ado insupportable durant les épreuves du bac, Justine la gaffeuse émotive était devenue un être responsable, Nicolas le play-boy était un amoureux transi, Jim le « déscolarisé » avait eu la mention bien au bac, le prince Thibault se roulait par terre avec ses copains et Ingrid la bimbo refusait tout artifice pour notre dernière soirée de lycéens.

Est-ce que c'était ça grandir ? Devenir une personne vraiment différente ?

Ingrid – Finalement, si tu as du mascara blue extra-long et un blush orangé pour mettre en valeur mon joli teint de pêche, je ne dis pas non. Et un vernis de la même couleur pour faire color block, please, ça serait parfait !

Justine – Merci Ingrid !

Ingrid – Merci de quoi ?

Je n'allais pas lui répondre : « merci de rester une fashionista hyper tendance légèrement agaçante », alors je lui ai juste dit :

Justine – Merci d'être toi !

Ingrid – Pas de quoi, darling.

On s'est dépêchées de redescendre. La fête allait commencer !

Une fête à laquelle nous avions convié les gens qui avaient partagé notre vie cette année, toutes générations confondues.

Et ils sont arrivés les uns après les autres, une bouteille à la main et le sourire aux lèvres : Ambre, Eugénie, les jumelles, Claire, Cyril le journaliste, ma mère, Enzo et Manu, Adam et sa copine, mon père et mon oncle, Brice, le gardien du zoo avec une photo de Patou, Anastasia, notre voisin le « pervers » écrivain, Mme Raisonnier notre institutrice, Charlotte, le collègue de mon père avec sa femme, son adorable bébé et son affreux 4x4, Théo et nos copains de classe au grand complet.

Il y avait du monde jusque dans la rue, pourtant lorsque Thibault a demandé le silence, debout sur une chaise, on aurait entendu une mouche voler.

Petits trucs pour assurer avant que la fête commence

- Relisez votre liste d'invités (impossible d'élargir la fête aux copains des copains des copains, sinon c'est la pagaille assurée, voire pire).
- Sollicitez votre meilleure copine pour vous aider en toutes circonstances.
- Sollicitez vos meilleurs copains pour les playlists et la sono.
- Calculez avec modération ce qui est nécessaire en nourriture et boissons, et servez-les régulièrement au cours de la soirée.
- Un buffet peut être égayé par des saladiers de fraises Tagada, des coupelles de fruits frais, des ramequins de M&Ms.
- Prévoyez suffisamment d'assiettes et de gobelets en plastique, de serviettes en papier, de sacs poubelles pour pouvoir tout ranger rapidement après. Et un bon aspirateur !
- La déco est importante. N'oubliez pas, si vous êtes à l'intérieur, de protéger ce qui est fragile (exemple : le canapé beige en cuir de madame votre mère). Allumez des lampions, plantez des torches si vous êtes dans un jardin, travaillez la lumière !
- Si vous habitez un immeuble, prévenez vos voisins de cette soirée afin d'éviter qu'ils appellent la police après 22 heures.
- Allez vite vous préparer, vos invités ne vont pas tarder…

Thibault – Nous n'allons pas perdre de temps en discours, nous avons beaucoup mieux à faire, aussi ai-je été chargé par mes amis, Justine, Léa, Ingrid, Nicolas et Jim de vous transmettre ceci : « Nous sommes heureux d'être avec vous ici ce soir et nous tenons à vous remercier d'avoir partagé avec nous cette année merveilleuse qui restera gravée à jamais dans nos mémoires. Une nouvelle vie va commencer et nos chemins vont certainement se séparer mais ce sera pour mieux nous retrouver ici, là-bas ou plus loin encore. On vous aime !!! »

Un tonnerre d'applaudissements a accueilli les paroles de mon prince. Léa a chuchoté quelque chose à l'oreille de Thibault.

Thibault – Ah oui, une dernière chose très importante... Pour immortaliser cette fête, Léa va venir avec sa caméra vous interviewer chacun à votre tour. Dites-lui ce que vous avez pensé de cette année, parlez-lui de vos projets, racontez ce que vous voulez... L'important c'est de participer !

Et descendant de sa chaise, Thibault m'a donné la main alors j'ai pris celle de Léa qui a pris celle de Nicolas qui a pris celle de Jim, qui a pris celle d'Ambre qui a pris celle de Jean-Baptiste qui a pris celle d'Ingrid et tous ensemble on a hurlé :

« À notre nouvelle vie, que la fête commence !!! »

Interviews

Interview d'Eugénie

Âge : soixante-douze ans.

Lien avec le club des C1K+1 : grand-mère de Léa.

Métier : avocate parfois à la retraite.

Traits particuliers : sorcière à ses heures, féministe.

Léa : Eugénie, toi qui as assisté de près ou de loin à nos petites histoires, que penses-tu de cette année qui vient de s'écouler ?

Eugénie : C'était une année très riche et pleine de vie. Exactement comme je l'avais prévu.

Léa : Comment ça comme tu l'avais prévu ?

Eugénie : Disons, comme je l'avais écrit dans un mail daté de juin de l'année dernière.

Léa : Tu veux dire qu'au mois de juin l'an dernier tu as écrit un mail dans lequel tu as décrit ce qui allait se passer ?

Eugénie : Exact... J'ai dressé une liste des événements marquants à venir !

« Mais tu es une vraie sorcière... »

Léa : Je pourrais lire au moins le début ?

Eugénie : Si tu veux… Je n'ai pas mes lunettes mais toi qui as de bons yeux, tu peux regarder dans mes messages sur mon iPhone. C'est un mail daté du 6 juin.

Léa : Tu peux me tenir la caméra pendant que je cherche ?

Eugénie : Bien sûr ma petite chérie. Je vais même me payer le luxe de faire un gros plan sur ton joli visage ! Comment ça marche cette machine-là ? Ah voilà… Gros plan sur ma petite-fille adorée ! Oh là là, c'est quoi ces yeux ronds et cette bouche ouverte ?

Léa : Incroyable… Je n'en reviens pas ! Mais tu es une vraie sorcière…

Eugénie : Tu en doutais ?

Léa : Non, je n'en doutais pas mais une telle précision est quelque peu effrayante… Je te lis : « Un bel inconnu va s'installer à la maison bleue et Justine vivra son premier grand amour. Bien sûr, Jim sera dans les parages mais ce sera juste un rappel de l'enfance ! »

Eugénie : Là, j'aurais pu être plus précise parce que l'histoire avec Jim n'est pas seulement une histoire du passé. On pourrait être très surpris d'ici deux à trois ans.

Léa : Quoi ??? Justine et Jim vont se remettre ensemble ?

Eugénie : C'est trop tôt pour en parler.

Léa : Je crois, oui ! Je ne suis pas sûre de garder cette révélation au montage.

Eugénie : Tu as raison.

Léa : Je continue la lecture de ton mail. « Après bien des crises de larmes et une longue attente pour un crétin à queue de cheval, Léa se rendra compte que l'amour est tout près d'elle. » Eugénie, tu penses vraiment que Peter est un crétin ?

Eugénie : Absolument ! Un crétin, un lâche, un raté sans aucune envergure.

Léa : Pourquoi tu ne me l'as jamais dit ?

Eugénie : Parce que tu ne m'aurais pas écoutée. Et puis, on a toutes vécu ça, une histoire avec un crétin qui nous fait courir pour rien. C'est comme la varicelle, il faut l'avoir eue jeune pour être immunisée… Maintenant, tu es tranquille, le bonheur est devant toi !

Léa : Tu sais Eugénie, tu n'es vraiment pas une grand-mère normale !

Eugénie : Je te remercie pour ce compliment et je te le retourne ! Je suis heureuse que tu ne sois pas une petite-fille normale. J'aime beaucoup la personne que tu es… Et je ne te parle pas de celle que tu vas devenir !

Léa : Qu'est-ce que je vais devenir ?

Eugénie : Toi-même ! Une femme généreuse, talentueuse et reconnue. Ton œuvre sera saluée par la critique. Et je peux te dire dès à présent que le crétin à queue de cheval se vantera dans quelques années d'avoir été ton prof ! Ce sera même son seul fait de gloire.

Léa : De quelle œuvre tu parles, enfin ?

Eugénie : On peut trouver une description assez précise de ton travail futur dans un mail daté du 17 janvier de cette année mais il est hors de question que je te le donne maintenant. Et si ça ne te dérange pas ma petite chérie, plutôt que de continuer à prédire l'avenir, je vais aller boire une tequila avec ta mère…

Léa : Tu es sûre que tu ne veux rien ajouter ?

Eugénie : Non… Ah si ! Dans l'avion qui vous mènera à Melbourne, un type aura la même

"Qu'est-ce que je vais devenir ?"

valise que Justine, méfiez-vous de la confusion au moment de récupérer les bagages.

Léa : Pourquoi ? Qu'est-ce qui va se passer ?

Eugénie : Oh, je n'en sais rien, moi. Allez bonne route ma petite chérie, je vais boire à ta santé !

Léa : Eugénie, reviens ! Tu en as trop dit ou pas assez…

Interview de Théo

Âge : sept ans et demi.

Lien avec le club
des C1K+1 :
frère de Justine.

Métier : écolier.

Traits particuliers :
enfant surdoué,
se prend pour Tobie
le détective.

Léa : Coucou mon Théo chéri !

Théo : Bonjour à tous…

Léa : Il n'y a que moi en face de toi, tu peux me dire bonjour Léa !

Théo : Comme je ne sais pas ce que va devenir cette interview, je préfère que ce ne soit pas une discussion privée. Donc bonjour à tous, je m'appelle Théo, j'habite la maison bleue avec mes parents et ma sœur Justine. Mon cousin…

Léa : Stop Théo !!!

Théo : Tu ne veux pas que je parle ?

Léa : Si, bien sûr, mais je voudrais que tu nous racontes des souvenirs de cette année.

Théo : Euh… Les bons ou les mauvais ?

Léa : Tous ceux qui t'ont marqué.

Théo : Comme lorsque vous m'avez perdu au parc ?

Léa : Par exemple…

Théo : Eh bien, juste avant la rentrée, à la fin du mois d'août, maman avait demandé à Justine de me garder. Ce qu'elle avait fait en râlant, vu qu'elle cherche toujours à se débarrasser de moi.

Léa : Ce n'est pas tout à fait exact, je te rappelle qu'elle te garde souvent.

Théo : Tu parles ! Elle ne me garde que lorsque je la menace de révéler des choses à maman sinon elle n'hésite pas à me laisser au centre de loisirs.

Léa : Bien, continue…

Théo : Tu vas couper ça au montage ?

« Je suis un disciple de Tobie. »

Léa : Quoi, ça ?

Théo : Les critiques de Justine… J'ai lu dans *Mon quotidien* que parfois, lorsque des journalistes font des interviews, ils coupent ce qui les dérange au montage.

Léa : Je ne couperai rien. Mais évite de donner trop de détails. Juste les faits ! D'accord ?

Théo : D'accord ! Alors je me souviens de la fois où vous m'avez perdu au parc, de la fois où on a sauvé la girafe Patou, de la fois où vous avez recouvert de boue les 4x4…

Léa : Théo ! Je vais être obligée de couper au montage ton dernier souvenir !

Théo : Pourquoi ?

Léa : C'était une opération top secrète, tu te souviens ?

Théo : Tu as raison. De toute façon, j'ai un autre souvenir mieux : je me souviens de la nuit où Justine est descendue en culotte et en tee-shirt chez Thibault et que je l'ai suivie.

Léa : Quoi ?? Et elle s'en est aperçue ?

Théo : Pas du tout. Je suis un disciple de Tobie : discrétion, calme et connaissance du terrain.

Léa : Théo…

Théo : Oui ?

Léa : Je vais être obligée de couper cet épisode au montage.

Théo : Pourquoi ? C'était encore une opération top secrète ?

Léa : On va dire ça comme ça ! Tu ne voudrais pas plutôt nous raconter un souvenir d'école ?

Théo : Comme la fois où la maîtresse téléphonait à son amoureux dans la cour pendant la récréation et que…

Léa : Attends Théo, j'ai une meilleure idée ! Est-ce que tu ne voudrais pas profiter de ce passage devant la caméra pour nous parler de tes projets ?

Théo : Tu ne veux pas que je te raconte le souvenir de la maîtresse ?

Léa : Finalement, non.

Théo : C'est top secret aussi ?

Léa : Non, ce n'est pas top secret, mais c'est sa vie privée, tu vois la différence ? Tu es un petit garçon très intelligent et tu sais comme je t'aime mais je n'apprécie pas ta façon de fouiner dans la vie des gens. Tu comprends ?

Théo : Je comprends un petit peu.

Léa : Alors parle-nous de tes projets !

Théo : De MON projet, tu veux dire !

Léa : Lequel ?

Théo : Annexion de la chambre de Justine.

Léa : Quoi ?

Théo : Justine et toi, vous allez bientôt partir et louer un appartement rien que pour vous deux ?

Léa : Oui, bien obligées pour être à côté de nos facs.

Théo : Donc Justine n'occupera plus sa chambre à la maison. Voilà pourquoi j'ai conçu un plan pour construire une salle de jeu à la place.

Léa : Et quand on reviendra pour le week-end ou pour les vacances, où est-ce que Justine dormira ?

Théo : J'y ai pensé ! Dans la salle de jeu, j'ai prévu un canapé-lit et un placard pour les affaires qu'elle laissera là… Léa, tu m'écoutes ?

Léa : Oui.

Théo : Pourquoi tu as l'air triste d'un coup ?

Léa : Pour rien, mon Théo. Tu as raison, on va partir, on ne reviendra qu'un week-end de temps en temps, et il n'y a aucune raison que cette chambre reste vide. Il est normal que tu en profites ! Seulement, ça me fait bizarre !

Théo : Alors, tu es d'accord ?

Léa : D'accord pour quoi ?

Théo : Pour en parler à Justine. Si je lui dis, elle va me massacrer.

Léa : Je ne suis pas certaine d'avoir envie de me mêler de cette histoire.

Théo : S'il te plaît ma Léa !

Léa : OK boy. Mais attends-toi à ce qu'elle résiste méchamment. Allez va jouer en attendant… Tu dis au revoir à la caméra ?

Théo : Au revoir la caméra !

INTERVIEW DE THIBAULT

Âge : dix-huit ans, bientôt dix-neuf.

Lien avec le club des C1K+1 : membre.

Métier : ex-lycéen depuis quelques heures.

Traits particuliers : garçon charmant, particulièrement bien élevé.

Léa : Hep hep hep Thibault !

Thibault : Que puis-je pour vous miss Léa ?

Léa : Un mot à la caméra sur cette année scolaire passée à la maison bleue.

Thibault : Un seul mot ?

Léa : Non, tu as droit à plusieurs…

Thibault : Alors je propose : arrivée pleine d'angoisses, accueil plutôt original, girafe, partage, amitiés, amour, grosses disputes, séparation, solidarité, découverte, compréhension, réconciliation, c'est pour la vie !

Léa : Parfait.

Thibault : Je peux retourner servir à boire ?

Léa : Non ! Pas avant de nous avoir raconté précisément tes projets pour l'année prochaine. Tu es heureux d'intégrer ta classe prépa ?

Thibault : À vrai dire, il va peut-être y avoir un changement de programme…

Léa : Quoi ? Mais il n'était pas question d'autre chose.

Thibault : Tout ça, c'était avant Le Jour Très Maudit !

Léa : Quel Jour Très Maudit ?

Thibault : Celui des résultats du bac.

Léa : Qu'est-ce que ça a changé ? Tu l'as eu ton bac et ton nouveau lycée ne peut pas t'empêcher d'intégrer ta prépa sous prétexte que tu as eu l'oral de rattrapage.

Thibault : Non, c'est vrai, ça n'a rien changé pour eux mais ça a tout changé pour moi.

Léa : Tu veux bien m'expliquer ?

Thibault : Si je n'avais pas réussi mes oraux de rattrapage, j'aurais perdu une année à repasser mon bac.

Léa : Exact, mais ce n'est pas ce qui s'est produit.

Thibault : Non, c'est ce qui a failli se produire ! Et durant le temps où le doute s'est installé, j'ai accepté l'idée de perdre cette année.

Léa : Et ?

« Ça a tout changé pour moi. »

Thibault : Et quand finalement, tout à l'heure, j'ai eu mon bac, je me suis dit que cette année était à moi ! Rien qu'à moi.

Léa : Et qu'envisagerais-tu de faire durant cette année rien qu'à toi ?

Thibault : Voyager à travers les États-Unis, aller bosser chez ma tante à New York, elle tient un resto assez sélect sur la Cinquième avenue et surtout faire un break à Berkeley pour un stage de saxo si j'ai gagné assez de sous.

Léa : Incroyable ! Et cette idée a germé en moins de deux jours ?

Thibault : L'idée, non, elle était là depuis longtemps mais le courage pour l'assumer, oui !

Léa : Tu ne nous as jamais parlé de ce rêve de partir aux États-Unis, ni de ton envie de consacrer du temps à la musique.

Thibault : Non… Il y a des rêves qu'il vaut mieux tenir serrés de peur qu'ils s'agitent et qu'ils vous poussent à les réaliser.

Léa : C'est une belle phrase.

Thibault : Tu plaisantes là ?

Léa : Non, pourquoi ?

Thibault : Parce que c'est toi qui m'as dit ça un jour en parlant de ton rêve de devenir écrivain.

Léa : Ah bon ? Et à qui as-tu parlé de ce nouveau projet ?

Thibault : À personne encore.

Léa : Pas même à Justine ?

Thibault : Non…

Léa : Ça va être dur pour elle si tu la mets devant le fait accompli.

Thibault : Je sais mais je suis terrorisé à l'idée de lui en parler.

Léa : Tu ne vas pas me demander de lui en parler à ta place ?

Thibault : Non, pourquoi ?

Léa : Pour rien… Alors, même si j'ai envie de pleurer à l'idée que tu partes si loin pour un an, je lève ma caméra à la route 66 et au jazz !

Thibault : Tchin ma Léa ! Je reviendrai vite…

Interview de Sophie

Âge : la petite quarantaine.

Lien avec le club des C1K+1 : mère de Justine.

Métier : attachée de direction, ex-future danseuse.

Trait particulier : super maman.

Léa : Sophie, un petit mot sur cette année ?

Sophie : Avec plaisir ! Je n'irai pas par quatre chemins, cette année du bac a été épuisante ! Vous n'imaginez pas, vous les jeunes, à quel point c'est une année terrible pour les parents. On connaît les enjeux, on vous en parle mais aucune prise de conscience avant Pâques. Et encore, quand je dis Pâques, je suis sympa ! En ce qui concerne Justine, je dirais fin mai.

Léa : Donc tu es soulagée que cette année soit terminée et bien terminée ?

Sophie : Oui !!! Enfin non… Il va y avoir la P1 maintenant et il paraît que c'est une charge de travail quasi insurmontable.

Léa : Pour ceux qui regarderont ce film et qui ignorent ce qu'est la P1, j'explique… C'est la première année de médecine durant laquelle les étudiants passent un concours très difficile avec peu de places à l'arrivée. On raconte qu'ils sont soumis à une pression atroce et que nombreux sont ceux qui abandonnent en cours de route, totalement déprimés.

Sophie : Tu me promets, Léa, de m'avertir si tu sens que Justine perd le contrôle ?

Léa : Promis Sophie !

Sophie : Et pour les courses, le ménage et les repas, tu crois que vous y arriverez ?

Léa : Tu y es bien arrivée, toi, quand tu es partie de chez tes parents !

Sophie : Oui, c'est vrai ! Mais il ne fallait pas être trop regardant sur l'état de ma chambre d'étudiante. Quant à mes repas, une catastrophe : resto U le midi, kebab le soir… je crois que je n'ai jamais eu autant de boutons qu'à l'époque.

Léa : Et tu étais malheureuse ?

Sophie : Oh non ! Je m'amusais comme une folle.

Léa : Eh bien pense que ça sera la même chose pour nous !

Sophie : J'espère que vous serez plus sérieuses. Je séchais un cours sur deux… Léa ?

Léa : Oui, Sophie ?

“J'espère que vous serez plus sérieuses. Je séchais un cours sur deux…”

Sophie : Serait-il possible de couper la dernière phrase au montage ? Et celle d'avant aussi sur l'état de ma chambre et sur mon alimentation. Je crains que ma fille en fasse mauvais usage…

Léa : Trop tard ! Ce qui est dit est dit ! Et puis, ne t'inquiète pas, on sait bien que nos mères ont été jeunes et qu'elles le sont encore… Tu as un projet particulier pour l'année à venir ?

Sophie : Tu ne vas pas te moquer ?

Léa : Certainement pas.

Sophie : Je voudrais suivre des cours de danse indienne. Le mois dernier, j'ai vu tous les films du festival Bollywood et ça m'a donné une furieuse envie de danser ! Tu crois que je suis trop vieille pour me remettre à la danse, juste pour le plaisir ?

Léa : Trop vieille pour faire ce dont tu as envie ? Ah ça non !

Sophie : Les cours ont lieu les mardis et les vendredis de 20 heures à 22 heures. Qui s'occupera de Théo ?

Léa : Mardi une baby-sitter, vendredi Olivier ?

Olivier (passant à ce moment-là) : J'ai entendu mon prénom ?

Léa : Ah Olivier, tu tombes bien ! On a une petite demande à te faire...

Olivier : Ouh là ! Deux filles qui me parlent gentiment, je sens le piège. Je demande la présence d'un avocat... Je peux appeler Eugénie ?

Sophie : Ce ne sera pas nécessaire ! Mon chéri, serais-tu d'accord pour garder Théo le vendredi soir l'année prochaine ? Je voudrais prendre des cours de danse.

Olivier : C'est d'accord mais à une condition non négociable...

Sophie : Laquelle ?

Olivier : Ce soir-là, on ira au resto avec Théo ! Et pas un resto où on sert de la salade et du tofu... Un resto où on mange !

Sophie (soupirant) : OK.

Léa : Formidable ! Je lève donc ma caméra aux chaussons retrouvés de Sophie et à la côte de bœuf saignante !

Interview d'Enzo

Âge : vingt et un ans.

Lien avec le club des C1K+1 : ami.

Métier : peintre en bâtiment.

Trait particulier : garçon cool.

Léa : Bonjour Enzo !

Enzo : Salut Léa… Bravo pour la teuf, c'est super !

Léa : C'est parce qu'on sait choisir nos amis.

Enzo : Merci ! Quand je pense que vous allez tous partir et qu'ici, ça ne sera plus jamais comme avant.

Léa : Je t'en prie Enzo, ne parle pas de ça, je commence à avoir un cafard d'enfer. Raconte-moi plutôt ton meilleur souvenir à la maison bleue et tes projets pour l'année prochaine.

Enzo : Alors mon meilleur souvenir… Je crois que c'est cette partie de poker où j'ai plumé les garçons. Un vrai bonheur ! J'ai eu une chougne ce jour-là ! Le plus drôle, c'était la tête de Nicolas… Tu sais que ton mec a un caractère de cochon ?

Léa : Oui, je sais.

Enzo : Mais tu l'aimes ?

Léa : Je crois bien, oui ! Et tu as des projets pour l'année à venir ?

Enzo : Oui et même un gros ! Avec Manu, on a décidé de monter notre propre boîte de travaux.

“On a décidé de monter notre propre boîte.”

Léa : Super !

Enzo : Oui, enfin, ne crions pas victoire tout de suite, c'est super dur de tenir en ce moment.

Léa : Et ton oncle, il en pense quoi ?

Enzo : Il me fait la gueule ! Il perd deux bons ouvriers et il se retrouve avec une concurrence sérieuse. Mais il va quand même nous prêter ses échafaudages et nous aider pour notre compta en attendant qu'on se débrouille tout seuls.

Léa : Sympa le tonton !

Enzo : Ouais, je l'adore ! Même s'il fait toujours semblant de ne pas comprendre pour Manu et moi. Il continue à me présenter les filles de ses clientes.

Léa : Laisse-lui le temps, il finira par admettre ! Allez, je lève ma caméra à vos amours et à votre nouvelle entreprise !

Enzo : Merci. Moi, je lève mon verre à vos années fac ! Et voilà ma carte, si Justine et toi, vous aviez besoin d'un coup de peinture dans votre nouvel appart…

Interview de Brice

Âge : seize ans.

Lien avec le club des C1K+1 : difficile à définir…

Métier : ex-lycéen depuis peu.

Trait particulier : premier de la classe.

Léa : Bonjour Brice !

Brice : Bonjour…

Léa : Heureux d'être là ?

Brice : Surpris surtout, je ne m'attendais pas à ce que Justine m'invite à sa fête.

Léa : C'est très certainement parce que tu comptes pour elle.

Brice : Je ne crois pas. Elle m'ignore la plupart du temps, mais peu importe, nous savons, elle et moi, ce qui nous lie !

Léa : Tu m'intrigues là, Brice ! Y a-t-il quelque chose entre Justine et toi que j'ignore ?

Brice : Oui, mais je ne souhaite pas en parler.

Léa : Bien. Je respecte ta volonté même si je suis dévorée par la curiosité. Peux-tu me raconter un souvenir qui t'a marqué cette année ?

Brice : J'aimerais bien.

Léa : Mais ?

Brice : Mais c'est impossible. Cela reviendrait à te dire ce qui me lie à Justine.

Léa : Bon ! Alors peux-tu me raconter tes projets pour l'année à venir ?

Brice : Pour l'année prochaine, rien de significatif. Ce n'est qu'une toute petite marche.

Léa : Vas-y pour la petite marche, tu nous dévoileras l'escalier plus tard.

« Je me suis inscrit à un groupe de joueurs d'échecs de haut niveau… »

Brice : J'ai été accepté en prépa au lycée Louis-le-Grand à Paris.

Léa : Félicitations.

Brice : Comme je te l'ai dit ce n'est que la première marche.

Léa : Oui, mais quelle marche ! Tu as une chambre d'étudiant ?

Brice : Non, je vais m'installer chez mon grand-oncle. Un vieux monsieur qui vit seul dans un appartement boulevard Saint-Germain.

Léa : Boulevard Saint-Germain, c'est super. Ton grand-oncle est sympa ?

Brice : Ce n'est pas l'adjectif qui le caractérise le mieux. C'est un ancien général quatre étoiles qui aime l'ordre et la rigueur.

Léa : Ah…

Brice : Il m'a déjà fixé ses conditions pour que je vienne vivre chez lui.

Léa : Et quelles sont-elles ?

Brice : Petit-déjeuner à 5 heures, utilisation de la salle de bain trente minutes à 5 h 45 tous les jours week-end compris, repas du soir à 19 heures, couvre-feu à 21 heures.

Léa : En effet, dans de telles conditions tu ne vas pas vraiment pouvoir faire la fête !

Brice : Aucune importance, je ne vais pas là-bas pour cela, tu penses bien.

Léa : Il faudra quand même prévoir une activité sympa pour te détendre de temps en temps, non ?

Brice : C'est déjà fait ! Je me suis inscrit à un groupe de joueurs d'échecs de haut niveau... J'ai eu du mal parce qu'ils n'acceptaient que des adultes, mais mes performances ont finalement eu raison de leurs réticences.

Léa : Bien... Alors il ne me reste plus qu'à te souhaiter beaucoup de chance pour cette nouvelle vie.

Brice : La réussite, c'est seulement une question de volonté, pas de chance. Souhaite-moi plutôt concentration, travail et performances.

Léa : C'est d'accord ! Je lève ma caméra à ta concentration, ton travail et tes performances ! Mais si tu le permets, je voudrais ajouter une dernière chose...

Brice : Je t'en prie !

Léa : Je souhaite qu'une jolie fille te fasse légèrement tourner la tête pour mettre un peu de pagaille dans tout cela.

Brice : Ce ne sera pas nécessaire. J'ai la photo de Justine, ça suffira. À plus tard, Léa !

Léa : À plus tard, Brice.

INTERVIEW DU GARDIEN DU ZOO

Âge : indéfinissable.

Lien avec le club des C1K+1 : ami de Justine.

Métier : gardien de zoo (à la retraite depuis fort longtemps mais en activité).

Trait particulier : ami des animaux.

Léa : Je suis contente que vous soyez venu à notre fête et que vous acceptiez de répondre à ma petite interview !

Le gardien : C'est moi qui te remercie, Léa. Je suis très honoré d'être là.

Léa : Pouvez-vous nous raconter un souvenir qui vous a marqué cette année ?

Le gardien : J'en ai tellement !

Léa : Un souvenir avec Justine par exemple…

Le gardien : Alors j'en ai un très beau ! C'était il y a peut-être trois semaines…

Léa : Justine est venue seule au zoo en pleines révisions du bac ?

Le gardien : Elle n'était pas seule.

Léa : Ah bon ? Avec qui était-elle ?

Le gardien : Je ne sais pas… Je n'avais jamais vu ce jeune homme auparavant.

Léa : Un jeune homme ?

Le gardien : Oui, charmant d'ailleurs, même si Justine ne me l'a pas présenté. Ils avaient l'air très occupés l'un par l'autre. Tu ne filmes plus, Léa ?

Léa : Si… Enfin non…

Le gardien : Ce que je raconte n'est peut-être pas assez intéressant ?

Léa : Oh que si !

Le gardien : Alors je continue. Il y a trois semaines environ, j'étais dans l'enclos avec Patou. Je nettoyais le sol jonché de nourriture envoyée par des visiteurs et ce malgré l'interdiction de nourrir les bêtes. Les gens sont d'une incivilité. Je me souviens d'une fois où…

Léa : Pardonnez-moi de vous interrompre mais pourriez-vous poursuivre le récit avec Justine, Patou et le jeune homme inconnu ?

Le gardien : Bien sûr. Tu as raison de me rappeler à l'ordre, je ne suis qu'un vieux bavard ! Mes enfants me disent souvent que…

Léa : Vous étiez donc dans l'enclos avec Patou…

« À ma passion et à votre avenir d'étudiants… »

Le gardien : Oui, j'étais dans l'enclos avec notre girafe préférée. Elle mangeait tranquillement quelques feuilles haut perchées. En cette saison, les feuilles vertes et humides sont…

Léa : Que s'est-il passé alors ?

Le gardien : Patou s'est arrêtée, a bougé ses oreilles et a couru avec sa grâce légendaire à l'autre bout de l'enclos. J'ai cherché la raison de ce départ précipité et rien…

Léa : Rien ?

Le gardien : Non rien. J'ai continué à nettoyer un long moment, peut-être dix minutes, et puis je me suis de nouveau tourné vers Patou.

Léa : Et que faisait-elle ?

Le gardien : Elle souriait !

Léa : Quoi ?

Le gardien : Tu vas penser que je suis un vieux fou mais elle souriait de toutes ses dents en regardant approcher son girafon.

Léa : Justine venait d'arriver donc ?

Le gardien : Oui ! Patou l'avait certainement sentie depuis son entrée dans le zoo et se réjouissait de la voir apparaître. Je te promets qu'elle souriait.

Léa : Merci pour ce souvenir très touchant ! Avez-vous un projet particulier dans les mois à venir ?

Le gardien : Continuer à m'occuper de mes bêtes. C'est toute ma vie.

Léa : Alors, je lève ma caméra à votre passion des animaux qui vous rend si humain.

Le gardien : Merci Léa ! À ma passion et à votre avenir d'étudiants…

Interview de Charlotte

Âge : dix-huit ans.

Lien avec le club des C1K+1 : ex de Nicolas, relations tendues avec Léa (et pour cause).

Métier : ex-lycéenne, future médecin légiste.

Trait particulier : du caractère !

Léa : Bonsoir Charlotte.

Charlotte : Bonsoir Léa !

Léa : Ravie de te voir ce soir…

Charlotte : Vraiment?

Léa : Oui, vraiment. Tu en doutais ?

Charlotte : Je te répondrai « non » devant la caméra mais c'est juste pour ne pas briser le joli mythe de la bande de copains super cools !

Léa : Parfait ! Je vois que tu commences fort cette interview ! Alors Charlotte, peux-tu nous raconter un souvenir de cette année scolaire ?

Charlotte : Un souvenir ? Bof… je ne vois rien de très particulier à raconter. Ah si, mais je ne sais pas si je peux en parler devant toi.

Léa : Pourquoi pas ?

Charlotte : Nicolas était chez moi, ce soir-là. Plus exactement dans ma chambre. Pas besoin de te faire un dessin ?

Léa : Non, en effet.

Charlotte : Je ne sais plus pourquoi, on a commencé à parler de toi. Nico s'est mis à t'imiter.

C'était super drôle. Comme je riais, il m'a confié : « Bien sûr, j'adore Léa mais il faut reconnaître que c'est une intello casse-bonbons, donneuse de leçons, obsédée par la mort et coincée entre sa mère et sa grand-mère. »

Léa : Intéressant.

Charlotte : Ça ne t'ennuie pas, ma petite Léa, que je te raconte tout ça devant la caméra ?

Léa : Pas le moins du monde !

Charlotte : C'est du passé, puisque maintenant vous filez le parfait grand amour.

Léa : Exact. Et peux-tu me dire en quoi ce portrait dressé par Nicolas constitue le souvenir le plus marquant de cette année pour toi ?

« Je trouve ce petit jeu pénible. »

« Pas besoin de te faire un dessin ? »

Charlotte : Eh bien, un crime de lèse-majesté, c'est un souvenir marquant, non ?

Léa : Un crime de lèse-majesté ? Je serais donc une reine ?

Charlotte : Oui, enfin n'exagérons rien.

Léa : Ah je n'exagère rien, j'écoute juste ce que tu dis ! Si tu parles de crime de lèse-majesté, c'est qu'il y a une majesté… et des valets !

Charlotte : On est vraiment obligées de continuer cette interview ?

Léa : Non. Pas du tout !

Charlotte : Alors, j'arrête là ! Je trouve ce petit jeu pénible.

Léa : Comme tu veux !

Charlotte : Et tu n'es pas obligée de garder ce que tu as enregistré.

Léa : Oh si ! Les souvenirs des gens révèlent leur personnalité. Et je crois que nos amis ont le droit de mieux te connaître. Je t'enverrai une copie de cette vidéo.

Charlotte : Ce ne sera pas la peine. Je m'en vais…

Léa : Quel dommage. Charlotte, tu ne dis pas au revoir ? Ah ben non… Charlotte est partie… Au revoir, Charlotte !

INTERVIEW DE GUILLAUME

Âge : quarante-huit ans.

Lien avec le club des C1K+1 : père de Nicolas, oncle de Justine.

Métier : agent immobilier.

Traits particuliers : fraîchement divorcé, se comporte comme un adolescent.

Léa : Bonsoir Guillaume !

Guillaume : Bonsoir Léa ! Merci d'avoir invité un vieux comme moi à votre fête. Quand je vois tous ces jeunes, ça me fiche le blues.

Léa : Oh, mais vous n'êtes pas le plus vieux… Regardez, il y a le gardien du zoo, madame Raisonnier mon institutrice, et puis Eugénie ! Alors Guillaume, pouvez-vous confier à la caméra un événement marquant de cette année ?

Guillaume : Tu as trois heures devant toi ? Parce que ma vie est un roman !

Léa : Disons que l'angle qui m'intéresse serait plutôt un souvenir en lien avec Nicolas ou Justine. Je ne sais pas, moi… un événement inhabituel que vous auriez envie de nous raconter.

Guillaume : Tu saurais tenir ta langue ?

Léa : Je vous rappelle que je filme !

Guillaume : Alors je ne te raconte pas ça…

Léa : C'est à propos de Nicolas ? Il vous a confié des trucs horribles sur moi ?

Guillaume : Mais non, pas du tout. Pourquoi tu dis des choses pareilles ?

Léa : Oh, je ne sais pas. Un petit coup de parano !

Guillaume : Nicolas t'adore. Il sera furieux que je te révèle ça mais il a des photos de toi dans sa chambre. Et ça ne date pas d'hier... Je me souviens, lorsqu'il était en CM2, l'avoir surpris en train de cacher des photos de toi sous son matelas. Il les avait piquées à Justine et avait dessiné des cœurs autour de ton visage. Je ne serais pas étonné qu'un jour tu tombes sous son charme.

Léa : C'est déjà fait, Guillaume !

« On oublie les pères. »

Guillaume : Tu veux dire que Nicolas te plaît ?

Léa : Oui... Et si j'ai eu quelques doutes tout à l'heure, me voilà maintenant totalement sûre de moi.

Guillaume : Mais Nicolas est au courant ?

Léa : Que j'ai eu des doutes ?

Guillaume : Non, que tu es morgane de lui ?

Léa : Je pense qu'il a compris.

Guillaume : En tous les cas, tu peux compter sur ma discrétion. Tant qu'il n'y aura rien entre vous, je resterai muet.

Léa : Merci beaucoup !

Guillaume : Tu sais, on parle toujours de l'intuition des mères mais on oublie les pères et là, je sens qu'il va se passer un truc entre vous. Fais-moi plaisir, repasse cette interview ce jour-là. Ça clouera le bec à mon fils qui pense que je ne m'intéresse pas à sa vie. Alors, tu voulais que je te raconte un souvenir ?

Léa : C'est bon Guillaume ! Le souvenir des photos cachées sous le matelas, c'est très bien. Je vois déjà ce que je vais en faire au montage… Pouvez-vous me parler d'un projet que vous auriez pour l'année prochaine ?

Guillaume : Vie privée ou professionnelle ?

Léa : Comme vous voulez.

Guillaume : Tu vois la maison en face ?

Léa : Celle de madame Mougins ?

Guillaume : Oui. Elle la vend et je suis sur le coup pour m'y installer avec Muriel et ses enfants.

Léa : Alors, ça y est, c'est elle ! Félicitations. Nicolas est au courant ?

Guillaume : Non, pas encore, j'attends de signer le compromis de vente pour lui en parler. Et si je l'achète, il y aura une surprise pour lui ! Je lui laisserai l'appartement à la maison bleue.

Léa : Waouh !!!

Guillaume : Comme son école d'informatique n'est pas loin, ce sera pratique ! Et puis si jamais vous concrétisiez quelque chose ensemble, vous auriez un petit nid quand tu reviendras le week-end et les vacances.

Léa : Génial ! Je lève ma caméra à votre future installation et à la nôtre !

Guillaume : À l'amour !!!

Interview de Justine

Âge : dix-sept ans.

Lien avec le club des C1K+1 : membre fondateur.

Métier : ex-lycéenne, future médecin.

Trait particulier : une fille formidable.

Léa : Coucou ma Justine !!!

Justine : Coucou Léa la Caméra… Avant de commencer, je peux te poser une question ? Que s'est-il passé avec Charlotte ? Elle est partie pendant que tu filmais mon oncle, elle avait l'air super vénère.

Léa : Je te raconterai.

Justine : Raconte-moi maintenant…

Léa : Non, tu vas vouloir la rattraper et me venger.

Justine : Qu'est-ce qu'elle t'a fait ?

Léa : Ça n'a plus aucune importance. Raconte-moi plutôt ton meilleur souvenir de cette année.

Justine : J'en ai tellement… J'ai l'impression d'avoir vécu dix vies en un an !

Léa : Peut-être même onze, non !

Justine : Pourquoi onze ?

Léa : Et si tu nous parlais de la dernière fois où tu es allée au zoo voir Patou ?

Justine : Quand ça ?

Léa : Eh bien la dernière fois !!!

Justine : Euh… Je ne me souviens plus quand c'était…

Léa : Tu sais que je ne filme pas en noir et blanc ?

Justine : Quel rapport?

Léa : Tu es rouge comme une borne incendie.

Justine : Tu peux arrêter un moment de filmer ?

Léa : Non, mais je promets de couper au montage toute confession mettant en péril les relations humaines ! Alors, c'était qui ce charmant garçon à qui tu présentais ta meilleure amie ?

Justine : Ce n'est pas ce que tu crois.

Léa : Tiens, tiens… Il me semble que la dernière fois que quelqu'un a prononcé cette phrase, c'était moi.

Justine : Et puis Patou n'est pas ma meilleure amie. C'est ma deuxième meilleure amie ! Ma BFF, c'est toi !!!

Léa : Et donc ?

Justine : Je ne sais pas par où commencer.

Léa : Par le début, c'est le plus simple !

Justine : J'ai rencontré Thomas à la journée de présentation de la Première année de médecine. On s'est assis côte à côte dans l'amphi, on a parlé de notre choix, de ce qui nous attendait à la rentrée. Du coup, à la pause de midi, on est allés s'acheter un sandwich et comme on cherchait un endroit où déjeuner, je lui ai proposé d'aller au zoo. C'est tout, je te le jure…

Léa : En partant, il ne t'a pas laissé son 06 ?

Justine : Euh… Si…

Léa : Et toi, le tien ?

Justine : Ben oui, je n'allais pas jouer ma pimbêche.

Léa : Et évidemment, il t'a rappelée sous le prétexte le plus futile ?

Justine : Non ! Enfin, ce n'était pas un prétexte futile, il voulait savoir si j'avais eu mon bac.

"Je lui ai proposé d'aller au zoo. C'est tout, je te le jure…"

Léa : Et?

Justine : Je lui ai répondu. C'est tout, je le jure ! Inutile de me regarder avec ton petit sourire de sorcière qui prédit l'avenir. C'est une affaire close. On a quand même le droit de manger un sandwich avec un copain de fac sans être soupçonnée de haute trahison ?

Léa : Bien sûr. Ce qui est plus intrigant, c'est de taire la chose comme s'il y avait un gros secret puis de s'énerver et de devenir rouge ketchup quand on en parle.

Justine : On peut passer à un autre sujet ?

Léa : C'est d'accord, mais je crois que ça va t'énerver aussi. J'ai un message personnel pour toi de la part de Théo.

Justine : Ah bon ? Il ne pouvait pas m'en parler directement ?

Léa : Si, mais il avait un peu peur de ta réaction.

Justine : Vas-y balance !

Léa : Puisqu'on va bientôt s'installer dans notre appart et qu'on ne reviendra à la maison bleue que certains week-ends et pour les vacances, ton petit frère souhaiterait transformer ta chambre en salle de jeu.

Justine : Quoi ??? Ma chambre en salle de jeu ??? Mais il est complètement perché ce môme… Même pas en rêve ! MA chambre, c'est MA chambre, il n'y met pas un orteil. Il est où ce sale môme ??? THÉO !!!

"Ma BFF, c'est toi !!!"

Léa : Justine, reviens, tu ne m'as pas parlé de ton projet pour l'année prochaine.

Justine (déjà à l'autre bout du jardin) : Pas le temps… Ah Théo, te voilà… Viens ici tout de suite, j'ai à te parler… Théo, sors de sous cette table immédiatement…

Léa : Bien. Je crois que l'interview avec Justine est terminée. Pour ceux qui ne le sauraient pas, Justine commence ses études de médecine à la rentrée et nous allons vivre en coloc. Je sens que ça va être encore une année rock and roll !

INTERVIEW DU VOISIN (dit le pervers)

Âge : environ la cinquantaine.

Lien avec le club des C1K+1 : voisin du premier étage de la maison bleue.

Métier : écrivain.

Trait particulier : passe son temps à espionner derrière ses rideaux gris poussière.

Léa : Bonsoir cher voisin…

Le voisin (dit le pervers) : Bonsoir Léa.

Léa : La vue est meilleure d'ici, non ?

Le voisin : Ce n'est pas certain.

Léa : Ah bon ?

Le voisin : Vous savez, pour observer le monde, il vaut mieux être légèrement en retrait. Lorsque vous êtes dedans, vous ne voyez plus rien parce que vous en faites partie.

Léa : C'est intéressant… Alors, pouvez-vous nous raconter un souvenir vu d'en haut ?

Le voisin : J'en ai plein mes carnets. Il faut avouer que vous m'avez offert de quoi écrire. Toutes ces péripéties, ces rebondissements… Une mine d'or pour un écrivain !

Léa : Un souvenir en particulier ?

Le voisin : Peut-être le plus récent… La nuit juste avant

votre première épreuve du bac, ça vous rappelle quelque chose ? J'ai croisé Nicolas dans les escaliers vers 19 heures. Il avait l'air bouleversé. Il n'est pas rentré chez lui, il est allé directement dans le grenier… Je l'ai entendu passer des coups de fil puis il est ressorti peu après.

Léa : Vous l'avez suivi ?

Le voisin : Ça vous choque si je vous réponds oui ?

Léa : Au contraire, ça m'arrange. Où est-il allé ?

Le voisin : Dans un café où il est resté une heure au téléphone puis, soudain, il est parti comme un fou.

Léa : Où ça ?

Le voisin : À un cours de théâtre donné par un grand brun avec une queue de cheval. Je pense que vous voyez de qui il s'agit…

Léa : Et qu'a fait Nicolas ?

Le voisin : Il a demandé à lui parler. L'autre a refusé. Nicolas ne s'est pas énervé, il l'a attendu dehors. À 23 heures, lorsque le grand brun est sorti, votre copain lui a proposé poliment d'aller boire un café pour discuter entre hommes. À ce moment-là, une scène très drôle a eu lieu…

« Je viens de signer avec un éditeur pour une série en cinq tomes. »

Léa : Laquelle ?

Le voisin : Peter a fait semblant de suivre Nicolas puis il s'est mis à courir, a grimpé dans sa voiture et a démarré en trombe.

Léa : Et alors ?

Le voisin : Comme il a dû s'arrêter au premier feu rouge, Nicolas l'a rattrapé, a ouvert la portière et l'a sorti de la voiture en l'attrapant par la queue de cheval. Après, ça a été très rapide... Nico l'a collé contre sa vieille 206 et lui a dit d'un air méchant, je cite : « Léa, c'est LA femme que j'aime et t'as intérêt à lui foutre la paix. Si tu l'appelles encore une fois, je te fais manger tes dents, connard. T'as bien compris ??? » Peter a bredouillé un « oui » lamentable, alors Nicolas l'a remis dans sa voiture, lui a accroché sa ceinture de sécurité et lui a balancé en guise d'adieu : « Maintenant, tu dégages... » L'autre n'a pas demandé son reste. Vous ne dites rien ?

Léa : Je ne crois pas qu'il y ait grand-chose à ajouter.

Le voisin : Effectivement.

Léa : Je ne garderai pas ce souvenir au montage. Vous comprenez pourquoi ?

Le voisin : Bien sûr. Mais maintenant vous savez la vérité et c'est ce qui m'importe. En revanche, dans ma série, je vous préviens, j'utiliserai absolument tout.

Léa : Quelle série ?

Le voisin : Ah... Je ne vous en ai pas encore parlé mais je viens de signer avec un éditeur pour une série en cinq tomes.

Léa : Quel rapport avec ce qui précède ?

Le voisin : Je vous fais le pitch, vous allez comprendre le lien : six copains, l'année de terminale, leurs histoires d'amour, d'amitié, presque toujours dans un lieu appelé la maison bleue. Ce sera une des filles qui racontera l'histoire. Un personnage romantique, un peu gaffeur, qui aura pour meilleure amie une gothique légèrement sorcière.

Léa : Vous êtes en train de m'annoncer que vous allez écrire une série sur notre vie...

Le voisin : Ah non ! Je ne suis pas en train de l'écrire, je l'ai quasiment finie ! Mais ne craignez rien, si j'ai emprunté certains éléments à votre vie, j'ai construit un univers totalement fictionnel.

Léa : On pourra la lire avant qu'elle ne paraisse et vous donner notre avis ?

Le voisin : Avec grand plaisir, ma chère Léa !

Léa : Alors, je lève ma caméra à votre série ! Vous avez déjà trouvé le titre ?

Le voisin : Non pas encore… Ce sera quelque chose comme *Ma vie à moi* ou *Ma vie telle que je la vois…*

“Vous allez écrire une série sur notre vie…”

Léa : Ma vie selon moi ?

Le voisin : Excellent, ce sera *Ma vie selon moi* !!!

Interview de Jean-Baptiste

Âge : dix-huit ans.

Lien avec le club des C1K+1 : nouvelle conquête d'Ingrid.

Métier : ex-lycéen, futur élève de prépa HEC.

Trait particulier : à définir.

Léa : Bonsoir Jean-Baptiste.

Jean-Baptiste : Bonsoir Léa.

Léa : Je ne te demanderai pas un souvenir de cette année, puisqu'on se connaît depuis peu.

Jean-Baptiste : C'est vrai, mais j'ai déjà vécu tellement de choses avec vous : les révisions de Thibault, l'attente au café, les résultats, la préparation de la fête !

Léa : Tu oublies ta rencontre avec Ingrid...

Jean-Baptiste : Et ma rencontre avec Ingrid.

Léa : Tu nous la racontes ?

Jean-Baptiste : Si tu veux. C'était au moment des résultats, je venais de voir que j'avais mon bac quand une

« On peut appeler ça un vrai coup de foudre. »

jolie blonde m'a demandé si je serais d'accord pour regarder son nom, deux panneaux plus loin. Elle avait l'air paniquée, j'ai accepté… Quand je lui ai annoncé qu'elle était reçue, elle m'a sauté au cou, m'a donné le baiser le plus chaud de toute ma vie et elle a disparu.

Léa : Et ensuite ?

Jean-Baptiste : Il m'a fallu un peu de temps pour la retrouver. Elle téléphonait à quelqu'un, son père je crois, et répétait en boucle : « Je l'ai, je l'ai !!! » J'ai attendu qu'elle raccroche et je lui ai rendu son baiser. Elle m'a regardé un long moment en souriant et m'a demandé mon prénom et d'où je venais.

Léa : Elle aurait pu commencer par ça !

Jean-Baptiste : Non ! J'ai bien aimé dans ce sens-là. Ça change un peu ! On a parlé un moment et tu connais la suite… On vous a rejoints et on est partis avec vous.

Léa : Un vrai coup de foudre, quoi !

Jean-Baptiste : On peut appeler ça comme ça.

Léa : Merci pour ce joli souvenir ! Des projets pour l'année prochaine ?

Jean-Baptiste : Oh, rien de très excitant, je vais faire une prépa HEC dans mon lycée. En revanche, je pars la semaine prochaine au Burkina et j'y reste jusque début septembre.

Léa : Tu vas te balader dans tout le pays ?

Jean-Baptiste : Non, j'y vais pour aider une association qui combat l'illettrisme. Ma mère est la présidente. Depuis qu'on est petits avec mes frères, elle nous emmène là-bas.

Léa : Quelle chance pour toi d'avoir vécu ça enfant…

Jean-Baptiste : Oui, aujourd'hui je le sais, même si plus jeune j'ai râlé contre ma mère parce que j'avais envie de partir en vacances à la plage comme mes copains. Cette année, je suis majeur, alors je suis devenu officiellement responsable de la com. J'ai créé un site internet et un partenariat avec des entreprises françaises. On a réussi à trouver de l'argent pour payer le salaire de deux instits et des livres.

“J'ai déjà vécu tellement de choses avec vous.”

Léa : Bravo à toi, je suis vraiment impressionnée. Je lève ma caméra à ton association et à ceux qui la composent.

Jean-Baptiste : Et à Ingrid qui va certainement m'accompagner cet été avant de commencer son école de com !

Léa : Elle part avec toi là-bas ? C'est formidable, elle parlait beaucoup d'œuvres humanitaires ces derniers temps. Alors à vous tous et aux enfants qui vont apprendre à lire !

Interview d'Ambre

Âge : vingt-quatre ans.

Lien avec le club des C1K+1 : petite amie de Jim.

Métier : avocate stagiaire.

Trait particulier : jeune femme discrète.

Léa : Bonsoir Ambre.

Ambre : Bonsoir Léa. Elle est très sympa votre fête ! J'adore l'idée que vous réunissiez tous les gens qui ont partagé votre année.

Léa : Merci... Moi, je suis contente que tu aies pu te libérer. Jim m'a dit que tu avais une soirée en famille prévue depuis longtemps et que tu risquais de ne pas venir.

Ambre : Oui, mais j'ai senti que si je ne venais pas à votre fête, je lui ferais de la peine. Je passerai tout à l'heure chez ma mère sinon ça va être la guerre.

Léa : Tu es donc coincée entre tes amours et ta famille ?

Ambre : Exact. Même si je suis très heureuse d'être avec vous maintenant et là-bas un peu plus tard.

Léa : Alors pendant que tu es avec nous, pourrais-tu nous raconter un souvenir marquant de cette année ? Peut-être ta rencontre avec Jim ?

Ambre : Non, c'est trop personnel. En revanche, je peux te raconter le coaching intensif qu'il m'a fait subir avant de venir la première fois à la maison bleue.

Léa : Ah oui, c'est amusant.

Ambre : On était ensemble depuis quelque temps quand Jim m'a dit qu'il souhaitait me présenter à ses meilleurs amis. Je lui ai demandé d'attendre un peu.

Léa : Tu avais peur de te retrouver avec une bande d'adolescents crétins et boutonneux ?

Ambre : C'est un peu raide dit comme ça mais tu n'as pas tort. Si je ne sens pas la différence d'âge avec Jim, j'avais un peu peur d'être en décalage avec ses copains lycéens…

Léa : Et alors ?

Ambre : J'ai accepté parce que ça semblait lui faire vraiment plaisir mais, lorsqu'il est venu me chercher, il était dans un état de stress épouvantable. Dans la voiture, il m'a briefée sur chacun d'entre vous puis il m'a posé des questions pour savoir si j'avais tout retenu…

Léa : Quelle horreur ! Tu as dû avoir envie de partir en courant.

Ambre : Oui et en même temps j'étais curieuse de vous rencontrer, de voir à quoi ressemblaient tous ces personnages hauts en couleur. La sorcière bienveillante, la gaffeuse romantique, la sexy girl, le fils d'ambassadeur et le meilleur copain un peu ours !

Léa : Pas mal résumé. Tu n'as pas été déçue par la réalité ?

Ambre : Non, au contraire. Vous étiez comme il vous avait décrits ! Seule sa relation avec Justine n'était pas très conforme à la réalité. Comme s'il avait vraiment quelque chose à cacher…

« Il m'a briefée sur chacun d'entre vous. »

“Ah ! Je crois que j’ai gaffé.”

Léa : Ah bon ?

Ambre : Oui, et tu le sais ! D’ailleurs, je me demande si je ne fais pas une erreur en acceptant de prendre un studio avec lui près de vos facs à la rentrée.

Léa : Comment ça près de nos facs ?

Ambre : Eh bien, Jim sera à la fac à deux pas des vôtres.

Léa : Comment ça Jim sera à la fac ? Il ne passe pas son monitorat de judo ici ?

Ambre : Ah ! Je crois que j’ai gaffé. Je préférerais arrêter cet entretien avant d’en dire trop ! C’est d’accord Léa ?

Léa : Si tu veux… mais si j’ai bien compris tu as de nombreux projets pour l’année prochaine : tu déménages et tu t’installes avec Jim…

Ambre : On en reparle plus tard ?

Léa : Oui ! En attendant, je lève ma caméra à tes projets secrets…

Ambre : À bientôt, future voisine !

Interview de Jim

Âge : bientôt dix-neuf ans.

Lien avec le club des C1K+1 : membre fondateur.

Métier : futur prof de judo ?

Trait particulier : un vrai gentil.

Léa (en criant) : Jim !!! Jim !!! Tu peux poser ton plateau et venir par là s'il te plaît ?

Jim (de loin) : J'arrive dans cinq minutes.

Léa : Non, tout de suite.

Jim : Il y a un problème ?

Léa : Non, juste des questions…

Jim : Je t'écoute !

Léa : Est-ce que tu me considères comme une amie ?

Jim : Plus que ça, tu es comme une sœur.

Léa : Une sœur à laquelle tu ne cacherais rien de ce qui te tient à cœur ?

Jim : Oui.

Léa : Alors j'attends.

Jim : Quoi ?

Léa : Quels sont tes projets pour l'année prochaine ?

Jim : Tu as parlé avec Ambre, c'est ça ?

Léa : Exact.

Jim : Rien n'est encore décidé.

Léa : J'imagine que tu ne t'es pas inscrit à la fac hier ?

Jim : Non.

Léa : Alors quel est ce projet tenu secret depuis de longs mois ?

« Un nouveau club des C1K en quelque sorte. »

Jim : Il n'y a pas de projet secret, je te le promets… En fait, c'est un peu le fruit du hasard… Il y a quelques mois, une jeune femme qui venait de s'inscrire au *Paradisio* m'a demandé de l'aider à régler les machines. C'était Ambre. On a sympathisé, elle m'a parlé de ses études, de son métier. Du coup, quand vous avez fait les pré-inscriptions pour la fac, je lui en ai parlé. Elle m'a demandé dans quelle discipline je m'inscrivais. Je n'y avais pas pensé, persuadé que je n'aurais pas mon bac et que je terminerais mon monitorat de judo.

Léa : Et ?

Jim : Et elle m'a convaincu de m'inscrire en droit.

Léa : Tu vas passer un master de droit ?

Jim : Je ne sais pas. Il faut d'abord que je trouve un moyen de financer tout ça. J'ai envoyé des CV à des clubs de gym là-bas, j'espère qu'ils seront intéressés. Et puis si j'annonce à mon père que je fais des études supérieures, peut-être voudra-t-il me donner un peu d'argent. En tous les cas, certains soirs, je rêve…

Léa : De quoi ?

Jim : Et si je devenais juge pour enfants ? Et si je consacrais ma vie à aider les gamins qui ont zoné et qui n'ont pas eu ma chance ?

Léa : Incroyable !

Jim : C'est une mauvaise idée ?

Léa : C'est une idée géniale. Je suis tellement contente !

Jim : Et tu seras contente si Ambre et moi, on s'installe dans un appart juste à côté du vôtre ? Un nouveau club des C1K en quelque sorte.

Léa : Il manquera Ingrid, Thibault et Nicolas.

Jim : Pour Nicolas, rien n'est moins sûr !

Léa : Pourquoi ? Nicolas ne s'est pas inscrit dans une école d'informatique près d'ici ?

Jim : Je crois qu'il y a eu un changement de programme !

Léa : Tu peux m'en dire plus, s'il te plaît ?

Jim : Ah non… Il faut demander à l'intéressé. Désolé, je dois retourner servir les boissons. Allez ma Léa, lève ta caméra à nos années fac !

Léa : C'est ça le cachottier, à nos années fac ! Et appelle tout de suite Nicolas, j'ai deux mots à lui dire.

Interview de Nicolas

Âge : dix-huit ans.

Lien avec le club des C1K+1 : membre fondateur.

Métier : ex-lycéen, futur informaticien ?

Trait particulier : dissimule sa sensibilité derrière un langage de charretier.

Nicolas : Il paraît que tu voulais me voir ?

Léa : Je crois bien, oui. Tu n'aurais pas quelque chose à me dire ?

Nicolas : Du genre ?

Léa : Du genre : « Léa, j'ai changé mes plans pour l'année prochaine mais je ne t'en ai pas encore parlé. Ne te fâche pas, je t'en supplie, ô ma bien-aimée ! »

Nicolas : D'accord. Léa, j'ai changé mes plans pour l'année prochaine mais je ne t'en ai pas encore parlé. Ne te fâche pas, je t'en supplie, ô ma bien-aimée !

Léa : Tu te moques de moi ?

Nicolas : Pas du tout.

Léa : Alors ?

Nicolas : Alors, à l'idée de rester comme un con à la maison bleue et de te savoir seule dans une grande ville avec des tas d'étudiants qui liront des gros livres sans images : le genre qui te plaît quoi ! – j'ai pris une décision.

Léa : Laquelle ?

Nicolas : Choisir une école d'informatique à côté de ta

fac. Je me suis renseigné, j'ai envoyé mon dossier et j'ai passé un entretien qui s'est révélé concluant.

Léa : Un entretien ? Mais quand est-ce que tu y es allé ?

Nicolas : Juste avant les vacances de Pâques. Jim m'a emmené en voiture un matin super tôt et on est revenus en fin d'après-midi.

Léa : Et tu ne m'as rien dit tout ce temps ?

Nicolas : J'attendais de voir ce qui allait se passer pour nous deux.

Léa : Je n'en reviens pas. J'imagine que tu es au courant pour Jim et son inscription en droit ?

Nicolas : Oui, mais seulement depuis hier. Il ne m'en avait pas parlé avant, je te le jure. T'es fâchée ?

Léa : Non, juste un peu perdue. Je crois tout savoir des gens

"J'ai pris une décision."

que j'aime et je découvre qu'ils ont des projets que j'ignorais. Qu'est-ce que tu as prévu pour te loger là-bas ?

Nicolas : Ton lit.

Léa : Pas question.

Nicolas : Un lit de camp dans ton salon ?

Léa : Même pas en rêve !

Nicolas : En fait depuis hier, une idée me trotte dans la tête.

Léa : Laquelle ?

Nicolas : Tu me jures que tu ne hurles pas ?

Léa : Ce n'est pas certain mais au point où j'en suis, tu peux y aller…

Nicolas : Et si au lieu de louer chacun des petits logements étudiants, on prenait un grand appart tous ensemble ? Ça ne reviendrait pas plus cher.

Léa : Plus cher non, mais plus galère à gérer certainement.

Nicolas : C'est quand même une bonne idée ?

Léa : Je ne sais pas. Il faut qu'on y réfléchisse, tout ça est si nouveau. En attendant, tu devrais discuter avec ton père.

Nicolas : Pourquoi ?

Léa : Je crois qu'il a prévu quelque chose pour toi ici !

Nicolas : Ah bon ? Il s'intéresse à ma vie, lui ?

Léa : Il est plus attentif que tu ne le crois.

Nicolas : Tu parles. Alors Léa, pour le grand appart en coloc, tu serais d'accord ?

Léa : Tu me fatigues.

Nicolas : Je te fatigue mais tu m'aimes ?

Léa : Mais je t'aime.

Nicolas : Tu pourras me beurrer mes tartines et me préparer mon café avant de partir à la fac ?

Léa : Alors là, tu viens de me donner une bonne raison de refuser ton plan auberge espagnole !

Nicolas : Et si je te prépare ton Earl Grey et que je te l'apporte au lit tous les matins ?

Léa : Tu commences à m'intéresser.

Nicolas : J'ajoute toutes les courses si vous me faites la liste.

Léa : Et puis ?

Nicolas : Et puis c'est tout ! Tu abuses là…

“Pour le grand appart en coloc, tu serais d’accord ?”

Léa : Tant pis, n’en parlons plus. Le petit appartement que je dois prendre avec Justine me convient parfaitement.

Nicolas : Tu voudrais quoi ?

Léa : Massage des pieds quotidien, un dîner sympa organisé chaque semaine, vaisselle systématique du petit-déjeuner. Sans compter tes tours de ménage et de repas comme tout le monde.

Nicolas : L’enfer quoi ?

Léa : Personne ne t’y oblige.

Nicolas : Je signe.

Léa : Vraiment ?

Nicolas : Oui. Alors c’est d’accord, on cherche un grand appart ?

Léa : Il faudrait en parler avec les autres.

Nicolas : C’est parti !!!

Léa : Nicolas, reviens… Nicolas !

Nicolas (de loin) : Bonsoir Léa !

Interview d'Adam

Âge : vingt-deux ans.

Lien avec le club des C1K+1 : ex de Léa.

Métier : étudiant en lettres.

Traits particuliers : sensible et cultivé.

Léa : Bonsoir Adam. Je suis contente que tu sois là ce soir.

Adam : Plaisir partagé ! Je ne sais pas ce que tu viens de dire à Nicolas mais il est fou de joie ! Il saute partout, il embrasse tout le monde, il hurle que la vie est belle…

Léa : Il est un peu dingue !

Adam : Je le serais aussi si j'avais sa chance.

Léa : Quelle chance ?

Adam : Toi…

Léa : C'est gentil.

Adam : C'est la vérité !

Léa : Alors Adam, un souvenir particulier de cette année ?

Adam : Si je te réponds notre rencontre dans la librairie, tu vas vite changer de sujet ?

Léa : Oui.

Adam : Pourtant je peux t'assurer que ça a été un moment magique pour moi. J'ai eu l'impression de rencontrer mon âme sœur, évidemment mon cœur s'est brisé quand tu m'as quitté. Tu as l'air gênée, tu veux qu'on parle d'autre chose ?

Léa : Je préférerais. Tu comptes aussi beaucoup pour moi, Adam, mais pas de la même manière. Je voudrais qu'on soit amis, juste amis.

Adam : Nous le sommes. D'autant que nous allons avoir l'occasion de nous voir souvent puisque tu vas intégrer ma fac de lettres. Je t'aiderai les premiers temps, si tu veux.

Léa : Génial ! C'est surtout pour les choix des TD que j'aurai besoin de tes lumières.

Adam : Oh oui ! Il y a des profs de littérature classique à éviter absolument.

Léa : Sinon, tu as un projet particulier pour l'année prochaine ?

Adam : Oui !!! Un projet dont j'ose à peine parler. Une opportunité incroyable.

Léa : Tu peux m'en dire un peu plus ?

Adam : Juste un peu parce que je suis superstitieux. Je travaille avec un ami de ma mère qui est scénariste à l'adaptation de *Mitsou*.

“Mon cœur s'est brisé…”

Léa : Le roman de Colette ?

Adam : Oui.

Léa : C'est formidable.

Adam : Plus que ça ! Au départ, ma mère m'a branché avec son ami parce qu'il avait eu le coup de foudre pour *Mitsou*, mais comme il connaissait mal l'œuvre de Colette, il avait plein de questions à me poser. Et puis, petit à petit, on a commencé à travailler sur le texte. Un jour, il m'a dit : « Adam, je viens d'annoncer à ma maison de prod qu'il y avait un coscénariste, tu dois venir signer le contrat à Paris. Ils veulent te rencontrer. »

“Je t’aiderai les premiers temps, si tu veux.”

Léa : Waouh !!! Génial. Je suis certaine que ton adaptation sera remarquable.

Adam : Tu accepterais de lire ce qu’on a déjà écrit ?

Léa : Avec joie, même si je ne sais pas en quoi ma lecture peut t’aider.

Adam : Moi, je le sais. Je peux t’apporter ça demain chez toi ?

Léa : En ami ?

Adam : En ami.

Léa : Alors, je lève ma caméra à Colette et à son œuvre qui nous ouvre des univers.

Adam : À Colette… et à toi !

Interview de Mme Raisonnier

Âge : assez vieille.

Lien avec le club des C1K+1 : ancienne institutrice de Justine et de Léa.

Métier : à la retraite.

Trait particulier : bienveillante.

Léa : Bonsoir madame Raisonnier !

Mme Raisonnier : Bonsoir ma petite Léa. Quelle bonne idée ce film ! Tu crois que tu pourras m'en fournir une copie ?

Léa : Bien sûr, je vous l'apporterai très vite chez vous.

Mme Raisonnier : Si tu viens avec Justine, je vous servirai un énorme moelleux au chocolat. Vous êtes toujours aussi gourmandes toutes les deux ?

Léa : Oui, malheureusement pour moi.

Mme Raisonnier : Pourquoi malheureusement ? Il n'y a pas plus beau à voir qu'une jolie fille qui a de l'appétit. Elle respire la joie de vivre ! Les garçons la préfèrent à un sac d'os affamé. Je suis certaine que ton bel amoureux te répète chaque minute que tu es incroyablement appétissante ?

Léa : Non !

Mme Raisonnier : Je ne te crois pas ! À voir comment le cousin de Justine te regarde, je sais qu'il te trouve très à son goût.

Léa : Et comment savez-vous que c'est lui mon amoureux ?

Mme Raisonnier : Tu es très absorbée par ton film, pourtant de temps à autre tu vérifies à qui ce beau garçon parle et lorsqu'il s'agit d'une fille, tu te penches très légèrement pour mieux voir. C'est un signe qui ne trompe pas !

Léa : Vous êtes très observatrice.

Mme Raisonnier : Je suis surtout une vieille dame qui a beaucoup vécu et même si j'ai passé presque toute ma vie avec mon Claude, ça ne m'a pas empêchée de regarder les gens autour.

Léa : Je me souviens très bien de votre mari. Le samedi à 11 h 30, il venait vous chercher à l'école. Il attendait avec les parents et lorsque vous sortiez, vous couriez pour le rejoindre. Ça faisait rire certains élèves, mais moi, je ne sais pas pourquoi, ça me donnait envie de pleurer.

“Ça ne m'a pas empêchée de regarder les gens.”

Mme Raisonnier : Tu étais une enfant très sensible, Léa. Trop parfois ! Tu voyais tout, tu sentais tout. Heureusement que tu avais Justine pour t'obliger à avoir des jeux d'enfant.

Léa : Madame Raisonnier, est-ce que vous vous souvenez de mon père ?

Mme Raisonnier : Oh oui, je me souviens très bien de lui. Un homme élégant qui veillait avec attention sur toi. J'ai eu beaucoup de chagrin quand j'ai appris sa mort. Je me rappelle une fois où on avait discuté des études supérieures, il m'avait dit avec conviction : « Je veux que ma Léa fasse le tour du monde avant d'entrer à la fac. Il faut qu'elle s'ouvre à la différence avant d'être formatée par l'université. » J'avais trouvé son idée incroyable…

Léa : Oh ce n'était pas seulement une idée, il s'est arrangé pour qu'elle se concrétise. On décolle pour Melbourne dans quinze jours avec Justine. Et ce n'est qu'un début, après ce sera Nouméa, la Nouvelle-Zélande, Tokyo, Pékin, Oulan-Bator, Saint-Pétersbourg, Stockholm, New York et San Francisco !!!

Mme Raisonnier : Comment est-ce possible ? Il est décédé quand tu étais en sixième…

Léa : Oui, mais le soir de mes dix-huit ans, un notaire a débarqué et m'a donné une lettre de mon père. Dans cette lettre écrite avant sa mort, il me disait qu'il savait que j'aurais mon bac et qu'il m'invitait à faire le tour du monde avec la personne de mon choix.

Mme Raisonnier : C'est stupéfiant… Il a organisé tout cela avant de partir ?

Léa : Oui, il a tout prévu… enfin, pas le circuit. Le choix des pays, je l'ai fait toute seule sans en parler à personne. Même Justine ne sait pas exactement où on va.

Mme Raisonnier : Tu es merveilleuse ma petite Léa. Si j'avais eu la chance d'avoir un enfant, j'aurais voulu une fille comme toi.

Léa : Je vous aurais bien choisie comme mère, même si j'adore la mienne !

Mme Raisonnier : Bon, allez, j'ai assez parlé… Tu as mieux à faire que de passer ta soirée avec une mamie.

Léa : Mais j'adore les mamies. D'ailleurs, je lève ma caméra à ces mamies qui nous transmettent l'essentiel.

Mme Raisonnier : Alors aux mamies et à la nouvelle génération porteuse de tous nos espoirs !

INTERVIEW DE CLAIRE

Âge : quarante-cinq ans.

Lien avec le club des C1K+1 : mère de Léa.

Métier : boulot alimentaire + écriture d'histoires d'amour pour un magazine.

Trait particulier : sorcière comme sa mère et sa fille.

Léa : Coucou maman.

Claire : Coucou chérie…

Léa : Ça va ?

Claire : Oui, très bien ! C'est une soirée vraiment réussie. Ton père serait heureux !

Léa : J'en suis certaine. Il faut avouer que c'était un père formidable !

Claire : Et un mari merveilleux…

Léa : Il continuera à nous manquer toujours.

Claire : Oui. C'est la première fois que je t'entends dire ça, ma Léa. En temps normal, tu me racontes qu'il est là, très proche, et que tu sens sa présence. Comme si tu ne voulais pas admettre sa mort.

Léa : J'ai grandi maman… Si je sens effectivement sa présence, je sais qu'il ne reviendra pas. Mais la vie est belle et je veux la vivre du mieux que je peux.

Claire : Je suis heureuse de l'entendre.

Léa : Tu sais qu'on va peut-être prendre un grand appart avec Jim, Ambre, Nicolas et Justine ?

Claire : Ah bon ? C'est nouveau...

Léa : Oui ! Jim s'est inscrit en droit, quant à Nicolas, il a trouvé une école d'informatique près de ma fac. On va tous se retrouver là-bas, alors pourquoi pas un grand appart en coloc ? Ça nous coûtera moins cher et on se tiendra chaud !

Claire : Quelle bonne idée !

Léa : Et toi ?

Claire : Quoi, moi ?

Léa : Quels sont tes projets pour l'année à venir ?

Claire : Rien de spécial.

Léa : Il serait peut-être temps !

Claire : De quoi ?

Léa : Tu le sais bien. Je serais ravie d'avoir un beau-père.

Claire : Tu en es certaine ?

Léa : Oui maman ! Pourquoi tu souris bizarrement ? Tu as rencontré quelqu'un pour tenir le rôle ?

Claire : C'est encore trop tôt pour en parler.

Léa : Quoi ? Qui est-ce ? Il s'appelle comment ? Il fait quoi dans la vie ? Il a des enfants ? Eugénie l'a rencontré ?

Claire : Trop tôt, je te dis !

“C'est un peu compliqué.”

Léa : Il est comment physiquement ? Grand ? Mince ou grassouillet ? Brun ou blond ? Que je suis bête, il a forcément quelques cheveux blancs...

Claire : Pourquoi forcément ? Tu ne m'as pas demandé son âge...

Léa : Il est plus jeune que toi ?

Claire : Un peu.

Léa : Un peu comment ? Façon cougar ?

Claire : Non ! J'ai seulement six mois de plus. On est nés la même année.

« La vie est belle et je veux la vivre du mieux que je peux. »

Léa : Et tu es heureuse avec lui ?

Claire : C'est un peu compliqué mais c'est bien.

Léa : C'est vraiment la soirée des révélations ! Maman chérie, je suis heureuse de lever ma caméra à ta nouvelle vie.

Claire : Ce n'est pas une nouvelle vie, c'est la même que je continue.

Léa : Alors bonne route.

Claire : Bonne route à toi, ma fille chérie.

INTERVIEW D'INGRID

Âge : dix-huit ans.

Lien avec le club des C1K+1 : membre fondateur.

Métier : ex-lycéenne, future experte en communication.

Trait particulier : bimbo.

Léa (criant) : Ingrid ! Eh Ingrid !!! Pourquoi es-tu assise toute seule dans ton coin ? Si tu n'as rien à faire, viens par ici que je t'interviewe.

Ingrid (de loin) : Non merci.

Léa (étonnée) : Comment ça non merci ? Bon j'arrive, même si ça manque de lumière par là-bas. Qu'est-ce qui se passe ? Tu fais la tête ?

Ingrid (boudant) : Non.

Léa : Une petite dispute avec Jean-Baptiste ?

Ingrid : Non. Avec lui, ça va très bien, merci.

Léa : Je sais ! Il paraît que vous n'allez pas vous quitter de l'été ! Alors, petite cachottière, tu ne t'envolerais pas pour l'Afrique avant d'intégrer ton école de com ?

Ingrid (hurlant) : Et c'est moi la cachottière ? T'es vraiment gonflée de me balancer ça...

Léa : Mais qu'est-ce que tu as ? Tu peux m'expliquer pourquoi tu es en colère ?

Ingrid : Tu le sais très bien.

Léa : Je te jure que non.

Ingrid : Si je te dis : un grand appart pris tous ensemble à côté de la fac, tu comprends mieux? Pourquoi est-ce que vous ne m'en avez pas parlé ? C'est toujours la même chose, je compte vraiment pour du cœur…

“Je veux savoir la vérité !”

Léa : D'abord, tu ne comptes pas pour du beurre, tu es notre amie. Et puis surtout, on n'a rien pris du tout. Il y a encore dix minutes, je ne savais pas que Jim s'était inscrit en droit et que Nicolas avait trouvé une nouvelle école d'informatique. Alors tu vois, ce n'est pas la peine de m'agresser…

Ingrid : Et pourquoi Justine est déjà en train de regarder sur Internet les offres de location ?

Léa : Parce que c'est une agitée qui agit de façon impulsive.

Nicolas (arrivant très énervé) : Ingrid, de quoi tu parles avec Léa? Je t'avais dit de la laisser tranquille.

Ingrid (hurlant) : Je veux savoir la vérité !

Jean-Baptiste (se joignant à eux) : Du calme Ingrid. Pourquoi tu hurles comme ça ?

Justine (arrivant folle de joie) : Et dans le centre-ville, il y a un cinq pièces en rez-de-jardin à louer, ça ne vous rappelle pas quelque chose ?

Ingrid : Évidemment, dans ce cinq pièces, il n'y a pas de chambre pour moi ?

Justine : Pourquoi, tu t'installes avec nous ?

Ingrid (éclatant en sanglots) : Eh bien voilà la preuve que vous avez comploté derrière mon dos.

Jim (arrivant ennuyé avec Ambre) : Qui peut dire à Ambre que cette histoire de grand appart tous ensemble vient de sortir de nulle part et que je n'étais pas au courant ? Elle croit que j'ai accepté sans lui en parler.

Thibault (rejoignant le groupe) : Il se passe quoi là ? Pourquoi vous avez laissé tomber nos invités ?

Léa : STOOOOOOOP ! Notre belle soirée est en train de partir en vrille… On se dispute et on ne profite pas de ce moment rien qu'à nous.

Nicolas : Alors, on fait quoi ?

Tous ensemble (comme un chœur grec) : C'est vrai ça, on fait quoi ?

Léa : On oublie cette histoire d'appartement pour l'instant et on va danser. Tant pis pour les dernières interviews ! À mon top départ, chacun prend la personne qu'il aime par la main et on danse jusqu'au bout de la nuit. Vous êtes d'accord ?

Tous ensemble (toujours comme un chœur grec mais un chœur grec très enthousiaste) : OUI !!! Trois, deux, un, c'est parti…

Le jour où tout a commencé

C'est encore l'été mais ça sent déjà le lycée !

À quatre jours de l'entrée en terminale, j'ai donné rendez-vous à mes meilleurs amis chez moi... Moi, c'est Justine, et vous ?

La rencontre qui a tout changé

Je vous ai déjà parlé de Thibault, mon nouveau voisin ?

Il a suffi qu'il pose les yeux sur moi pour que j'aie la gorge serrée, les mains moites, les jambes tremblantes...

Et même si Léa me dit qu'il est trop tôt pour le savoir, moi, j'en suis certaine, c'est lui l'homme de ma vie !

Le grand moment que j'attendais

Je ne sais plus quoi penser de Thibault. Pourquoi a-t-il pris ses distances ? Et que veut donc me révéler Jim ? Quoi qu'il en soit, c'est bientôt mon anniversaire et je suis sûre qu'il sera I-NOU-BLI-ABLE !

La soirée dont j'ai tant rêvé

Il a suffi d'un baiser innocent et sans importance pour que ma vie soit bouleversée. À jouer avec le feu, j'ai tout perdu. Ma belle histoire avec Thibault semble terminée. À moins que la soirée qui se profile me permette de le reconquérir. À nous deux l'amour !

L'auteur

Après avoir passé toute son enfance à rêver au milieu des livres dans la librairie de son père ou dans l'imprimerie de son grand-père, Sylvaine Jaoui a décidé une fois pour toutes que la vie était un roman. Elle s'est donc mise à raconter des tas d'histoires à dévorer entre deux tranches de carton.

Aujourd'hui, si vous ne la trouvez pas en train d'écrire sur la table de sa cuisine, vous avez quatre possibilités : soit elle écoute son amoureux lui jouer du piano, soit elle regarde des séries avec ses filles en mangeant des ours en chocolat, soit elle négocie avec les taupes de son jardin pour qu'elles aillent plutôt chez le voisin, soit elle est dans son lycée, lisant des romans à sa tribu d'ados.

L'illustratrice

Lorsqu'elle est née, la petite Colonel Moutarde a déclaré à sa maman qu'elle voulait être dessinateuse. C'est chose faite. Il lui faudra cependant quelques années avant d'être publiée, mais on ne décourage pas facilement un Capricorne.

Elle publie dorénavant chez de grands éditeurs de bandes dessinées (sa passion), en presse et en publicité.

Elle aime par-dessus tout mettre en images de chouettes histoires et ne boude pas pour autant les petits plaisirs de la vie comme de réveiller le chat qui fait la sieste, porter des bijoux gothiques pour effrayer ses enfants et s'acheter des tutus.

Blog, avant-première, forum...

Adopte la Livre Attitude !

LIVRE ATTITUDE

www.livre-attitude.fr

PAPIER À BASE DE FIBRES CERTIFIÉES

RAGEOT s'engage pour l'environnement en réduisant l'empreinte carbone de ses livres. Celle de cet exemplaire est de :
820 g éq. CO_2
Rendez-vous sur www.rageot-durable.fr

Achevé d'imprimer en France en octobre 2012
chez Normandie Roto Impression s.a.s.
Dépôt légal : octobre 2012
N° d'édition : 5773 - 02
N° d'impression : 124190